阅读即行动

[秘鲁]克劳迪娅·乌略亚·多诺索 著
赵莫聪 译

奇 遇

Yo maté
a un perro
en Rumanía

Claudia Ulloa Donoso

北京联合出版公司
Beijing United Publishing Co.,Ltd.

目录

第一章　死狗　　　　　　　　　　3
第二章　群狗　　　　　　　　　　19
第三章　狗吠　　　　　　　　　　215
第四章　狗宰子们　　　　　　　　365

"我虽说话,忧愁仍不得消解。
我虽停住不说,忧愁就离开我吗?"[1]

——《约伯记》16.6

"因为你已永久死去,
一如所有大地上的死者,
一如所有被遗忘在成山的
亡狗之中的死者。"

——费德里科·加西亚·洛尔迦

"我曾有只狗,曾有位女老师
它和她曾教我如何遗忘
我意外地感到快乐
可那快乐我已无从记得。"

——公民指导[2],《理应服从》

---

[1] 此处译文引用自和合本《圣经》。
[2] 阿根廷乐队名。

第一章 死狗

每逢弥留之时，我们狗就找回丢失的言语。我们狗并不说话，但熟谙人类的语言。人类的词语，人类的全部词语，都与生俱来地铭刻在我们的基因之中。自从第一匹狼，不知是出于老辣还是怯懦，决定跟随人类，事情便已是如此。自那天起，我们狗就已然拥有词语之躯。此事未曾有人类知晓，但现在，你知道了。

我说起狗的事，也想继续谈狗的事，个中原因显而易见；不过，我必须承认：我们并非唯一一种在弥留之际得到语言的动物。实际上，所有动物都与我们一样；没错，所有动物，当真是一切动物，都会在死亡面前重拾起语言。无论是家雁还是鼷蜥，又或者是蜘蛛、浣熊、鬣狗；一切动物，连猫都不例外。然而，话多话少因个体而异，与我们所属的物种全然无关。不乏比鹦鹉还啰唆的毛毛虫，也有些狗偏爱沉默。当然咯，你大概已经看出，至少也能感觉到吧，我可不是条寡言少语的狗。

我们成日噪鸣、尖啸、吠叫，绝非因为不能理解你们人类男男女女的话语，而是因为生来就只能如此；我们智力超群，理解能力出类拔萃，却受制于糟糕的发声系统，所思所想难以言传。

人类与我们动物截然相反。人类在弥留之际反倒要丢掉语言，丢掉依靠喉咙发出的言语。濒死的人类最后吐出的几口气，便是离他们而去的词语。虽然听着不像，但终归是词语。这些词语惨白、病态、苦痛，拼凑成怪异的话。陪伴在将死之人身边的人们无法理解，只当那人在叹气或急喘，实则不然，那气流是随肉体一同消亡、湮灭的词语。

人类中或有暴毙的，他们就无法全然丢掉词语，词语便积滞在体内，停留在被音节梗塞、肿胀起的心脏中；在痰与血间，黏连住肺部组织；快中风一步，淤塞了动脉血管。拿事故中身亡的人们举例吧，他们确实能说出些什么，但是话语难免流于仓促。水球爆裂一般，薄膜破裂，词语便肆意流出。虽说其中也有些规律，但这泼洒而出的碎语句、散音节说到底不外乎裹挟厚重唾液的咕哝。这样混乱的话语可比不上人类在自然死亡边缘的几小时或几天内释放出的富有韵律的言语。

我不想再讨论濒死体验的话题，也不愿深究人类从肉体转变为尸体过程中可能发出的种种话语。不过，我还是想补充一些细节，毕竟电影艺术对于人类濒死状态的呈现过于荒谬：身中数弹或是病入膏肓的角色们有条不紊地留下遗言，故事中的某个关键问题就此迎刃而解。我想在此强调：弥留之际的话语毫无意义，因为它们本就不是为了沟通交流而产生。其中并不包含任何信息。言已至此，在继续说下去之前，我还想谈谈吊死和溺毙的情况，因为在我看来，这两种迅即且欢愉的死亡也别有意趣。

溺死之前，溺亡者会在水下呼吸。他呼吸，是因为想要生存，却忘记了自己是人类——兴许是回忆起了过往长有鱼鳃，身为鱼类的时光吧。他本能地吸入、吐出，殊不知自己吸入的水流将在肺泡里筑起隔绝空气的水墙。清醒一些之后，他用理性接管过自己的呼吸，企图通过交感神经与副交感神经做出调整。他的脑袋浮出水面，想吸上口空气，却再度陷入水的包围。程序性呼吸与自发性呼吸彼此冲撞，踏着破碎的舞步，迈向死亡的句点。溺亡者最后的话语在水中消融。生命于水中消亡，在词语气泡未及破裂的几秒钟内，我们确可观察到言语如何抛弃身体而去。

吊死，恰是因为发声器官被紧扼住而死，话语成团卡在咽喉，引发痛苦的沉默。尸体不会说话，这不言而喻，然而，吊死者的尸首与溺死者的尸首一样，都在死后释放出词语。这两者乃是死者中的特例，他们的话语直截从死去的躯体、衰朽的肉身中涌现而出。

众所周知，尸体在排出体内潴留的气体时会产生响动，然而这声音并不经由喉管，也并非发自周身任一孔洞。尸体腐烂的过程中，言语细胞依旧活跃。一般来说，言语细胞本应按部就班地在漫长的濒死阶段渐渐死亡、消逝，然而，在上述两种情况中——在水下或是在绞绳之上——言语细胞会存活下来，并将一直存活到尸体破裂、爆炸。未能在濒死阶段释放出的词语化成脓水，随肌体的腐烂而流出。

简而言之，在生命走向尽头时，人类竭力发声，与其说是害怕死亡，倒不如说是害怕被遗忘。而他们并未意识到，比起他们垂死时说出的话语，人们将更多地回忆起他们生前，尤其是罹病之前的所作所为。当然，在气数将尽时挣扎着说些什么，也未尝不是生前所作所为的一部分；因此，将死之人以为生命中再没什么比自己的遗言更重要了。倘若他们最后的话语尚清晰可辨的话，这竭力发声的举动无疑将更令人动容。

与动物不同，离开尘世抵达此岸的人类全部喑哑无言，因为他们都在生前，抑或是在尸体的腐败中排尽了语言。不过，他们倒也不是一摊毫无灵魂的腌臜烂泥，而是依旧保有生灵的形态，仍然能够理解语言，并在沉默之中生产语言。我们动物则巧舌如簧，口若悬河，令他们惊异不已。虽然宇宙中既无天堂，也无地狱和炼狱，但人类死后，至少可以在此岸与我们相会，倾听我们动物的喋喋私语，聊以解闷。

在大多数情况下，到达此岸的人类已然摆脱语言。他们随遇而安，不再渴望发声，摇身一变，成为完美的造物，对动物们侧耳倾听，只在心中自语，于内激起话语的涟漪。许多人在这里与他们的宠物重逢，见证它们开口说话，感到喜悦无比。而我们动物，我们这些生性知恩图报、品行高尚的生灵，也不曾忘记他们在尘世里曾经给予我们的关怀与怜爱。

不过另一些人的心中就充满了困惑。他们发觉自己已然失去说话的本领，便绝望万分，怒火中烧，行为暴戾。他们难以接受死亡与沉默的现实，甚而萌生出屠戮我们的恶念。不过这一恶念总归不会长久，毕竟总有些生前受苦受难的动物挺身而出，制服这般狂暴的人类。

对付人类，我们动物并不以暴制暴。我们不舞一刀，不放一枪，不掷一石，不踢打，不撕咬，不叮刺。只凭口舌之利，我们就足以自保。我们滔滔不绝，直说到他们精神疲软，直说到他们意志崩溃。我们的话语中绝无恶意。偶有动物在杀害它们的刽子手面前历数他们的罪行，但言辞间也无半点夸张，而仅仅是陈述出事实。

举例而言，有些麋鹿绝口不提它们过往的苦难，反倒与猎手们谈天说地，聊起早熟的蓝莓果，谈到高福利的北欧诸国；不过也有些麋鹿渴望抒发自己的痛苦，而某个凶残人类、某个沉默猎手的到场恰为它们诉说自己的苦难提供了机遇。

在此声明，尽管我们与人类共存于世时没能享受到优渥的生活，但是我绝不认为人类皆是无耻卑鄙之徒。我是狗，被称呼为人类最好的朋友，我坚信人类这一物种并非无可药救。列位，我是条短命的丧家之犬，在短暂的狗生当中，我已经把这尘世看了个够。因此，我活得高兴，也死得痛快。在生前的时光里,我有幸听闻过两门语言。之所以说"有幸",是因为我们虽然天生掌握世界上的一切语言,但是只有当我们真正遇上一位说话的人类,我们才能够意识到这一潜能。而只有当这位人类在我们面前说出一门语言的词语,我们才能够理解这门语言。

假如我能够像名人们豢养的名贵小狗那样,坐着手提包周游世界,我将得以理解途经之地人们所言说的一切语言;然而我寿命短暂,从小到大,周遭净是些穷嚷嚷的笨蛋,因此,我所了解的大部分词语都是从电视里或是从广播中听来的。我仰仗此二种媒介,丰盈起自己的词汇。而从身边人类那里,我只学到了庸俗的词语、蛮横的命令、无尽的怨言,再者就是鸡毛蒜皮的喋喋絮语。

我本想换种方式讲述这故事,那样兴许可以让故事的核心更为明晰,毕竟,虽然你们将要读到的这个故事属于我,这条罗马尼亚死狗,但是其中多有杜撰的成分,虽然这个故事以我为原型,但是其中也充斥不为我所拥有的幻想,不乏我未曾经历过的事件。

你也许会好奇,我是如何写下这一切的,你也许更加好奇,我在死亡的彼岸讲述的故事是如何传达到尘世、变为文字、又被人们读到的。毕竟,你此时此刻就在读这些文字,不是吗?答案其实很简单:只要有人想着我这样一条死狗,代我写作即可。请设想:有多少人会想着一条死狗,为其写作呢?为我写作的本可以是你,但终究是她。

心理医生称呼她为"狗宰女"的那一刻，她铁下了写作的决心。那是导火索。她被自己的措辞击中。那词语是她亲口说出的，而心理医生仅仅是将之重复。会面结束，她回到家中，新建文档，开始写作。以下是她当时与心理医生的对话，这是整个故事的起点，那故事是我的，但也有部分是她的：

"我之前在想，阿根廷人把'马路'叫作'路程'。'路程'这个词好像引着人上路，是有起点，也有终点的。'马路'呢，就让我想到'马车'，想到过去的慢悠悠的旅行，马儿挨了鞭子，累断了腰，车子还是没能走几步。"
"你的故事是一段路程还是一条马路？"心理医生问道。
"都算是吧。"
"走不快的马也有了，路也有了，你还缺些什么？"
"力气。还有就是行程表吧。"

"牲口的力气,主人的规划。行程与路程。路程,货物,马匹……"

"对,有力气的马匹。我正想着写一只狗的故事;我和姐姐在去海滩的路上碰见那只受了伤的小狗,再也忘不了它。和你说过的……"

"没有主人的小狗,那条痛苦地、迷茫地沿着太平洋边漫步的小狗……"

"对。我们给它洗了澡,敷上药。它不肯吃东西,我拿手掌给它捧了点水,它喝下了。它伤得重极了。待它能走道了,它却没往我们这边来,反倒往海里走。"

"它去寻死。"

"也许吧。但那就是自杀了,可狗是不会自杀的,它们不会违背天性。也许它只是去冲冲伤口,降一降温,它发着烧呢……"

"往海里走只能是去寻死。维京人就在船上办葬礼,船也就是他们的坟墓。那你和你姐姐呢?你们也跟着它走到海里吗?"

"没有。其实狗也没有走进水里,到了岸边就躺下了。我们知道潮水会涨上来,就头也不敢回地离开了沙滩,哭个不停。之后的旅程里,我们流了好多好多泪……"

"岸上的旅行……"

"对……"

"为了活着,你们回到岸上,远离大海。生命在陆地上开始,也在陆地上结束。陆地是起点,也是终点。"

"……"

"这么说,你想写关于一条狗的故事……"

"是的,故事里狗会死掉。"

"会死掉。它会死掉吗?"

"我不知道。我只是觉得它一定要死的,也许我反倒期盼它死吧,但我也期盼着它能开口说话。"

"那就是寓言了。伊索寓言。很久很久以前。很久很久以前……谁?"

"我?"

"对。"

"……"

"你。"

"……"

"什么时候?"

"那些寓言是我小时候读的,我喜欢极了……"

"那你小时候发生了什么?"

"……"

"你小时候发生了什么?"

"……"

"你那时沉醉于此,如今也一样。你知道,寓言包含两部分:故事与寓意。没有寓意,便不是寓言。"

"的确,但是我想让狗开口说话,只是因为这样写起故事来更方便。我是这么想的。好吧,其实我也不知道。我不想要什么寓意。我也不是为了寓意写作的……"

"不可能。一切故事都有寓意，都有教训……"

"……"

"你写的是什么故事？"

"……"

"你的故事从什么时候开始？"

"……"

"寓意是什么？你学到了什么？你想教人们些什么？"

"不。"

"……"

"不，我不想教些什么。我不知道。我什么也不想教，不过我突然想到，所有的作家都说：'我写的东西没有什么寓意'，而我也像只鹦鹉一样，对你重复他们的话。我在采访里重复过，现在也对你复述着。"

"既然如此，你就有了寓意……"

"……"

"你是寓言中的鹦鹉吗？"

"……"

"你的故事是什么，你的寓意又是什么？"

"鹦鹉们总是多嘴多舌，像我一样，把同样的话说了又说。我现在就是这样，跟你说话，对你重复，如此而已。"

"重复，这就是你的寓意了……"

"不对！没有寓意，我不想要寓意，我也不知道。也没有故事。什么都没有。我先得把故事写完。"

"你那个关于会死掉的狗的故事……"

"没错，那个故事。"

"你已经有寓意了。你还缺一个故事。"

"我什么也没有！"

"如你所说，那条狗死了。这既是故事也是寓意。这既是故事也是寓意吗？"

"我不知道。"

"它会死的。或早或晚……"

"什么时候？我不知道。我什么都不知道。我还不知道从哪里开始。"

"死亡是结局，但也是开始，来世的开始，彼岸的开始……"

"……"

"死亡，故事，寓意，结局或开始。"

"如果把它放在最后……"

"狗的死亡与寓意。这是你的寓意吗？"

"那我把死亡写在最后？"

"就写死亡吧。开始和结局、寓言和寓意，都包含在内了。"

"我什么也没有，我和你说了，我不能……"

"写写寓意吧，写某种惩罚，写命运的教诲。"

"写？"

"惩罚还是命运？"

"好吧。既然我……"

"命运是事件的行列，顺序无法改变，一件事连着一件事，一步紧跟着一步……"

"……"

"你有改变命运、变换顺序的本领，结局是开始，开始也可以是结局……"

"那要等我写完故事，但我说过了，我什么也没有。"

"完整的故事，开始与结局。你已经有了……"

"不，我没有。故事还不存在，我这会儿都说了多少次了。我有故事的话，我就可以把它肢解开……"

"就像肢解尸体似的。"

"……"

"你会和你的狗一起死去吗？"

"就像上层人那样？"

"你是上层人吗？"

"你觉得像吗？"

"你总得属于某个阶级。"

"好吧。我成长在一个满是野狗的街区。我们跟它们在泥地里玩，在盖房子用的混凝土堆和沙子堆里玩。街道破败得很，狗狗们都蜷缩在路上的坑洼里。可怜的小狗，但好在有些狗运气不错，有邻居给它们吃食，容它们在家门口睡觉。这些狗有它们自己的名字：红花儿、咿哟、里奇、多米诺、小黑、大熊、宝儿。你想让我讲讲自己的童年，对吧？你上回是这么说的。"

"是的，说说你的狗吧。"

"那时候我没有狗。"

"那就说说你的狂犬病症般的怒火吧。"

"……"

"说说你愤怒的童年。"

"……"

"说说你愤怒的祖国。"

"……"

"……"

"在我的国家,人们用'狗宰子'[1]称呼那些街头小混混,那些叛逆的孩子,那些问题少年……"

"那些愤怒的青年。"

"没错。"

"你也一样,愤怒的你也是狗宰子。"

"狗宰女。"

"你会去杀了那条狗的。你这狗宰子,你这狗宰女。"

---

[1] mataperro:秘鲁方言。本意为"在街上游荡的顽皮孩子",而从词根上看来,又可拆分为两部分:"mata"(意为"杀")和"perro"(意为"狗"),为了贴合主题,此处译为"狗宰子"。

第二章　群狗

我在罗马尼亚拍摄下的第一张照片中晦暗一片。

预感在我眼眸中诞生。那不可见之物正是我须牢记之物。

没有缘由的信念驱使我拍下那片黑暗的空间。预感随闪光而至,一如对于纯净的企盼。

我明白那束光将会到来,它将帮我认清记忆的轮廓,而记忆将理解一切。

我将辨识出时空的面貌,时空是图像的连续,并将在我的眼眸中永恒。

理智将随那束光一同到来。

★

回想黑暗，记忆仅能分辨出污迹、孔洞、斑点与团块。我知道，米哈伊这个不速之客出现在我家中时，正是早春时节。我记得那些牛乳般的日子。万物渐渐沾染上光线，积雪悠悠地融化。

每当我置身于黑暗与寂静之中，米哈伊就会出现。他几乎永远身着工装，身上捎带些甜点。那回他穿着不带蓝色外套的工服。我记得他衬衫白如闪光。

米哈伊从屋子一楼的窗户偷溜进来，他知道，我这座洞穴的大门不会为他打开，洞穴内，四下都是我随手丢下的东西。我的住所便是这副模样：大门紧闭。我日复一日地随处丢放物件。杂物堆叠成山，而我就躲藏在成堆的衣物、书本与垃圾间。

他的光线污染了我的黑暗。

在我眼中，米哈伊是那么洁白：白色皮肤，白色牙齿，白色衣服，连他带来的礼物都是白色的。那天下午，他捎来一升香草牛奶、一袋甜面包和一个 A5 速写本，另附两支色彩不同的铅笔。

他升起百叶窗，把我从人造羽绒的被茧中拉起，搂入怀中。他的白衬衫包裹住我。米哈伊有光的质地，可散发出的气味却往往晦暗：他闻起来像车辆排气管散出的黑烟，像麝香，像公交车票的墨味与乘客的熙攘。

我睁开长久幽闭后半盲的双眼，试图辨识出他的容颜。我总是先认出他的眼睛：白色眼珠上咖啡色的瞳仁，随后认出他灿烂的笑容，认出他那牙缝间微微泛着黄的，小若爬虫之齿的牙齿。

他把我带去客厅，为我倒了杯牛奶，把甜面包掰开，撕成满满一碗肌腱、指骨与指节。我拿起一小块面包，与他一同吃起来。

点心中的糖分慢慢驱散了我昏沉的睡意，他的形象在我的眼中愈发清晰。他目光炯炯，衣装整洁，与之相反，我邋里邋遢，医生把我的病假延长到了月底。

我要去罗马尼亚了，他说。

★

　　米哈伊离开后，我又独自在黑暗中度过了数天。奶瓶中余下的牛奶变酸、凝结。一切静止，然而，在事物的深处，在我的深处，在我目力所不及之处，正悄然酝酿着一场蜕变。

　　那时，我已习惯摸着黑生活，也正因如此，我视觉之外的感官分外灵敏。游丝般夹杂着酸味的香草气息传来，让我再次想起我们前些天的短暂对话。

　　我记得铅笔的触感。握住笔杆，我记下米哈伊报给我的航班订单号。他是从手机中找出这串号码的。屏幕的光线映照在他的脸上，让他的形象更显光明，近乎圣徒。我记得他说出号码时坚定的声线，记得他在告别时简短而近乎粗鲁的口吻。你不该一个人待着，他说。他的西班牙语中总是装点着些罗马尼亚口音。

★

  米哈伊曾是我挪威语课上的学生，是最出色，也是最上进的学生之一。他随身携带一个笔记本，时时刻刻记下新鲜的单词。我就在一旁看着他：看他听到单词后拿出笔，写下些什么，随后又往天上看去，仿佛正在观鸟的鸟类学家。当我已不再是米哈伊的老师后的某一天，我遇见了正在驾驶公交车的米哈伊，他开的是我常坐的、去各处都很方便的那班车。他的生词本就摆放在车子的仪表盘上。他邀请我坐到副驾驶位上（或者说，残疾人专座），那位子一般没人会坐。我平时喜欢坐在后排，但那天，他透过后视镜朝我打了个手势，我便坐到前边去，透过视野开阔的挡风玻璃观赏起路上风景。道路比我想象的更宽。自那以后，每当我看到开车的是米哈伊，我都会坐到他旁边，一边听他讲故事取乐，一边观察着蜿蜒曲折的车道以及随季节变幻色彩的沥青路面。

  我们的关系随时间而愈发紧密，米哈伊成了我的老

师。我认真地听他讲故事,有时也听从他的建议。每当我下车时,米哈伊总以祈使句向我道别:

> 多穿点
> 放轻松
> 散散心
> 给我打电话
> 保重
> 找找乐子
> 忘了吧
> 出门走走
> 开心点
> 记得告诉我
> 加油
> 来吧

★

米哈伊在带来送我的小本子的扉页上写着:

想 画 就 画!

那种廉价的笔记本在超市就能买到。它没有硬质封皮,只有一张黄色的卡纸充当封面。卡纸上画着一根长着眼睛的、咧着嘴笑的铅笔,一旁写着纸张的尺寸和页数。内页的纸张只是普通的 80 克打印纸,受不住水彩和稍重些的炭笔笔迹。

米哈伊经常和我讨论我们共有的缺陷:缺钱,缺证件,举目无亲,既无情感动向,也无过人天赋。我曾对他说,我喜欢画画,但是生来就不是当画家的料。你画过多少画?有回他这样问我。几张吧,但都是很年轻的时候画的了,我说。也就是说,你最近什么都没画?他质问道,随即便掏出手机。你看,现在什么东西都能在 YouTube 上找到教程。看到没？这是个手把手教你学画的视频。看看，这么多点击量；看看，想学画的人有多少啊，可不止你一个，他们都试着学了，你也得学。我都给了你纸，给了你笔了，再没什么理由不画了。

我看着扉页上的赠言，心想，简单之中也暗含一个伟大的真理：一切都归于欲望。

硬纸板和打印纸装订成的小小笔记本，简洁明了又平易近人，在上边宣泄欲望也就容易许多。我如一个从床上跃起的，坚信自己可以飞翔的孩童，感知到一股天真烂漫的冲动，萌生出绘画的愿望。我草草画下几笔，想勾勒出一株松树。结果不如人意，但我也没有把它擦去。我看着剩下的空白纸张，知道自己无法用画作填满它们，但又确是想把它们用完。接下来的几天，我在笔记本上拟出一份旅行预算，记录下所剩氯硝西泮的毫克数，并为离家远行的日子制定每日配额。我看见先前在笔记本上记录的订单号，在它的周围画上一圈蚂蚁。

★

  那天米哈伊来到我家，用甜牛奶把我从藏身之处勾引出来（好像我是猫似的），也建议我与他一同去罗马尼亚。换换环境对你有好处的，他说。我找出了几个不去的借口，但他坚持再三。待在这儿，继续这样，你只会坏下去，你不会好起来，他这么对我说。米哈伊就是这么说话的，他会为最想强调的句子加上明显的反复。

  病假悠长，其间我不再出门购物。钱因此攒下很多，氯硝西泮却消耗殆尽。比起旅行的愿望，以及朋友对我健康的担忧，我想得更多的是，罗马尼亚兴许是个不需处方就能买到镇静剂的理想之地。我有所耳闻，人们时常远赴东欧，只为不经诊断地开出各式药物：抗生素、壮阳药、兴奋剂、安眠药、术后消炎药，甚至是含有可待因的止疼片。

  在某一次化学昏沉过后的肾上腺素飙升中，我开始在本上画画。方才落下几笔，我又去预订网站上查询了米哈伊留给我的预订号。我在纸上画下直线、斑点与螺旋，同时在网上查找去往布加勒斯特的同一航班的机票。找到了,即刻下单。我收拾起一只手提行李箱,装上四套换洗衣物,其中一套是正装。我感觉自己仿若是要去赴死,一种笃定感包裹住周身。我感到一种奇怪的满足,几近节庆之欢,但同时又沉默灰暗,没有彩带飘飘,也无手舞足蹈,更像私下里做完一件已然熟识的事情后心灵感受到的宁静。就好像一份无趣的工作做了多年,此时交接完毕,递上辞呈,打上句点,关灯,关门。

我想要消失不见。

★

  为死亡做准备简单至极，无须准备些什么，只需获得生命，而后出生；不过，这两件事并不由我们负责，而是由那两个先于我们存在的陌生人决定，而那两个人的细胞又是从先于他们存在的另外两个陌生人那里得来。

  我自甘堕入镇静剂带给我的睡意昏沉中，兴许是渴望着幽暗的子宫，怀念那方寂静而温暖的空间吧。外界声响模模糊糊地传来。我不知是谁在给予我养分。我的身体吸收着她喂给我的液体，以及活物或死物的食糜。这食物的胶体浆液近似在羊膜囊中塑造我们成形的、维系我们生命的、令我们漂浮着的羊水，不过那时的我们尚不知何为生命，也不知何为漂浮。我们不知是四周的羊膜给予我们保护，不知是四周的养分让我们强壮。我们不知何为生长，何为强壮，我们也没有知晓这些的欲望，因为我们不知何为知晓，也不知何为欲望。在那里，我们一切安好。我们一无所知，一无所欲。我们唯一知悉的，兴许就是那方守护着我们的温良黑暗,也许,在羊膜的暗影之下,在新陈代谢的声响之中,我们把那黑暗认作了自己与万物的一部分。

倘若在子宫之内,我们就意识到自己是一个独立的生命体,注定要生长成形,离开我们唯一所知的、包裹着我们的那一方天地;倘若我们知悉,一旦离开那个温暖而安全的地方,我们就将降生在陌生之地,而彼处唯一可信之事是众生皆有一死;倘若我们有留下和离开的选项,即使这两个选项都通向同一个结果:死亡。

即便如此,我们也无法知晓何为死亡。

但如此一来,我们就可以选择留下或是离开。

而现实不给我们选项。我们什么都没有选择。

只有我们的母亲能做出选择。名为思想的生理活动思索着名为怀孕的生理活动。

一项生理活动决定另一项。

分娩时刻,母亲几乎被疼痛撕裂,以为自己即将死去,而当她这样以为时,她也就意识到死亡是一种可能性。可能性带来选择,选择又带来欲望:一些母亲在巨大的生理痛苦之中,真切地渴望着死亡。然而分娩依然在继续。倘若我们的母亲没有在分娩中死去,那么仅剩的可能(或许是她所希望的)便是我们的出生(或许她并不一定希望我们活着)。

"我们的出生",这一词组值得玩味。人人都会出生。这在所难免。然而,出生时,我们可能活着,也可能已经死去。人们常说，"生下来便死了"，之所以这么说，是因为当胚胎在显微镜下第一次活动时，当我们最初的细胞看似增殖、实则分裂时，人们首先便会认为，生命已经切实地诞生了。

我们的生命源自细胞的破裂、分裂、分离、疏离、分割、离散、裂解与流散。我们是细胞碎屑聚成的雕塑，基因的碎砖破瓦构成器官与骨头的一团乱麻，而后又组成个体（个体将继续分裂），组成（散落的）主体，而主体最终也将分解。

倘若要做点什么以求死的话，那就动一动吧。难产（及胎死腹中）也许会给人一种静止、停滞的假象，然而这种停滞恰是一种持续的运动。因此，即使是难产，我们也依然在运动，我们抵抗着宫缩，逆着宫缩运动（而非随之运动）。反之，我们的顺利出生则是随宫缩运动的结果。其中既无欲望也无意识，只有物理法则与生理现象。

运动是万事万物与普罗众生的中心。我们在心跳与呼吸中便能感受到运动的轨迹与运动带来的颤动。即便我们蜷缩在羊膜内的黑暗世界中，我们的细胞也要运动，我们的母亲也要行走，日历要页页翻动，宇宙要持续扩张。休憩与安宁是无谓的奢望，因为此二者本不存在，子宫里难觅，坟茔中也难寻。我们在母亲腹中睁开眼睛，视野被羊膜包围，目光落于母亲闪着光的器脏之上。那亮光是我们的第一面镜子，是我们的第一缕回忆，纵然这段回忆我们将永远无法拾起。我们是湿润闪光的织物，接受着光线的照耀，那光线向我们昭示动力之理与运动之实。子宫颈扩张开，痛苦地律动，似是向光生长的植物。光线闯入，那是外部之光，是未经羊膜与皮肉筛滤过的光，光线在我们母亲的脏器之间开路，猛地将我们从子宫中拽出。既至外部世界，那锐利的光线凿入我们柔软的囟门，刺穿我们初生毛发的头皮，渗入我们的躯干，直至从内而外地照亮我们的身体。光线在血肉里，血肉在光线中。

母亲的器脏之壁有了体积、形状与色彩。羊膜星云，器官星座。我们是白炽的血肉填充起的一只灯泡。悬浮的气体填补空腔与罅隙，充盈起我们脆弱而多彩的机体，我们的细胞之矿，我们的碳，我们的穆拉诺[1]彩玻璃肺泡，我们的氧，我们的卤素甲状腺，我们的碘，我们的荧光骨骼，我们的氟。神经纤维、肌腱与血管交错，织造出炽热的、鲜活的、搏动着的、热气蒸腾的绳索。

---

[1] 意大利小岛。以出产玻璃器皿闻名。

★

　　既已离开子宫三十五年之久，又该如何为死亡做准备？睡眠。睡眠的方式很多，而借助药品是其中最容易的一种。裹身毯中，闷住各种声响，直至它们难以辨认。怀念寂静与休憩。我们忘却语言，忘却脉搏，忘却肺中的空气，我们在业已平息的神经突触的细微嗡嗡声中缓缓睡去。寒意自我们指尖延伸，遍及全身。器官的山路上，血压缓步下行，松弛之河润泽筋腱与肌肉。我们呆滞地躺着，静待镇静剂中的化学分子与我们身体的每一个细胞松弛地交媾，彼时，我们得以获得渴望已久的休憩。

　　虽然我们已然知晓，绝对的休憩并不存在。

★

　　旅途中的第一束光在飞机上到来。我正想翻看杂志，米哈伊却开始对我讲话。他的声音近似呢喃，让我想到用拉丁文施行的礼拜仪式。那时，他告诉我，他的真名是奥维迪乌，并请我不要当着他家里人的面叫他米哈伊。我自从在班里认识他后，便一直叫他米哈伊。他在学生名册上也是以米哈伊·阿尔贝斯库的名字登记在列的。

　　同行的旅伴可能变换了身份，此事倒并不令我惊惧。说到底，"身份"又是什么呢？是什么让我成为一个人，又是什么让我与别人区分开来？我如此自问。我把杂志放到一旁，尝试在涡轮发动机生产出的白噪声中入眠。

　　你还好吗？米哈伊问道，他的声音把我从浅睡中唤醒。还好，怎么了？什么事？我问。我以为你生气了，他说。我理了理头发，用围巾把脖子裹好。我梦见自己找到了一只保险箱，我说。锁着还是开着？他问。锁着的，但我感觉自己就要打开它了，我很确定，我说。关于我名字的事情，你没生气吧？他问。没有，我说。我要声明一句，我也叫米哈伊；别觉得我像是换了个人似的。没事的，我说。给你看我的护照，他继续说道，说着就把他的护照放在我的左腿上。上边的名字被光线照亮：奥维迪乌·米哈伊·阿尔贝斯库。

我和两个诗人有一样的名字，他说道。而后不久，飞机便在机场的沥青跑道上弹跳几下，降落在地面上。

★

　　我不知如何形容布加勒斯特，是晦暗还是光明。我与它初识，尚不能度量其光照的强度。虽然周遭一切闪亮喧嚣，但我知道，我们抵达时，已经是午夜时分。我们走出机场，听到有人高喊一声：奥维迪乌！那声喊叫是一道分界线，自此往后，一切显得断断续续，我多能理解，却拙于表达；我远离自己的语言，碰撞上他人的语言，走出米哈伊与我共用的语言，走进这个崭新而陌生的奥维迪乌所用的、与他一样陌生的语言。

　　那个喊出奥维迪乌名字的家伙生得又高又壮。头发浓密乌黑，脸盘宽大，一圈络腮胡自下巴往上，直连发际线。两只小眼几近被茂密的毛发遮掩，倒更像是嵌在旺盛的睫毛与眉毛间的两点疖子。他朝我抛来一个复杂的眼神，权当是问候。他在我们前边开路，引我们去机场的停车场。他递给我的朋友一把车钥匙、一部手机，随即离开。

　　奥维迪乌放好手机，按下车钥匙上的按钮。几米开外的一部汽车发出鸣响。车辆外表似是米色或是暗灰色的，然而，走到近前，我们才发觉那该是辆黑色的车子，只是上边附着了厚厚一层污渍与干泥。我们打开车门车窗。后备箱里满是空瓶与装满废品的袋子。后座上散落着报纸和破布。我们的行李箱不大，因此勉强能在这堆垃圾中腾出位置来放下。车里有汗馊味、烟草味和不知什么东西腐烂的气息。虽然天气寒冷，我们上路时还是打开了车窗。冰冷的空气逐渐替代了车里的臭气。我们好一会儿都没有说话，不知是因为我们不愿张口让那股浊气溜进口腔，还是因为这气味来自我们认识的人，身处其中令我们备觉尴尬。

我不时看看车速表。奥维迪乌车开得不错。我不知道我们离开机场停车场后过了多久，但是路旁已然没了房屋或灯光。我们沿着昏暗的公路前行。我试图用手机浏览器查看导航，但是手机没有信号。布加勒斯特已经显得十分遥远，我开始感到眩晕。镇静剂的药效逐渐退去，睡意消逝，清醒遽然袭来。

油量指示灯把奥维迪乌的胸口染成红色。我提议在某个加油站停车补给。显然，他也能看见红色的指示灯，可我们已经驶过了数个加油站，他却没有一点要停车的意思。我要算一下这破烂玩意儿每公里的油耗，等我还回去的时候，油箱里一升都不多放，要跟来的时候一样，他说。

直觉告诉我，我们已经不在布加勒斯特了。出发前，我一度以为这座城市就是我们的目的地，毕竟它也是我对罗马尼亚的唯一了解。不过确实，我也从来没有问过我的朋友他是不是首都人,毕竟这对我而言没有差别。

几块霓虹招牌变换了路旁风景。奥维迪乌缓下车速,我们朝着缤纷的灯光驶去。

★

加油站的光照之下,汽车显得更加肮脏。我提议去洗一下车,然而他拒绝了。他觉得这不公平,车子到手是脏兮兮的,却要他干干净净地还回去。我问他,这辆车是不是从租车行租来的,他说不是,是一个远房表亲的朋友租给他的。

奥维迪乌从车上下来,用罗马尼亚语和西班牙语咒骂着。那些租车行的浑蛋根本不还你押金。真见鬼![1] 他们就是官方的黑帮。他们的网络布满整个国家,他们和酒店还有航空公司串通一气,永远都知道你在哪儿;哪里可以租车,哪里就是他们的眼线。一旦你开房或者买机票,他们就立马问你要不要租车,他们把你摸了个透。网上、线下都一样,他们把你盯得死死的,你在哪儿停车他们都知道,他们会亲自过来把车给你划了,把轮胎给你扎了,就

---

[1] 原文为罗马尼亚语。

为了多收你点钱；你要是在国外工作的罗马尼亚人，那就更糟，不谈钱的事，光是出于嫉妒，他们就能干出这些事来。

我从没听过米哈伊骂人。我想，这可能是新来的奥维迪乌的性格吧，我还在了解他，他们之间的差异可能不仅仅是语言上的。我虽然天性消极悲观，但是并不担心他所说的黑帮或者袭击之类的事。比起这些，我更关心的还是我们的脏车。我建议将车子清理一番，冲洗干净，可他不肯。

我可以付洗车的费用，我提议道。这不是我小气，我就是不想给那浑蛋洗车。你看它交到我手上的时候是个什么样子！真见鬼！[1] 看看！我给他的钱可不比付给租车行的少多少，奥维迪乌说。可能他没时间打扫呢，我说。用肥皂和水擦一遍的时间都没有，可能吗？没看见他就是明摆着想让我帮他免费洗车吗？他说。依我看，你确实是有点小气，我说。你不知道就别说话，他说。我得说话，我知道我们不能开着垃圾堆上路，我说。

我打开后备箱，开始往外丢垃圾与废品。他很快消了气，借来加油站的吸尘器，清扫起座位和踏垫。我在后面翻出一包脏衣服和一双臭鞋，问都没问就扔了。一起扔掉的还有吃剩的食物、报纸、瓶子、易拉罐、烟头和几个用过的避孕套。

---

[1] 原文为罗马尼亚语。

我们也可以原封不动地还回去的,奥维迪乌一边踹着散落在地上的避孕套和烟头,一边说道。他的眼里和牙齿间都浮现出笑意,我则抖动起从后备箱中取出的毯子,灰尘与绒毛升腾作云雾,我的身影隐匿其中。

★

　　奥维迪乌小我七岁。他还是我的学生时，我们就已彼此吸引，对我而言，这段课堂之内的感情不难驾驭。我总是偏爱保持距离。这倒不全然是出于师德师风，主要是因为我不想与任何人发展起任何形式的关系，更别说是和我的学生了。他不再做我的学生后，我们在公交车上偶遇后，我才慢慢与他亲近。奥维迪乌那时已经修满雇主所要求的挪威语课程时长，开始全职做司机。我也不再是他的老师，改做他的乘客。我享受他的陪伴，另外，能够抛去往日站立讲课时的身体负担，安坐在他身旁，也让我备感舒心。

　　每当我走出教室，不用再面对一群向我索求知识的学生时，悲伤就再度涌现。我开始对许多事物感到无能为力，性是其中之一。即便有欲望，我也不知如何处理。欲望成为一种不确定性，成为又一种焦虑。我难以分辨我的欲望与情感需求。我因自己的脆弱而恼怒，干脆让酒精与药片一同助我安眠。酒劲与药效协力，生出别样的功效，缓和了性带来的紧张。我与奥维迪乌愈发亲近的关系也如酒精与药片的碰撞般融洽。我们不再是封闭课堂内一对师生之间的性幻想，而是这昏黑寒冷国度之中新添的两个异乡人。我们开始彼此关照。我为他协理各项程序性事务，向移民局、警察局和劳工系统递交材料与文书；他则帮衬起我的日常起居，为我修理洗衣机，扫除门前的积雪，在我无心烹饪、丧失食欲时为我带来甜点。我们不再是色情电影中的性幻想，转而成为一则寓言：相互帮扶的瞎子与跛子的故事。

车厢既已打扫一新，我匆匆去了趟加油站的便利店，为余下的路途购买了些啤酒、饮料、薯片和甜面包。我还去了趟洗手间，服了一剂氯硝西泮。走出洗手间时，奥维迪乌正用纸杯端着咖啡等我。他的眼神平静，其中已无笑意。

我才不给那个浑蛋洗车，我帮他打扫，还给他扔垃圾，够他谢谢我的了，他说。洗车又不费事，我说。费事，怎么不费事，他反驳道。这次我没坚持说我可以付洗车费，我不想再陷入和刚刚一模一样的争论了。但我们怎么能开着连颜色都不知道的车子上路？我说。要想知道颜色，也不用洗车，他说着拿手指往满是尘垢的车身上抹了一道。车子几乎是被一层干硬的泥壳包裹着。再说，行驶证上也写着颜色，你看看就知道了，他补充道。

我不知道自己是不是真的想要辆干净的车，但我确实想揭去这层干巴巴的土壳子。此事关乎好奇心、欲望与快感，就像我喜欢揭掉身上的痂。

我从后备箱里拿出一块先前找到的旧毛巾，蘸了些玻璃水，在车身各处胡乱擦拭起来。我慢慢擦出了透亮的车头大灯，擦出了车牌号、商标和一抹车身原有的鲜亮色彩。这是一辆"达契亚罗根"，车牌号 SI 13 KPA，深绿色的车身。

我乐意洗它，我说。

"乐意"一词在我听来是那么刺耳，仿若来自一门外语，仿若来自一句含混不清的话。

★

我们一同穿过隧道式洗车机。

我揿开一罐啤酒,透过挡风玻璃观察着那些蘸着肥皂水的巨大刷子,看它们的丝丝纤维如何慢慢去除泥垢。慢慢地,水变得清澈,肥皂泡也稀疏了。

第一罐啤酒喝完。汽车也已清洗完毕,绿莹莹地发光。

我们去走走吧,奥维迪乌说。去哪儿呢?这儿什么都没有,我也知道,我们不会去布加勒斯特,我说。我从自己的声音中听出怨气。我就没听你说过有什么顺你的意,就算是有,时间也长不了。这样吧,既然你这么想看布加勒斯特,我就给你交个底儿,我们还车的时候,还有飞走的时候怎么着都得去一趟的。到时候我们可以在那儿待上几天,不过,我得先办点事,奥维迪乌说。我没有问他要做什么,没有问他要去哪里,也没有问他是什么事,但他又继续往下说了:我得先尽到些责任,得帮家里人办事,成吧?

我对米哈伊了解不多,对奥维迪乌所知更少,因而无从知晓他要去办的事情容不容易，合不合法。不过总不至于是难于登天或者罪大恶极的事情吧？我心想。他提到"家里人"，我便想象，他大概是有个妻子，还有几个孩子，但这对我来说也不太重要。我选择不去过问。除去对于车身颜色的好奇，彼时的我什么都不想知道。

★

  路上,我给他递去一瓶饮料,他接了过去。镇静剂开始对我生效。我看见车道分界线一条追着一条地流过,在车子后方汇成一道白粉笔的尾迹。我即将进入深度睡眠,奥维迪乌却在那时按按我的大腿,把我唤醒。

  帮我解锁下手机,谢了。密码是我的生日,他说。手机静静躺在我的腿上,我一动不动。怎么,你不记得我的生日?我可记得你的生日,他说。你要是记不起来,可就连不上网,看不了定位,什么都用不了,他说教道,仿佛是跟小孩子讲话似的。我点亮手机,奥维迪乌还在说话。你之前是怎么想的?以为我是布加勒斯特人?他问。不,我没怎么想。在我看来,罗马尼亚是个整体,你单纯是个罗马尼亚人,我说。你要是觉得我是布加勒斯特人,那可大错特错,他说。我调整坐姿,在座椅上跷起二郎腿。你是老师没错,可你好像对很多事都一无所知,他说。

  他的声音中带着怨气。他是不是布加勒斯特人这种事，我不关心，也不理解，我也不明白他何必要把我叫醒，他完全可以一边开车，一边把手机解锁了。我也不知道他为何要为我记不得他生日而置气，他去年过生日的时候，我明明还给他送了件朱红色的毛衣。那是件秋天穿的薄毛衣。是我下课后买的。那时新学期伊始，他已不再是我的学生。我清楚地记得店员的模样：那是个十分和蔼的男孩，红色头发，个子挺高，金色的虹膜金得浓烈。那男孩似是一只秋天的动物。我记得时间是在九月。

你的生日是在九月，你记得我去年送了你毛衣吗？我说。记得，当然记得了。你现在想到了礼物的事情，记起来是在九月，但还是不知道日期，他说。好吧，对不起，我忘了，我说。我从没忘过你的生日，他说。谢谢，但你想让我怎样呢？我就是记不得日期，你要是还想让我帮忙解锁的话，直接告诉我密码得了，我说。想想看世贸双塔，他不依不饶地说道。你的生日不是9月11号吧？我问。我让你想想看世贸双塔，又没说我的生日就是911。再想想看，他说。于是我想起来了。9月10号，我说。没错，答对了，910，月份是九，日期是十，他说。好吧，既然你觉得生日的问题这么生死攸关，那么，现在请你报出我的生日，我说。这还不简单，123，1月23，月份是一，日期是二十三，他回答得干脆利落。

我解锁开手机。浏览器并未提供给我许多信息。我们正沿着E81高速公路飞驰在克勒拉希县[1]的土地之上。

我拿出奥维迪乌送给我的笔记本,送我笔记本时,他还没有变成奥维迪乌,依然是米哈伊,我在本子上画出一条高速公路。用的是墨色最浓的一杆铅笔,涂满整整一页,把整个笔尖磨平。我很高兴,送你的本子派上了用场。乱画也好,涂鸦也好,只要开始画画,画什么都好,没必要尽善尽美嘛。重要的是立马就画,随心所欲地画,别去找借口偷懒,他说。

我把笔记本放到一旁,再次改换姿势,尝试入眠。

---

[1] 罗马尼亚行政区域。

★

你老是在睡觉。死后可有的是时间睡觉，米哈伊说。他的声音掀开我的眼帘。我为自己没能当好副驾而感到抱歉。完全清醒后，我看了看手机浏览器，看出我们是那个在地图上行进的蓝色光点。根据卫星显示，那光点正向着海岸线移动，我为此感到欣喜。

对不起，我说。要我说，你想睡就睡好了，我又无所谓，他说。好吧，但我这下没法睡了，你都把我吵醒了，我说。真羡慕，我真想像你一样呼呼大睡，我也很累，但是还得开车，他说。我们干吗不停下来眯一小会儿呢？我提议道。停下来挺危险的，也不值当，会浪费时间，他说。你到底想不想睡？我问。不想，你最好和我讲点什么，跟我说说话，他说。你想听我讲什么？我问。不知道，随便吧，主要是为了提提神，他说。我们可以停下来休息的，我说。不，和我说说话，他坚持道。好吧，我跟你讲我前不久看的电影，我说着给他开了一罐饮料。行，米哈伊说。电影名字叫《45周年》。讲的是一对马上要庆祝45周年结婚纪念日的老夫妻的故事。45周年？不是50周年，也不是40周年？要我说，最好是取个整数，他插嘴说。40周年的时候，丈夫病了，没法庆祝，我说。因为他快死了，所以赶着庆祝？他问。不，他还没到死的时候，你要继续听我讲吗？我问。好，米哈伊说。行，在纪念日前几天，那位先生，也就是丈夫，收到从瑞士寄来的信。信里面说，阿尔卑斯山那边有座山峰，山顶积雪因为气候变暖消融了，因此暴露出几具多年前走山路的时候失足掉到裂缝里的登山者的遗体，其中就有这位先生女友的遗体，那是他年轻时的爱人，他在和太太，也就是和电影的女主角结婚前，曾经深深爱过一个女孩，和她去了阿尔卑斯山徒步旅行，我说。那妻子读信了吗？他问。读了，丈夫跟她讲了信的事，他们一起读了信，我说。那妻子之前知道那女孩的事吗？他问。知道，丈夫先前和她说过那次徒步和那场意外，她是知道的，我说。然后呢？米哈伊问。嗯，那消息显然对那位先生，也就是对丈夫冲击不小，他起了去瑞士的念头；他把想法告诉妻子，可妻子不大高兴，我说。嘻，那当然啦，她怎么可能高兴啊，米哈伊说。嗯，他告诉她的时候，她似乎倒不嫉妒，更多是担心，毕竟她丈夫上了年纪，他们那阵子又忙着准备庆祝典礼，她比丈夫准备得更上心些，我说。那他呢？去阿尔卑斯山了没？他问。没，他没去，但他开始讲死去的女友的事情，一讲就讲个没完，这还是在结婚纪念日前几天的事，我说。操，那这下他们还能庆祝吗？他问。嗯，我不想给你透露电影的结局，你看起来还挺感兴趣的，自己去看吧，我说。不不不，我才不看，听剧情像是让人难受的苦情戏，况且我时间紧张，哪有空看这些，所以，你还是继续跟我讲讲吧，他说。行，电影最有意思的地方在于丈夫在纪念日之前的种种行为，以及他是如何绘声绘色地向妻子讲述那女孩的事情的，从中你就能发觉，丈夫一直在想念着死去的女友，当然，妻子也能感觉到他出轨了，我说。可是他没出轨啊，前女友已经死了，丈夫不也对她坦白了吗？对，丈夫是坦白了，我说。他们认识的时候就坦白了对吧，应该是在结婚前就说了吧？还是说因为信又知道了什么新情况？他问。她之前都知道了，信里没什么新信息，但假如你得知和你结婚多年的妻子心里一直想着别人，你会怎么觉得呢？我说。那又怎么样，那个"别人"已经死了啊，他说。但是你不觉得，他一直记挂着她的话，她就像还活着一样吗？我问。那不会，当然不会，我也记挂着死人，可他们也没因此活过来，人都死了，我能拿他们怎么办呢，人又怎么可能和死人出轨呢？他说。我抿了一口饮料。所以他们最后办成庆祝典礼了吗？他问。办成了，我说。啊，皆大欢喜，米哈伊说。那倒也不是，但解释起来还得补充更多细节，我说。操，你该讲部开心点的电影的，他说。好吧，主要是我刚看过不久，所以一下就想到了，我说。操，不过，说起来，故事讲到现在，有些部分我还不太明白，既然他只是那女孩的男朋友,怎么会在那么多年之后收到信呢?那女孩没有自己的家人吗?他问。嗯,信寄到家的时候,妻子也问了一样的问题,于是丈夫承认说,他名义上是女孩最近的亲人,因为他们差点儿结婚了,我说。什么叫"差点儿"结婚了?他问。嗯,丈夫对妻子解释说,他们戴着戒指,又住在一起,人们觉得他们应该是对夫妻,我说。但他们没有结婚吧?没有正式的文件吧?他说。没有,理论上来说,他们没有结婚,但他们彼此相爱,住在一起,这还不够吗?你不觉得那就跟结了婚是一样的吗?也正因如此,妻子问丈夫:"如果那女孩还活着的话,你会和她结婚吗?"我说。那我猜,他说不会,毕竟最后他们办成典礼了……他说。嗯,不对;面对妻子提的问题,丈夫的回答是肯定的,说如果她还活着,他就会和她结婚。操,这什么傻逼玩意儿,这么多年过去了,干吗还说这种话,照我说,他收拾好心情,开始新生活,和妻子过得也不会差。首先吧,妻子是个活人,他俩一起组建了这个家庭,他大体总是满意的吧,不然也不会搞庆典或者什么其他玩意儿;再说,假如没那封信,大家本都高高兴兴的,对吧?包括他自己,米哈伊说。好吧,换作是你,你会怎么做?我问。什么怎么做?米哈伊说。就是说,你年轻时候深爱着的那个女人死了,或者消失了,几十年后尸体又找着了,那封信寄过来,你怎么办?我问。我想想,好像也没啥好做的,我会问问看他们寄信来有什么目的,再找找她的亲人,她的父母可能已经死了,但总得有叔叔、表亲什么的吧,我不知道，他说。要是她没有亲人呢？我问。总该有几个亲人的，但是，好吧，假如真的见了鬼，家里人一个不剩，我会去操办葬礼，但更多是出于敬重，毕竟已经过了至少四十五年了嘛，我也和别的女人结了婚，和我的儿女、孙辈们住在别的国家，估计我早把她忘了吧，他回答道。嗯，其实他们没有孩子，我说。什么？！结婚四十五年，没有孩子，还想着死掉的女友！操，要是这么回事……什么人都有，生来遭难的人也是有的，米哈伊说。

接下来的数公里，我们在沉默中度过。

★

在罗马尼亚，一切道路入夜即作黑蛇。时而现出亮着橘色灯光的城镇，昏暗微弱，叮叮作响，仿若东正教彻夜祷时成簇的短蜡烛。

镇静剂药效已过，重归清醒，精力倏来。对向车道上射来的前照灯光会令你目眩。车流无情。恐惧又在上腹部作祟，最好还是不要看路。平均下来，每五公里，便有三到四只被撞死的动物。我说不清路面上可见的被轧扁的都是些是什么动物，但能看到它们紧贴着沥青地面的皮毛或羽毛，肉泥结成干壳，环绕在周围的血液既干涸也新鲜。

我们正要进入康斯坦察城时，我打开了最后一罐啤酒。你是打算喝醉了再去我家吗？奥维迪乌说。我喝下半罐，剩下半罐泼出窗外。我吃下块甜面包，又往嘴里塞几块薄荷口香糖。我尚不知谁将在他家中迎接我们。奥维迪乌不太谈论他的家庭，每每提及，只把它当作一个整体："我家"。我也没对他详细说过我家的情况，不过，我们都曾谈起我们的母亲。我们两人小聚时，偶尔会突然接到母亲打来的电话。通话内容也相似：短促的应答、笑声、沉默，以及在挂电话前说这里一切都好。

奥维迪乌的母亲在意大利定居多年。奥维迪乌也曾在意大利生活过，来到挪威之前，还在西班牙住过一阵。这便是我对他家庭的全部了解。也许他母亲会趁着圣周的假期回到罗马尼亚迎接儿子。也许开门的会是他父亲，虽然奥维迪乌从未对我提起过他。我也未曾提起过我的父亲。过往经历让我得出这般结论：若是有人不愿提起自己的父亲，那么，他的父亲要么是微不足道，要么是时运不济，要么是已然死去。抑或以上三者皆是。

如今我知道，当时我所感受到的是好奇，可那时，我却将此种情感误认作恐惧。我身处未知地带，困倦而自闭地在遍布动物死尸的极黑之路上行进。仅一位密友知道我要去往罗马尼亚，她也建议我三思而行，认为以我现在的健康状况来说，出门远行也许不是好主意。她重重说出"健康状况"几字，而后又和我讲起她在新闻中看到的罗马尼亚黑帮、勒索乞丐的恶棍、毒品、性交易还有暴力之类的。都是偏见。我相信米哈伊。然而，一阵晕眩贯穿我的身躯。恐惧与好奇，这两种动物习性相近，在我们身上挑拣同样的洞穴营造它们的巢穴：上腹、鼻腔与骨髓隧道。

路已经走了这么远，我没法在此时抛出一连串的问题。说到底，就算我搞清楚了奥维迪乌是被雇来杀人的，还是来给家人分发小礼物的，我又能怎样呢？我不知道自己想要知道什么，但确信有一些秘密等着我发现。我壮着胆子，随口抛出个问题，以便从这伪装成恐惧的好奇心中抽身。罗马尼亚语的谢谢怎么说？我问。Mulţumesc，他说。罗马尼亚语和西班牙语挺像，你会发现的，他继续说道，仿佛在跟我保证着什么。

城市的灯光离我们愈发近了。我们即将驶入曼加利亚城。我知道海很近了。我看不见海，但是空气潮湿，味道咸腥刺激。我回想起中学地理课本上黑海的模样：海岸线的形状仿似一块放倒的髋骨，关节处正是塞瓦斯托波尔[1]。

---

[1] 黑海沿岸城市。

★

奥维迪乌在一条荒凉的街道驻下车。人行道两侧，几幢浅灰色水泥的建筑沿街排开，在黑暗中显得尤为醒目。建筑都是五层楼高，楼前楼后皆设小花园，内植低矮茂密的石榴树以作围栏。我们走进其中一幢。内里的水泥墙面显得更为黑暗、暴戾。地砖破损剥落。护卫着楼梯的金属栏杆锈蚀扭曲。高低不齐、磨损严重的层层台阶拼凑成向上的道路。这一切让我联想到事故、爆炸或是海难。仰望天花板，我能在水痕与油漆剥落出的斑驳色彩中看出人影。除开居民们自家的家门，一切似乎都是废墟。

几乎所有家门都经过抛光处理，上饰木质浮雕、彩色玻璃、精致的螺纹钢网格与陶瓷马赛克。有些家门装饰之浮华令人瞠目。其中一扇为我们开启了，那便是维奥丽卡的家门。

★

维奥丽卡是奥维迪乌的姨妈,他母亲的亲姐妹。她的笑容和言谈举止与浮华的家门相仿。她门牙镶金,苍绿的眼珠仿似玻璃,两颊红润丰满,薄薄的嘴唇涂成红色。她的肢体语言充沛满溢,流泻而出:她活动起藏匿于腋下的铰链,张开臂膀,也推开眼睛的窗户,打开唇齿的邮箱,向我们表示欢迎。我和奥维迪乌的名字恰巧包含全部的五个元音字母,每当她呼唤我们的名字,面上的肌肉便有节奏地律动。

我们脱去外套,走过玄关,到达客厅。家中干净整洁,然而,过度的装饰却给人杂乱之感。往里走去,各间屋子墙壁的色彩各不相同。客厅是橙色,方才经过的玄关是紫色。我听不懂她在用罗马尼亚语讲什么,只好专心聆听她话语中音调的起伏。她时而高声,时而低语。当她看向我时,往往提高嗓门,而对我朋友说话时,则低声细语。不知为何,我觉得维奥丽卡并非一个人住。我的眼光四下扫荡，看看有没有全家福照片，却只看到为热油中的浮焰所照明的圣母马利亚像。最终，我确信了屋里还有别人居住：当维奥丽卡不说话时，我听见了几串低沉的鼾声。

维奥丽卡把我们带到一间卧室，床只有一张。她递来两块毛巾与两套睡衣睡裤，分与我们二人。较小的一套是丁香紫色，另一套则是海军蓝色。睡觉时，我通常只穿内衣，并不习惯穿上衣，但我猜想，穿着睡衣约莫是某种礼节，或是家中的规矩。我看向床上，羽绒被也有两床，被套上的花纹相同。我完全没有与奥维迪乌同床共枕的思想准备。虽然一部分的我竭力渴求与之共眠，但是另一部分的我却生出许多疑虑，又为各种细枝末节感到大不自在，譬如洗澡、脱毛、晚间涂抹的面霜，以及肉体会发出的种种味道与声响。

浴室在哪里？我问。奥维迪乌便把我带去走廊尽头的浴室。

先从洗澡开始。我把毛巾和刚拿到的睡衣带去浴室，洗漱一番，准备睡觉。我们在飞机与公路上旅行了十五小时有余。我们的气味糟糕。我们闻起来像机舱，像干燥空气，像面包屑，像啤酒泡沫与果汁黏液。我们如那绿车的车厢，散发出难闻的气息。我回到房间时，奥维迪乌不在那里。两床被子已经铺开，叠放在一起。我不知道我的朋友是否会回来睡在其中一床下面，还是说，他已经去了别处睡觉。我钻到两层被子底下，感到寒冷。得一个人睡觉了，我有些失望，不过说到底，我也已习惯于此。他不在床上，我也并不惊讶。一路上，这位同伴屡次意欲与我调情，我次次避开。我意识到自己有时在刻意无视他，有时又像对付孩童那般居高临下地对待他。

我裹身被中，忽然想到奥维迪乌也许正与别人交往，或是正爱慕着别人，深沉的爱让他情愿穿上老年款式的睡衣，单独睡在一张床上。也许是上个世纪的那种爱，有花束，有绣花手帕，会发誓说无论健康还是抱病都要忠贞不渝的那种爱。在旅行前的几周，我没有见过他。那些堆叠如山的足不出户的日子里，口水、安眠药与空酒瓶混杂一片。

凭什么认为几个月前在挪威语课上产生的吸引力足以让他对我的欲求延续至今呢？我们已经走出课堂了。我再没什么知识传授给他。我比他年长，我的鼻子宽大，皮肤干燥，胸部萎缩，手臂松弛。悲伤夺去了我肉体的灵动，带走了我言辞的优雅。如今我不过是个迟滞、枯涩还自以为是的家伙。

我伸手从包里拿了片镇静剂，压在舌下。我翻转身体，把脸埋进枕头，在被子里蜷成一动不动的一团。蚁爬似的刺痛传遍全身，引我入梦。

★

身处罗马尼亚的第一个早上,起床甚是艰难。我全身动弹不得,只能眨眨眼睛。呼出的雾气挂在化纤被套上,这雾气让我知道自己还活着。我散出的湿气濡湿了自己的皮肤,我的汗水历经水循环的各个阶段,把被窝变得如孵化箱一般。

睡眠是我仅有的乐趣。不管是疲惫还是药效带来的睡眠,我都喜欢。有时我觉得自己在每一个深沉的梦中排练着死亡。死亡应是安宁的,就像是俗话说的"长眠"。我不再孤单。不再有疼痛。也不再有欢喜。没有爱,也没有不爱。空无。大脑星座一片寂静,身体内部全然黑暗。我们盘旋着向内收缩着,蜷缩着,裹挟于我们的本质,沿着相反的方向重走来时的路。

笔记本在我身侧醒来。

"我不想吵醒你。我会回来吃饭。"

在留言的旁边,奥维迪乌画了一只盘子、一颗星星和一只睡着的猫。奥维迪乌侵入了我的笔记本。我想起他还是我学生的时候，想起我为他批改作业的时候。我还留存有他的笔迹。在笔记本的第一页也有他写下的鼓励我画画的赠言。

我从床上起来，发现家里只有我一人。

我想象着：留我一人在家是对我的试炼。试炼的内容是巡遍整个屋子，而不留下任何踪迹。整个早上我都以此自娱，假装自己在参加真人秀，上方的摄影机时时跟踪我的举动。我走进房间，探索衣柜与抽屉。我把电视机、吹风机和各式厨房电器开了又关。我检视架子，观察相框中的照片，嗅闻香水，阅读药物上的标签，感受床单面料以及各种材质表面的触感——木头、人造革、陶瓷；我开心地看着水流从龙头流向下水口。我回到房间，体内充斥着肾上腺素引发的躁动，此刻我是天真的人，满心认为自己已然通过试炼，期待着某种奖品。

能量峰值过后，又是沉抑。没有什么试炼。没有什么奖品。我孤独，我无聊。

我躺进被窝。在被子底下，被抛弃的感觉袭上心头。

★

我不知自己睡了多久，但当我醒来时，阳光已不如之前强烈，维奥丽卡正站在我的床边。

咖啡，咖啡，她说。

她递来一双她先前放在床脚的米色毛绒拖鞋。离开房间前，她又说了声"咖啡"，挥挥右手，像只小猫在空中抓挠。挥手时，我能看见她的手掌心，她挥手的方式与斯堪的纳维亚人不同。挪威人挥手时把掌心朝着自己，手与耳朵齐高，动作或像是扇扇子，或像是往后撩拨头发，或像是指挥着笨拙的司机倒车入库。

我从床上起来，跟着她去厨房。

餐食已经摆好。四只马克杯。两只大盘里放着甜、咸两种面包。新鲜奶酪、沙丁鱼、萝卜、黄瓜和一个浆果果酱。茶壶里水正沸腾。一个小盘中摆放几只茶包。

吃吧[1]，维奥丽卡说。

我朋友的姨妈也曾在意大利生活多年。我设法告知她，意大利语我也略知一二，于是，我们之间的对话更畅快了些。我了解到，她在意大利做了多年照护老人的工作之后回到罗马尼亚，膝下有两个儿子：索林和博格丹。

博格丹是哥哥，是妈妈的乖乖儿，至今还未与母亲分居。索林是弟弟，在海上工作，总不在家，母亲去意大利后，便是由他负责料理家中事务。这些都是维奥丽卡用手势和零碎的意大利语解释给我听的。她的手机中只存有索林的照片。当我问起博格丹时，她说我很快便能亲眼见他。

咖啡让我清醒一些。我小口小口抿着咖啡，其间也吐出几个意大利语单词。咖啡，很好，谢谢。我尽量用马克杯挡住嘴巴，同时把嘴巴塞满食物，力图避免说话。维奥丽卡却恰恰相反，对我说个不停。你喜欢吗？意大利咖啡，不是罗马尼亚咖啡，她说。

食物让我振作，食欲随即恢复。我意识到，像获取营养这样的基本欲望又回来了，这对我来说是一大发现。我的下腭苏醒过来。牙齿咀嚼时发出的声响唤回我的生存本能。我记起百万年前身为野兽时，猎物的骨骼如何在我的咽门处粉碎。上腭与味蕾归还我狩猎者的视觉。对食物的需求削利我的视线，让我可以敏锐地观察食物的质地与色泽。

---

[1] 意大利语。如无特别说明，本书正文的楷体皆为意大利语。

你饿了,很好。现在你高兴,昨天你伤心。维奥丽卡观察着我,我的目光躲藏在桌上的食物间,回避着她的双眼。我不伤心,我累,我在旅行,我回应说。我知道,我知道,旅行,我知道。昨天也伤心。你的眼睛,她说。

我不想反驳,也无意掩饰自己的悲伤,没必要说谎。我穿着她的睡衣,坐在她的餐桌前吃饭,穿着她的拖鞋。我用过她的浴室,睡过她的床。维奥丽卡说得没错。昨天我很伤心,她肯定是从我的眼神中看出来了。

奥维迪乌没有和你睡,为什么?她问。我微微一笑,随即把嘴里塞满食物。我继续吃东西,维奥丽卡则看着我,神情专注。奥维迪乌是我的朋友,只是朋友,朋友,我说完,又用马克杯把嘴巴挡住。她挑了挑眉。我继续吃着,笑容渐渐在脸上浮现。

我开始感到,这个刚认识不久的女人应是我的同谋。该怎么用我词不达意的意大利语向她讲述我与米哈伊——现在的奥维迪乌——所经历的一切呢?我想跟她说,每当我观察他,我都感觉自己似是在两个迥然不同的人面前。我不知道她是否认识米哈伊,那个班上最好的学生,那个身穿一尘不染的工装,在本子上抄满单词的公交车司机。我没法跟她解释为什么米哈伊睡在别处,因为我也不知道答案,我也打心底里希望得到答案。

但是为什么呢?维奥丽卡又问了一遍。我停下嘴巴,打了个从意大利人那里学来的手势:微微张开双臂,掌心向上，缓缓抬起，像是举起两个轻飘飘的无形砝码。我扬起眉毛，说：我不知道。

年轻人，情感危机，她说道，又往我的马克杯里注满咖啡。

★

　　索林年纪尚不满三十。头发短黑，宽阔的额头下面，绿色的大眼睛深沉凹陷。他的皮肤金黄无瑕。我不知他是否是个大高个，但他的体格确如运动员般健硕。他的双臂、双腿、腹部与胸部无不透过衣物显露出其坚实的轮廓。我虽然还未亲眼见过他，但已然对他有了感官上的认知。看着他的笑容，我想象着他的触感、气味和音色。所有照片里，索林都面带微笑。他总是抚摸着身旁的什么，作为拍照时的造型：汽车、树木、雕像、足球球门、女孩。维奥丽卡对我说，我前夜就是在索林房中睡的。我记得床上的气味宜人，混杂着丁香味、新劈的木柴味与新鲜的汗水味。

　　正如他母亲告诉我的那样，博格丹与他弟弟截然相反。博格丹不像索林那样，是张照片，他是我能够见到的有血有肉的人。博格丹的言谈举止让他看着更显年轻，但他实际上与我年纪相仿。他和他母亲不一样，他母亲总是迈着轻盈的步子穿过家中的每一个房间，总是在说说笑笑。博格丹则安静而迟缓。

博格丹出现在厨房，静静盯着我们，面上肌肉一动不动。维奥丽卡说了些什么，博格丹这才做自我介绍。他握了握我的手，嘟囔出一句"欢迎"，又举重般艰难地抬起脸颊的肌肉，笑了笑。

博格丹高大魁梧。他的发色近乎金黄，双眼浅蓝，袖口和领口露出的皮肤颜色深浅不一；一些地方色泽红润，另一些地方色泽更浅，近乎淡黄。他母亲对他用罗马尼亚语说话，我虽然无法理解对话的内容，但能够清晰地听出她语气中的责备之意。博格丹用短促的回答应付着，时而哼哼两声。他的下巴灵活，大吃大嚼，大口畅饮。装盐的罐子摆放在桌面上，更靠近我这边，他伸手来够，我帮他省了些事，把罐子推了过去。我也给他递去黄瓜和鲜奶酪。他母亲从橱柜里掏出一个小药盒，放在他手边。

我先前见博格丹一天吃三次药。大部分药都在早上吃。早上的药片色彩更为鲜艳，药片的形状、大小和用量也更为多样，下午和晚上则只吃白色药片：下午两片，晚上一片。他用罗马尼亚语谢过母亲，而后开始对我说话。

一切都好？他问。

他解释说自己会些西班牙语，他曾和奥维迪乌一起在西班牙生活过。

我和表弟一起工作，时间不长，但就这样学会了一点语言，他说。你说得很不错，我说。失陪一下，他说，随即走去露台上抽烟。

我想帮着维奥丽卡收拾桌子,清洗碗碟。她却抓住我的胳膊,强迫我把碗碟放回桌上,微笑着推了我一把,让我坐回原位。我也做出反抗。我们小小争斗一番,宛如两只小狗在脏盘、脏杯、脏刀叉间天真地嬉戏。你不让我洗的话,我伤心,我说。她妥协了。

我用洗碗布刷洗餐具,她则用一块纱布把它们慢慢擦干。现在,维奥丽卡对我也轻声细语了。她对我说博格丹情绪低落,焦虑失眠,毫无节制地进食,还染有烟瘾。她说她为当初抛下他去意大利感到内疚,说他的女友离开他后,他的境况便更糟了,由此可见,她的孩子抑郁的原因正是屡遭抛弃。

先是被妈妈抛下,后来被女朋友抛下,现在生气、孤单、忧伤,可怜的孩子!她说。

★

    我过去也有一只小药盒。它缓解我的愤懑与见弃之感，止住我泛滥的情感与心绪。

    我该怎样告诉维奥丽卡，即便她可能是负有一定的责任，但无须为当时自己的离开感到内疚？抛弃之举无谓动机与意图，只是纯粹地令人疼痛，令人愤恼。无论对方爱或不爱，被抛弃对我们来说都是场灭顶之灾。房子是新的，房子是废墟，都无所谓了，令我们痛心的是，我们的房屋之中再没有人居住了。

    烟草的味道与炉台的吐息交织混杂。呼吸中有煤焦油与新出炉的面包的味道。碗碟洁净。维奥丽卡和我坐在桌边等待奥维迪乌。我们无话可说。语言不通，也别无家务可做，我知道，我和她都难以找到让我们乐得继续坐在那里的理由，难以找到存在的，或者说，生活的理由。

★

维奥丽卡的沉默没有维持太久。她从桌旁站起身，打开橱柜。从一个饼干盒子中取出一只玻璃瓶。是液态的氯硝西泮。这种让我在静谧的化学云雾中维系生活的物质竟也同样维系着这个家庭，我难掩自己的惊讶。另外，我惊奇地发现这种药剂竟也以液体形态存在。几滴能抵得上我的一片药片呢？这瓶药水又相当于几片？我把玻璃瓶拿在手里，细细地阅读成分与含量。我正分着神，在脑海里转换着液滴与药片时，维奥丽卡已经斟满了两杯柠檬汽水。她往两个杯子中各加了几滴氯硝西泮，递给我其中一杯。去吧，给博格丹，去吧，和博格丹说话，她说。

我走上露台，把加了镇静剂的汽水端到博格丹面前。我感觉自己仿佛在给他下毒。我向他说明，他的母亲往汽水里添加了几滴药水。他笑了。我请求他别喝，把杯子还给我。博格丹的烟瘾与我的苯二氮䓬类药物[1]瘾一般大。他一根接着一根地点燃香烟。吸入烟雾时，他的两颊变得苍白，吐出烟雾时，又重归红润，整个人看上去好似一只会抽烟的变色龙。我正准备拿起他的杯子一饮而尽，他却先我一步，三两口把杯子饮空。

我装作不知道他喝的是什么，只问他是不是肠胃有恙。他大笑起来。不，我妈觉得我有病，但我好好的，他说。里面的药水呢？我问。是我妈的药，治神经的。可以让我少抽点烟。

我一度想要质问他，他药盒里的药是不是全都是用来让他少抽烟的，但我又不想这般咄咄逼人。我止住话头，等他对我说点什么，但博格丹依旧是吞云吐雾。我们在沉默中待了一阵，感觉不错。我们并不急于说些什么，也不必做些什么，无须找寻留在阳台上的理由。那一短暂时分里，我们毫不费劲地存在。

---

[1] 一类精神药物。氯硝西泮即属于此类药物。

★

之前来过罗马尼亚吗？博格丹问。词语裹挟在烟雾中，从他嘴里飞出。他的口音尖锐刺耳。没有，这是第一次，我说。和我表弟恋爱很久了？他点了根烟。我不是他的女朋友，我是他的老师，我说。博格丹大笑一声，深吸一口香烟，又用罗马尼亚语喊了些什么。维奥丽卡出现在露台上，给了我一个拥抱。她笑容满面。

我不骗你，我们现在只是单纯的朋友，但我之前的确是做过他的老师，我解释说。所以他才没有和你一起睡？他问。我不知道说什么好，只好笑笑。我想来一点掺了镇静剂的汽水，或者来一点酒水，能让我麻木的东西就行。周遭令我不适的环境反倒给了我活着的实感。生活无非一种令我忐忑不安的不适感。

妈妈咪呀，是老师，又是女朋友，维奥丽卡一边爱抚着我的头发，一边看着我的眼睛说道。她与我们一同在露台上坐下，把几只烟灰缸挪到一旁，略显不快地把余灰倒进一个没有植物的花盆里。她对儿子说了点什么，随后又对我微笑。

我妈想听你讲讲你们的爱情故事是怎么开始的，博格丹说。什么故事？没有故事。我看着维奥丽卡。朋友，朋友，朋友，真的。奥维迪乌真是我朋友，我说。维奥丽卡去厨房，带回了一瓶科特纳里葡萄酒，这种酒出产自罗马尼亚，与麝香葡萄酒类似。她把酒倒进残留着汽水与镇静剂的塑料杯中。给我递来的则是一只水晶制的高脚杯。干杯！[1] 他们举杯说道，我也举起手中的高脚杯。

葡萄酒让母子俩脸色渐红。博格丹的话更多了，肤色、声音和动作也与母亲更为相仿。饮酒间，我注意到二人的相似之处，也见到了博格丹微笑时的模样。博格丹微笑时，会咧开红而厚的双唇，露出后边参差不齐、颜色泛黄的尖尖牙齿。他不像自己的弟弟索林那样，拥有完美的微笑，然而他的微笑确在我眼前，而非在照片中。此般真实感让他更具魅力。

空气带有盐味。曼加利亚湿气浓重。四月的寒冷湿气渗进我们的衣物。我们在露台之上，庇身于酒中。瓶子喝空后，奥维迪乌出现了，亲吻过我们每一个人，作为问候。你们这么早就醉了？他说。我们离开露台，回到厨房的桌边。维奥丽卡给外甥盛上晚饭，我观察着他吃饭的模样。奥维迪乌吃得很慢，小心地移动着刀叉，铁制勺子、

---

[1] 罗马尼亚语。

叉子与瓷盘接触时，几乎没有声响。

博格丹缄口不语。他掏出手机，入迷地盯着屏幕，又时不时抬起头，目光直向我射来。他的眼睛蓝得猛烈，蓝得结实，蓝如坚不可摧的磐石。只有姨甥俩说着话。每当博格丹视线低垂、迷失在手机屏幕中时，我便兴致盎然地欣赏他拳曲的头发。看厌了头发，我又看与维奥丽卡交谈的奥维迪乌。他们挥舞双手，间或皱眉，时而哼哼，他们说话的音调高低起伏，其中又夹杂舌头抵着上腭弹出的响舌声。

★

博格丹用罗马尼亚语说了些什么，随后走出家门。维奥丽卡叹口气，转眼看桌布上纹饰的花。奥维迪乌吃着饭，抬头看了我好几眼。你怎么样？今天除了喝酒还做什么了？他说。维奥丽卡从桌边起身，背对过我们去。她面朝着流理台，取出抽屉、碗橱里的杂物。睡了一觉，跟你的姨妈聊了聊，和你的表哥说了话，还通过照片认识了索林。要是你今天在这儿给我们当翻译就好了，我说。你成天睡觉，倒不叫我惊奇，但没想到你还会想念我，奥维迪乌说着把右手按在我的左腿上。

他已养成了按我大腿的习惯，几乎每次都是左腿。

他第一次这样做，是在一场公交车副驾之旅过后。那天，我一直坐到线路的终点。他从司机的小隔间里出来，与我一同坐在副驾驶的位子上。我们聊了很久。见到你真高兴！他说道，随即就把右手按在我的左腿上。这动作让我惊讶，但并不令我反感。自那天起，他便时不时按我的大腿，或是为了唤起我的注意，或是表达他的喜悦，抑或表达他对某种观点的赞同或反对。我慢慢学会了辨识不同情感之下不同的按压力道。

维奥丽卡依旧背朝我们。朋友，朋友，她说。她回过身子后，在我们两人额头上各吻一下，随后便留我们二人单独待在厨房中。一起喝瓶啤酒？我问。不，我们出去走走，他说着站起身。你收拾一下。你想喝的话，去尝尝酒吧里的啤酒，柠檬味的，我们这儿的特色。他的口吻虽近乎命令，声调却温和甜美。我想从后面抱住他，不让他走向客厅，但我止住了这股冲动。我希望他也能够抱我，但不知道他是否愿意。我感到罗马尼亚的这个奥维迪乌并不喜欢亲昵的举止，不会像我的朋友米哈伊那样拥抱我。

把大衣穿上，冷，他说。

★

    奥维迪乌和我行走在曼加利亚的楼群间。我们沿着奥伊图兹街走过数个街区。奥维迪乌一路上都在试着指点给我看他的亲戚朋友们的住处，然而在黑暗之中，我并不能看清那些建筑，一切都是灰蒙蒙的一片。我们穿过一条沥青路，路两旁矗着些水泥疙瘩。除去汽车的灯光和有人住的屋子里亮起的灯火，再无别的光线。米哈伊说着话，我不时分心走神，试图猜测出海洋的方位。

    他告诉我说，母亲决意要移民时，他已经在曼加利亚生活了数年。他那时和维奥丽卡住一起，长胖了不少。你真该看看我那时候，胖小子一个，简直跟博格丹一个样。博格丹喜欢打架，我呢，不像海边长大的孩子，没有打架的习气，他说。奥维迪乌的母亲从意大利回来后，母子俩在摩尔达维亚住了好一阵，那是奥维迪乌出生的地方。那不是个国家吗？[1] 我问。是国家，但也是罗马尼亚的一个地区。原本是个公国，现在分成了两半，他像老师一样对我解释道。我放下关乎海洋的遐思，开始想象奥维迪乌向我描述的摩尔达维亚：青绿，多山，透明的河流与春天开满花朵的田野。摩尔达维亚闻起来像刚出炉的面包，像马匹的鬃毛与湿润的土地。

我们走了很长的路，沉默了良久，直到奥维迪乌拿出手机，打了一通电话。博格丹要来，他说。等博格丹的时候，我问奥维迪乌一整个白天上哪儿去了。跟平常一样，除了文件，还是文件，你得帮帮我，有些我需要翻译，他说。我不再追问，打量着荒凉的街道。时有车辆经过，车载音响一路播放噪音。引擎的轰鸣声在路面上回荡。博格丹正是坐着这么一辆闹腾的小车到来了。

---

[1]　西班牙语中，罗马尼亚的摩尔达维亚地区（Moldavia）与作为国家的摩尔多瓦（Moldavia）拼写相同。

★

博格丹开一辆银色的本田雅阁。车子在光亮的气泡中滑行。车子的内里和底盘都闪烁着蓝色的霓虹灯。音乐开到最大声,车架也为之震动。奥维迪乌占了前面的位子,高声喊叫着,和表哥说了点什么。洪亮的音乐与乐声带来的震动提振了我的精神。

博格丹听的是罗马尼亚语的流行摇滚乐,其中一首歌引起我的兴趣。主唱又是嘶吼,又是低吟。这首歌讲什么的?我也叫喊出来。博格丹调低音量。我喜欢这首歌,是讲什么的?我再次问道。是啊,妈妈,我醉了,博格丹回答说。喝醉是为了遗忘,奥维迪乌补充道。音乐播放器的屏幕上显现出一行橙字:Delia[1]–*Da mama (sunt beata)*[2] mp3。我猜测 beata 在罗马尼亚语里可能是"喝醉"的意

---

[1] 德丽亚,罗马尼亚歌手。
[2] 罗马尼亚语,大意为"是啊,妈妈(我醉了)"。

思，而非西班牙语中的"信徒"。

我数着博格丹抽了多少根烟，计算出他约莫每公里抽一根。在开到最大的音乐声中行驶了大约五公里后，我们从满是水泥团块的灰暗街道驶进一片被霓虹灯光照亮的街区，霓虹光线来自街道两旁鳞次栉比的酒吧、舞厅和赌场。诸多商铺灯火通明，博格丹在其中一家旁边停下车辆。

★

　　这家店铺貌似是许多业态的杂糅。第一眼看上去像是家餐厅，有一片形似餐区的空间。空间里亮着白色的日光灯，几大家子人坐在里面。我说不清现在的时间，不过，从街上昏黑的天色、震耳的音乐和酒精、烟草的气息看来，现在应该挺晚了；我讶异地发现那里还有小孩子。孩子们依然清醒，吃着比萨，往机器里投币，试图抓出里面的毛绒玩具，一台台机器看上去像是带着机械臂，装饰有彩灯，流淌出声音的一座座展台。

　　大人们监视着大厅里四下跑动的孩子们。他们推杯换盏，吵吵嚷嚷，有些人嘴里还塞满食物。老鸟们对雏儿们鸣叫着。一些桌旁停放着婴儿车，女人们一边吃喝、抽烟，一边用脚摇晃着它们。

　　成人集中在餐区一侧，个个动作相仿，姿态类似。或大笑，或蹙眉，或是调动臂膀，细心调整节奏，编排好这段吃比萨抽香烟喝啤酒之舞。孩子们这边则默契全无，在房间里四散开来。少数几个安静的孩子围在娃娃机边，鼻子和嘴巴紧紧贴在玻璃上。其余的孩子们到处乱窜，其中几个一头钻进也许曾是海洋球池的地方，于其中翻滚嬉闹。那里面一个球也没有，孩子们就像笼中困兽一般，在破旧的乳胶地板上打闹。

我们再往前走，来到一个光线更暗的房间。桌子款式相同，但整齐摆放的桌子下是肮脏的仿大理石纹地面。这里的客人不再是带着孩子的家庭，而是年龄各异的夫妻与情侣，但也有些独身的男女。没有人吃东西。大家都在喝酒抽烟。房间的尽头可以看见一个亮着红色和紫色霓虹灯的吧台，以及一个用作舞池的黑暗夹层。响彻整个店铺的音乐声正是发自彼处。从黑暗中，可以辨识出几个模糊的人影，默契全无地舞动着。

我既不属于家庭餐区，也不是舞池中的舞客。但我不难想象奥维迪乌身边陪着一个浓妆艳抹的、用鞋跟摇晃婴儿车的女人。我发觉博格丹也与以上两处空间格格不入。你想坐哪儿？奥维迪乌问我。博格丹上前几步。我们见他合并两张桌子、四把椅子，随后向我们打个手势，唤我们过去，动作和他母亲一模一样：他在空中将手臂摇摆数次，活似一只日本招财猫摇晃自己的爪子。

一个服务员小伙从餐区走来，给我们酒水单。酒水单是张塑封 A4 纸，上面有几款鸡尾酒、瓶装烈酒的图片，以及各种啤酒的商标。酒水的名字和价格都用 Comic Sans

字体[1]写成，给所有高度数的粗劣鸡尾酒披上一层纯良无害的外衣。你带钱了，对吧？奥维迪乌问我。嗯，带了，我回答说。那，你付钱？他的声音低似耳语，我点点头。博格丹一如既往，隐入烟草的浓雾，消失不见了。

---

[1] 一种近似手写体的字体。类似漫画书中的字体。

★

奥维迪乌和表哥一边喝酒，一边用母语聊天，他们聊了很久，也许有几小时吧。我则惬意地观察着餐毕离去的一桌桌家人们。餐区此时也变成了我们所处酒吧区的拓展，白色日光灯熄灭，娃娃机的灯光成了餐区仅剩的照明。除了我们刚来时招待我们的小伙外，又出现了一个女孩。她身着一条墨绿色的紧身短裙，露出半截大腿，乳房几乎要从圆形领口涌出。她蹬着双鞋跟极高的鞋子，端着饮料托盘在桌椅间穿行。有那么一瞬间，我感觉之前见她用脚摇晃过餐区的几辆婴儿车。

女孩和小伙子职责一样，不同的是，她面带微笑，像个小仙子，弯腰为每桌客人服务。她递出酒单的动作永远一样：把酒单放在桌上，随即把指甲修长的、指甲油涂抹得精致无比的手指按在上边，她就这样放上几秒，再把这些塑封过的纸张像巨大的纸牌一样在桌上抹开。

酒精逐渐舒缓我的压力，我的双脚发麻。我开始冒冷汗。洗手间在哪儿？我问。博格丹伸出手臂，指向酒吧尽头的一扇门。上面也有，奥维迪乌说道，他指的是跃层的楼上。

我的肠胃翻江倒海。我站在马桶前，想吐却吐不出来。突然有股便意雪崩般压迫我的肠道，一泡稀屎急切地想要窜出，我不得不立马脱下裤子。坐在马桶上，我发觉一只裤子口袋里的罗马尼亚钞票半露在空中，担心它们掉落到满是尿液和污垢的湿地板上。我了事擦净后，提起裤子，把钱卷好，往口袋深处塞了塞。我从洗手间中走出，洗净双手，自觉肠胃轻松一些，只是头脑迟滞依然。

我坐回桌边，走回去的几步路上，我感觉周身轻盈，自以为清醒。奥维迪乌按按我的大腿，表示欢迎我加入聊天。我抬起手，那女孩走了过来。她弯下腰来，为我点单。她的长发散发出薰衣草与烟草的味道，渗入我纷乱的呼吸，令我清醒。我指向金汤力的图片，用手指比画，意思是我想要那个买一送一的优惠套餐。

博格丹举起手，服务员小伙走过去。他用罗马尼亚语点了些什么。矿泉水[1]，奥维迪乌也发话了。服务员离开后，我才敢把口袋里那卷钱掏出来。这些够吗？我问。博格丹看着钞票，大笑几声。奥维迪乌把钱拿走，揣进自己兜里。明天再喝一场也够，就算那样也花不完，博格丹说。明天我们还出来？我问。老师，那你来罗马尼亚是做

---

[1] 罗马尼亚语。

什么来了？来跟维奥丽卡祈祷？博格丹说。不不，我其实是来嗑药的，我说。我和博格丹都大笑起来，而奥维迪乌沉寂如故。他的手静静躺在我的大腿上，仿似一只温驯的宠物。

　　绿裙子的姑娘端着两杯金汤力过来，不久后，小伙子也拿来博格丹点的东西：一瓶矿泉水、三只杯子和两子弹杯的烧酒。奥维迪乌殷情地要为大家倒水，但被表哥拦住。干杯，老师！我们两人举杯，一饮而尽。我试图掩饰自己的反胃，而博格丹拉起我的手。他的手热乎乎的，满是汗水。这酒你还不知道叫什么吧，我请了。再来一杯？博格丹问。不了，谢谢，我一杯就可以了，我说。哎呀，老师，我请你，你就喝一杯吧，我们又不是在学校里，博格丹说。可是金汤力我们还没动呢，我说。这没错，但金汤力也就是加了柠檬和冰块的矿泉水，说罢，博格丹又点了一轮。要我告诉你是什么酒吗？估计老师你不会信我，但这可是德古拉之酒，他说。新的子弹杯送来了。德古拉之酒应该是红色的才对，我说完，一口干掉一个子弹杯。我以为你不想喝了呢，博格丹说。你一讲这是德古拉之酒，我就来劲了，我说。女人就是这样，口非心是，口是心非，博格丹说。我给自己倒上一点水，他继续说着话。你要跟我表弟睡吗，老师？你说要，那就是不要，你说不要，那就是要，博格丹说。你怎么不问问我要不要跟你睡？我说。你要吗？他问。我会考虑考虑的，我说。哎呀，你跟他睡吧，我姨妈会很开心的，他说。

奥维迪乌举手，比了一个结账的手势。

服务员女孩带回来一张长长的小票。奥维迪乌清点过酒水的数目，掏出几张钞票。博格丹和我口齿不清地胡言乱语，我坚持让他喝点矿泉水。女孩回来收钱时，奥维迪乌对她说了些什么，又给她看小票。此后我们再没见过她，之后来找钱、送客的都是那服务员小伙。奥维迪乌把钱都收了起来。不留点当小费吗？我问。他们不配，奥维迪乌说。兄弟俩开始用罗马尼亚语说话。博格丹把车钥匙抛给表弟。老师，你想坐前面吗？博格丹问。酒精作用下，我的思维迟缓，拿不定主意。博格丹把我推上副驾的位子，关上门，随后自己瘫在后排座椅上。老师，你知道吗，那个女服务员刚刚想敲我们竹杠。有些酒水我们根本没点，那婊子却要收我们的钱。看到了吧？欢迎来罗马尼亚，他说。

路上的霓虹灯光开始流动。道路漆黑一片。博格丹，你别睡，我要放音乐了，我说。好的，老师。奥维迪乌打开播放器，我搜索德丽亚的歌曲。是啊，妈妈，我醉了[1]，老师，我就和我妈这么说。

歌声似乎永无止境，我在疲倦和反胃中迷失。是啊，妈妈[2]。我的母亲现在在哪儿？是啊，妈妈，我醉了。道路变得柔软。博格丹在后座上摊成一片。我看见他苍白的

---

[1] 罗马尼亚语。
[2] 罗马尼亚语。

肚皮，黑色绒毛掩盖的肚脐和肚脐四周棕色的体毛。奥维迪乌心无旁骛地驾驶。我注视着他瘦削的脸庞和稀疏的胡须。车上，我五味杂陈，心中感觉回到学生时代的派对，重新做回学生，再度在属于成年男人的车与路间自觉孤立无援，同时，我又感觉自己是这两兄弟的表姐，置身家中，身受保护。

★

醒来时,身上还是昨夜穿去酒吧的衣服,浑身浸满烟味。恶心的感觉让我喘不过气,紧接着肠胃开始痉挛。我努力忍住不吐。我站起身来,试图去浴室,没来得及。我在这里,在索林的房间里吐了。靠着条件反射,我抓来一只先前放在床边的袋子,这才不致吐得满地都是。那是我的脏衣袋。里边的一件罩衫、一双袜子和一条围巾浸在我灰暗黏稠的呕吐物中。呕吐过后,身体轻畅,精神却突然陷入紧张,在维奥丽卡最爱的儿子的房间里呕吐让我羞愧难当。尽管天气寒冷,我还是把窗户打开,又离开了房间。

我走遍屋子,确保家中只有我一人。家里空空荡荡。我赶忙把装满呕吐物的袋子拿出房间,把自己关在浴室里。我把袋中尚有余温的混合物一气倒进马桶,反复冲水,用马桶水漂洗泡在胃液、胆汁和酒精中的衣物。水箱一灌满,我就再次放水冲洗衣物,直到上边不剩一点食物的残渣。我脱光身子，把所有衣服扔进淋浴隔间。我一边任由热水流淌，一边试图破解洗衣机的运行奥秘。

那台洗衣机着实奇怪，是一个白色的大铁块，上面用罗马尼亚语写着使用说明。它和大多数洗衣机不同，肚子上没有那个太空头盔似的玻璃门。比起洗衣机，它更像是个冰柜。我掀开盖子，看见里面的钢制滚筒。滚筒密闭，我醉意未消的双眼看不见任何开口。

我走进淋浴隔间，洗了一个长长的澡。流水中，我继续思索如何打开洗衣机的滚筒。淋浴时，被呕吐物浸泡过的衣物就在我脚下。我尽量让沐浴露和洗发液的泡沫滑落在衣服上，然后用脚去踩。人们在河里洗衣服也是这样吗？拿脚踩？我想着。

我回到洗衣机跟前，转遍所有旋钮，按遍所有按键，滚筒纹丝不动。我想到，可以转动滚筒，于是边转边仔细观察每一铝制部件，如此这般，我找到滚轮的开口，找到这钢制蜂巢上的缝隙。我把我的衣服放进去，又加入许多洗衣液，把水温调到最高，让这机器开始运行。这道家用电器理解题耗尽了我的精力。

我忘记带毛巾了。走向卧室的路上，水滴遍浴室，滴遍走廊。所过之处一片狼藉。我找不到拖把，只好拿自己的T恤衫擦地。终于，我穿好衣服，梳理好头发，喷好香水。我躺在床上，尝试平息宿醉带来的焦虑，然而，一想到装过呕吐物的脏袋子还落在浴室里，这一尝试便彻底失败。一切都闻着像呕吐物。我回到浴室，往马桶水里加了一点洗衣液，将袋子浸泡在水中。我用马桶刷在满是泡沫的水中搅动袋子。我冲下好几箱水，待袋子干净了，我便把它卷好，塞到垃圾筒里用过的卫生纸中间。我用洗衣液清洗双手，手上的皮肤又红又痛。

洗衣液带给我的刺痛加剧了我的酒后焦虑。我去橱柜里取那瓶液态氯硝西泮。我打开瓶盖，却不敢擅自使用一滴。瓶里有几滴他们可能都记着数呢，我想。别人许我留宿，借我穿睡衣，我却要盗取别人的药物，这在我看来实在是恶行一桩。我不但在维奥丽卡最爱的儿子的房间里呕吐，还弄湿了她的木地板，挥霍了她的洗衣液。

我忍受着焦虑，只当是对自己的惩戒。我在房中走动，发酸的酒精气息、香烟的气味和呕吐物的味道如影随形。我在圣母像前驻足，油灯中漂浮的长明火把圣像照亮。我用勺子灭去灯焰，往油中喷洒入不少我自己的香水。重新点燃油灯时，一束长焰蹿起，包裹住圣像，也舔舐过我本已被洗衣液刺痛的部分肌肤。我担心自己烧坏了圣像，但是仔细检查后，发觉它完好如初。我手上的肌肤则不然，变得潮红发软。数小时后，一个巨大的水泡将在我的手背上浮现。

魅幻天使[1]的香气自那小小的烛焰生出，继而充盈整个屋子，仿佛是纪梵希圣母芬芳的吐息。

---

[1] 法国时装品牌纪梵希推出的一款女士香水。

那个早上发生了两个奇迹：

1. 圣母像经受火焰，却未见损伤。
2. 我抵御住了液态氯硝西泮的诱惑。

★

奥维迪乌是第一个到家的。总是先听到他的脚步声,而后是流水般的钥匙声。他有从街上回来后立马洗手的习惯。我坐在床上,等着他进房间,却听见到他的脚步声在走廊上消失了。我猜想他是生我的气,或许是因为昨夜我和他的表哥喝得酩酊大醉,或许也因为他闻到了空气中依稀可辨的呕吐物味道。

我靠近他的房间,把耳朵贴在房门上。奥维迪乌在说罗马尼亚语,声音忧郁而低沉。也许这就是他温柔下来的样子,但这声音在我听来确是悲伤的。他缺失了一些什么。在他声带的颤动中,我感到那声音是我的声音,和他从布加勒斯特到曼加利亚的旅途中的声音截然不同。

等他不再说话后,我敲了敲门,奥维迪乌开门让我进去。他的面容上覆有阴影,带着疲惫的皱纹。

大家都上哪儿去了?我问。博格丹在上班,姨妈一大早去了康斯坦察。我以为博格丹不工作呢,我以为维奥丽卡的话是这个意思，我说。他当然工作了，但姨妈不觉得在网吧上班算什么正经工作，他纠正道。表哥大部分时间都在玩电脑，这倒不假，但他也接待客人，帮他们用电脑打字、打印、上网……博格丹还会修手机、修电脑。他可聪明了，但外表上看不出来，他就是这么个人。他还得干保安的活，因为我们这儿被偷被抢最多的就是网吧。他甚至还得学着用手枪，他说。你表哥带着武器吗？我问。不，现在不会了。博格丹开始吃药后，网吧老板就把他的手枪收走了，不知道谁跟老板说的，说那些药会引人杀人或者自杀，你看，那些小药片比手枪还坏，你也深有体会的，对吧？

我去睡会儿午觉，我说着离开了房间。

★

博格丹和维奥丽卡是一起回来的。他们的说话声和关门声吵醒了我。尽管我不想离开被窝,但还是挣扎着爬了起来。

母子俩是购物归来。两人像一对幸福的夫妻,在柜子和冰箱间来回穿梭。桌上散乱堆放着些吃食、装着新衣的袋子和若干化妆用品。维奥丽卡坚持要向我展示她买来的一切:一件连衣裙、一支色彩浓艳的口红、一条灰色羊毛薄裤、剃须膏、一条领带和数件白衬衫。她继续往外取东西:一件背心、几包运动袜和几双黑色尼龙长袜。

可你还是伤心,维奥丽卡说。你哭了吗?她这样问我。我听不懂她的问题,于是请博格丹帮忙翻译,可他对我和对他母亲一样,都只是扮个鬼脸:翻翻白眼,抿抿嘴唇,最后把目光停驻在母亲身上。他用罗马尼亚语说了些什么,维奥丽卡皱起眉头,继而高声叫外甥过来。奥维迪乌来到厨房。他们三人拾掇着买来的物件,开始用罗马尼亚语交谈。我试图对上我朋友的眼神，可他却避开我的目光。奥维迪乌并没有邀请我加入谈话的意思。我被阻隔在他的言语之外，飘浮于我们语言间的遥远距离之中。康斯坦察都有什么？我打断道。黑海，赌场，港口，维奥丽卡急忙答道。明天我带你去康斯坦察，明晚，或者后天一早，我们出发去摩尔达维亚……从摩尔达维亚我们再回布加勒斯特，奥维迪乌说。我对继续旅行提不起兴趣。我疲惫至极，在维奥丽卡家住得也自在。我想继续睡在这张不属于我的床上，它之前主人的气息正一点点消散，而我的气息逐渐充盈其间。

维奥丽卡从冰箱中取出一瓶汽水，在桌上放下四只杯子。她打开碗橱，取出儿子的小药盒和液体镇静剂。她向其中两只杯子中各滴了五滴药水。你要吗？她问我。我把我的杯子推过去，她便为我滴了三滴。奥维迪乌哼了一声，姨妈对他耳语了些什么。博格丹和我喝下这镇静之水。

男人们离开厨房，维奥丽卡开始做饭。时值东正教复活节前的斋期。我提出要帮忙，她同意了。我们两人开始料理一大堆沙丁鱼，先是把它们的头切去，然后裹上面包糠。我想为昨夜喝得太多，回家时动静太大而道歉，但维奥丽卡说她昨晚睡得像块石头一样。她很高兴自己的儿子终于离开家门，不再把自己关在房间里，在电脑面前通宵达旦：真是奇迹。我很想告诉她说，家中的圣像抵御住了火焰，也是一大奇迹，但我还是忍住没有说出。

我指给她看那瓶长久困住我们二人的液态镇静剂，想知道她为什么会问我要不要。你的眼睛，她之前就说过这话。我们处理掉所有沙丁鱼头，并给鱼身裹好面包糠后，她说出实话：我在意大利也喝酒；隔绝，孤独，不说话，拼命干活，孩子留在这里。你也孤独，你也没有孩子。油炸沙丁鱼的声响恰在此时响起。油声弱下去后，她说：为孩子们向圣母祷告吧。我倚靠在冰箱上，她继续说道：没有工作需要，你是老师。我像你这样的时候，两个儿子，没有工作。维奥丽卡指着两个孩子小时候的照片。你的索林很远，我说。没错，他远，但没有完美的事，她说着把几块面包放入篮中。

　　大家一起坐下吃饭。面包篮在桌上来回挪动，而口中的沙丁鱼让我思考信仰，思考圣周五[1]的斋戒，思索鱼类的繁殖。也许那趟旅程就是一次信仰之举，但我那时候尚不能确定自己热切相信的是什么，它将带给我的奇迹又是什么。

　　我们吃完饭后，维奥丽卡收拾起碗碟，放进水槽里。两兄弟用罗马尼亚语交谈。我起身准备去洗碗。我还没来得及打开水龙头，维奥丽卡便拿着圣母像和一个木制十字架回到厨房，把它们摆放在桌上。她邀请我坐下，牵住她的手。她闭着眼用罗马尼亚语祈祷。只有奥维迪乌注视着圣像和十字架，口中反复念诵祷词，我和博格丹则沉默地观察这一场景，用异教徒自由的瞳仁彼此交换眼神。

---

[1] 基督教中耶稣的受难日。

★

不知是因为祷告的声音，还是镇静剂的药效，还是血液中残余的酒精，那个下午显得安宁、可爱。入夜后的一餐简短而香甜。博格丹的香烟喷吐出烟雾，为房间增添几抹神圣的色彩。维奥丽卡与外甥各自回屋。晚安！[1] 他们离开厨房时说道。我和博格丹留在露台上。

昨晚很开心，我说。我也是，他回应道，又掏出手机。你在网吧上班？我问。嗯，他说着抽了口烟。谁告诉你的？我表弟还是我妈？他问。我还想问他有没有用过手枪。你表弟说的。他说这份工作很危险，常被偷被抢，我说。嗯，他说。你被袭击过吗？他又"嗯"了一声，猛吸一口烟。关于我的工作，他们还说什么了？他问。没说太多，我说。我以为他是被我问烦了。我正准备跟他道晚安，然后回屋，但他在吐出一大口烟后开始说话。那次被

---

[1] 罗马尼亚语。

抢劫，在店里值班的是老板，他们就抢了一点钱，拿走了柜台上的几部手机，都是旧手机，但刚修理好；不过，贼可不止他们几个，几个来上网的小伙子趁着乱子躲藏起来，借机摸走了部手机，那倒是部新手机。他说。你不怕吗？再有这种事怎么办？我问。不，不怕，那伙贼都认得我了，所以说没事，不会再发生的，他说。

我掏出手机，问他要无线网密码。稍等，他说着走下露台。我抽了一口他的烟，他回来时正巧撞见我吐出烟雾。接着抽，接着抽，但你把手机给我，他说。我把手机递过去，他把卡槽打开。我不干涉他，又抽了口烟。我看着他粗壮红润的手指灵巧地摆弄手机，往里面插入一张新的电话卡。你的密码告诉我，他说。他解锁开手机，输入无线网密码。只有露台上有网，邻居家的网。我给你装了张电话卡，这样你去旅行的时候也能连上网。去摩尔达维亚的一路上会很无聊，摩尔达维亚那地方也是，什么都没有，非常无聊。我谢过他。要我给你点什么吗？我问。不，什么也不要，不过你想的话，可以给我发表情包，他说着递给我一根香烟。我接下烟。表情包？我问。对，表情包，你知道什么是表情包吧？他回应道。嗯，我知道，我说。烟抽到一半，我提出问题：你用过手枪吗？我问他。用过，不止一次，他回答道。

我想要看着他的眼睛，但我们口中吐出的烟雾遮挡住我们的视线。我只看见他的嘴唇收缩回原位，为一个浅浅的微笑画上句号。

★

    我对绘画的兴趣基于一种幻想。幻想自己拥有未曾被赋予过的天赋；幻想能够捕捉住现实，即便我明白，为此付出再多也是徒劳；幻想画家在每一笔间拥有的自由，但这艺术中的自由也不过是幻象。绘画中，构图比例、纸张尺寸与种种媒介无不限制绘画行为，然而天真烂漫的、理想主义的、自命不凡的艺术家总是宁愿相信没有边界，只有可能。

    我在曼加利亚的最后一个夜晚变化成为一连串的幻想。最开始是成为画家的幻想，我对它深信不疑。我找到我的笔记本，画上酒吧和那个接待我们的女孩。我只画出了几个扭曲畸形的人影，但是颇为自得。

    夜里很冷。维奥丽卡敲敲门，走进房间，见我裹在她儿子的被子里。冷？冷？她问。还好，我回答说。她说了些什么，又指指红陶制的壁炉。我不明白她想讲什么，但猜测她是说明早我该和她一同去赶集。她走出房间，我很快听到墙的那边传来动静。过了一会儿，屋子里就暖和起来。

维奥丽卡抱着我落在浴室的湿衣服回到房间，一件件放在壁炉旁边。我并不介意她摆弄那些那天早上曾浸泡在我呕吐物中的衣物。我任由她照顾我，任由幻觉肆意生长，我想念我的母亲了。我从床上爬起来，从背包里取出随身携带的唯一一件礼物：一盒巧克力。我把巧克力给她。希望你喜欢，我说。我不再费力搜寻意大利语的词句以求她的理解。她对我表示感谢，用的是罗马尼亚语。

维奥丽卡看向她不在场的儿子的照片，补充说：索林不和我说话。他生气了？我问。索林不和我说话的时候，肯定是累了，病了，伤心了。她的眼里满含泪水。不，不，等等，我说，索林忙。我忙的时候，不和我妈妈说话，我一边说着，一边试图用手机里存储的母亲与家人的照片分散她的注意。我们玩赏彼此的血缘关系，分享母亲与子女间的种种琐事。离开房间前，维奥丽卡在我额头上亲了一口。我们准备睡觉时，她已把我当作她的女儿，而我把她当作我的母亲。

那天晚上，睡意姗姗来迟。我给母亲发去一条文字消息，她立即回复了。我告诉她，我打算在圣周出门旅行。去哪儿？她写道。之后和你说，我现在挺好的，但你可以想象我在海上，我回答说。照顾好自己，保持联系，她写道。我本想给她发一张自己躺在索林床上的照片，或是发一张红陶壁炉的照片，但还是放弃了，转而发去两个表情符号：一朵玫瑰和一颗心。

★

夜深，奥维迪乌爬到我的床上。我睡不着，我房间里冷，表哥还打呼噜，他紧贴着我的身子低声说道。性欲让我彻底清醒。我的感官变得敏锐异常。他的身体是块冰冷的肉，而我却在沸腾。我转过身面向他，虽然漆黑一片，但我却能辨识出他那两枚闪亮如铅珠的瞳仁。行，不要紧，我说。你会喜欢康斯坦察的，他抚弄着我的头发说。我不想吵醒你的，他说。不要紧，我又说了一遍，为显得自己不是台复读机，我感觉有必要再多说点什么。我们去摩尔达维亚做什么？我问。你不想去的话，就留在这儿好了，他说着把身子贴得更近，他的声音逸散在我的发丝间。不，我肯定去，我是想去的，只是，你为什么说这话？你希望我留在这儿吗？我问。他不再抚摸我的头发，伸手去把床头柜上的台灯打开，那时我看到他脸上的疲倦。

是这样的，你看，我不知道你会不会喜欢摩尔达维亚的乡下，他说。你表哥告诉我了，那边很无聊。他还送了我张带流量的电话卡，好让我活下来，我说。他说得在理，你是得努力活下来，不过我还得对你说件事。我坐起身，把背靠在墙上。一股水泥般的冷战浇遍我的身躯。我认为他即将向我坦白的事情将使我痛苦。判决到来前的那几秒，我拾起身为他的姐姐的幻觉。每当我预感到噩耗将至，我都会假想自己身为他物：一只动物、另一个人、一件家具。其实是好几件事，他说完哼了一声。嗯，首先，我们去摩尔达维亚之前，得先绕道去趟布加勒斯特，我要在那边见个公证员，取份文件。很快的事，但不知道我们到时候有没有时间逛布加勒斯特，或者，从摩尔达维亚回来后再逛也成。我是挺想让你看看布加勒斯特的，但我也想尽快搞定这些一定得在村里办的事，他说。

我依旧准备好迎接猛烈一击。我的嘴唇紧闭，耳部随胸腔里的小鸟搏动。所以你看，你想留在这儿的话就留下来，但我必须去张罗我父亲的葬礼，他说。

你的父亲死了，你现在才告诉我？我说。我既是扮演他的姐姐，身故的便是我的亲生父亲，我难以抑制住泪水。

不，你别哭，等等，听我说，他说着便娓娓道来。我的父亲七年前就死了。但我们这儿有行祭礼的风俗。大概就是去世七年后再为死者办一场葬礼。人们去坟上，把死者挖出来。先办场弥撒，随后再分发食物给客人，会有很多客人的。我母亲跟我说了，她不回来，也就是说，这些事都得我自己来。所以说，我不知道你愿不愿意和我一起去做这些。

去，怎么能不去？我会去的，我陪你，我说。

我对他的欲望与兴趣尚未散去，这一新鲜发现让我快乐，也叫我痛苦。我曾在他面前昏睡良久，而此刻我们却睡在同一张床上。他靠近我的动作显得羞怯。奥维迪乌方才可怜无助地来到我的床边，冻得瑟瑟发抖，像条小狗一样疲惫不堪。他不再发号施令般地对我说话，不再为我指路，他不再是身穿制服的米哈伊。这副脆弱的模样令我莫名地兴奋，我萌生出把他衣服脱光的欲念。我明白，我比他更为强大，师生、母子的性幻想就此归来。

我的精神、欲望与激情迅疾提振，我血液充盈，百感交集：我止不住地遐想着死亡的概念与那场罗马尼亚葬礼，并感受到激动与好奇所致的眩晕。突如其来的活力让我暂时摆脱了死亡的念头。踏上旅途前，黑暗日子里仅有的清醒片刻中，我唯一能够条理清晰地构思的，便是一个让自己消失的计划。当我得知自己可以亲历他人的死亡时，心中洋溢着热情，我热切地希望观看不属于我的死亡。想要把奥维迪乌脱光的想法与掘出尸体的画面交织，继而又织入一场节庆，织入我们被肢解的尸块、他的臂膀、我的脊背、他的嘴巴、我的大腿。发掘出这般亵渎的幻想，我心中涌起一股肆意漫流的欲望。

自那时起，我决意不再昏睡，或者，至少应试着减少昏睡的频次。我要如开刀前的外科医生一般清醒，如此，我便可以清晰地分辨出事物的边缘，解剖开种种体验与经验。奥维迪乌钻进我的被子之后，我的感官就已变得敏锐。

某种东西在我体内复生。好奇心，病态心理，欲望，激情，亵念。我想了解他的起源与他的毁灭，我心生好奇，想要聆听他的话语，同时又思索着尸体的无言。在土地中挖掘的想法让我产生浓烈的欲望，我想要剥尽构成他的一切。一层层剖开，从他的童年剖起，直剖至他身处异乡，身为他人时不得不披上的伪装。肢解他，分解他；如是我欲。我想抵达他的深处，抵达他存在的原点或本源。脱光他，让他如新生儿般无助。踏着暴戾的欲望回溯他的过往，一如大厦在地基爆炸后轰然崩塌。我想分解他，为的是之后孕育他，形成他，生育他，渴求他并见证他的死亡。

师生间的陈腐禁忌已难以让我兴奋，自那之后，我所热望的便是毁灭，不仅是我自己的毁灭，而是我们二人的共同破灭。

得睡了，明天我们一早出发，他说着关掉台灯。奥维迪乌背过身去，在被子里蜷缩起来。我彻夜未眠。我的听觉捕捉住他时强时弱的呼吸，而我的视觉，虽是在昏暗的光线之中，也能辨识出他的身体在睡梦中的每一动作。

★

　　康斯坦察的建筑、码头与道路无不彰显它的古板；它是块多孔巨石，孔洞中透出汽车、火车与轮船的噪声与灯光。黑海的浪潮于它并非是侵蚀，反倒如爱抚。四月的白日下，海水的泡沫把礁石拍打得银白。早上的那个时辰里，天空是纯净无瑕的蓝。

　　奥维迪乌和我沿着几乎空无一人的防波堤走了一会儿。我们时不时倚靠在刷有白漆的金属栏杆上，静静地看海。我想起索林。索林从这里出海？我问。对，有次我陪姨妈来送他，之后散了很久的步。我们走完整道防波堤，维奥丽卡边走边哭。边哭边看着浪。你今天没哭。我看你挺高兴。真是怪了，奥维迪乌打趣道。昨天你跟我说你父亲的时候，我已经哭过了，我说。你就没哪天不哭的，他说，但你可别在这儿的街上哭；不然，大家要以为我欺负你了。

　　我们继续沿着防波堤走，不时也说几句话。你知道那支多瑙河的歌是罗马尼亚人写的吗？奥维迪乌说。《蓝色多瑙河》？那个圆舞曲？我问。对，圆舞曲，没错，那个音乐，罗马尼亚人写的，他说。那他得是个奥地利的罗马尼亚人，我说。不，是一个老是被当作塞尔维亚人的罗马尼亚人，但他真是罗马尼亚人，那歌也不叫《蓝色多瑙河》，叫《多瑙河之波》[1]。你愿意的话，可以上谷歌查查，毕竟你现在有博格丹送的流量了，他说。不用了，我相信你，我说。我们继续在防波堤上前行。黑海真的是黑色，因为里面有好些吐墨的章鱼，他说。有科学数据的，他如此坚称，而后笑了。

再往前走几米，我们在海滨步道中途一处倾圮的新艺术风格[2]建筑前驻足。奥维迪乌解释说那曾是一处赌场。俄国皇帝们就在那儿打扑克，他说。我们在一条长椅上坐下，观赏建筑。我想象着它极盛时期的模样，周身披覆红色的壁毯，映衬出华盖上的熠熠金光。我看见它闪亮的镜子把台阶上无瑕的大理石照得更加明亮。我点亮水晶吊灯，灯光与眼前海浪上闪耀的光芒在彩色玻璃窗中交融。奥维迪乌按在我大腿上的手把我拉回了现实。里头全是鸽子和猫。想想看里面堆了多少它们的屎，他说。他的手还没有从我的腿上拿开，我把自己的手搭在他的手边，发觉出我们两人肤质的区别。他的手像工人的手那样粗粝，径

---

[1] 罗马尼亚作曲家扬·伊万诺维奇创作的圆舞曲。
[2] 19 世纪末至 20 世纪初时兴的艺术风潮。

直脏进细胞里，微微变形，石膏般苍白而浑浊，不过皮肤显得年轻。我的双手细腻，颜色却更为暗沉，在我那依然因洗衣液和灼伤而刺痛着的、露着青筋的单薄皮肤上，岁月的痕迹显露无遗。

咖啡厅与酒吧陆续开门。防波堤上行人渐密，其中多是游客。上班的人不会来这儿的，奥维迪乌说。我们走进一家咖啡厅，要了两份简易的早餐。奥维迪乌开始翻报纸。那是我头次见他读报。我还不知道你对新闻感兴趣，我说。当然感兴趣了。这儿的新闻才是真新闻，挪威那边难得有新鲜事，你看，他边翻边说，这儿有腐败、事故、名人丑闻，啥事都有，带劲。

报纸的墨味、咖啡的香味和空气中的盐味带给我一种宁静日常生活的愉悦感。我不想从那里离开，我在海洋气息中，在端上桌的咖啡中，在罗马尼亚语单词墨迹慢慢染上奥维迪乌双手的情景中，找到了一种奇异的幸福。

我再去要一杯咖啡。昨晚我没睡好，我说。为什么？和我睡你害怕吗？他把报纸放到一旁问道。不，我为什么要害怕？我说。你觉得我要对你做什么吗？他问。我拿起报纸，开始翻看里面的照片。你能对我做什么？我说着把纸页翻得更快。告诉我你想让我对你做什么，他说。我的目光依然停留在报纸上。现在你能读懂罗马尼亚语了？他重拾起带着笑意的腔调。是的，爱。[1]这词你从哪儿学来

---

[1] 罗马尼亚语。

的？姨妈教你的？他问。不，从欧洲歌唱大赛的歌里听来的，我说。奥维迪乌放声大笑。"Vrei să pleci dar nu mă, nu mă iei"[1]，你是想说这个吗？他问。不错，正是，我说。

我们从咖啡厅离开。笑意还在我们体内颤动。我们把林荫道、餐厅和海洋都抛在后方，向着沥青路走去。那首歌是什么意思？我问。什么歌？奥维迪乌说。"numa yei"那首歌，我说。他再次朗声大笑。意思大概是"你想离开，却不想带我走"，他回答道。

---

[1] 罗马尼亚语，大意为"你想离开，却不想带我走"。是罗马尼亚语歌曲《椴树下的爱》的歌词。

★

"达契亚"的车身在晨光下闪亮得像块肮脏的祖母绿。行驶几分钟后,我们到达一处公园,公园中的绿湖看起来像片沼泽地。奥维迪乌停下车,我们沿公园周围走动。这地方是康斯坦察的旅游景点之一。湖边一处空地上的笼子里关着各式各样的动物:鸡、山羊、鹅、绵羊、几匹马和一对驴。这是个既无猕猴也无狮子的动物园。奥维迪乌把我留在孔雀笼前,让我在那里等他。

我看着雄鸟在畜栏里四下走动,而雌鸟则缩在一个角落,啄食地上散落的种子碎屑。不时有成群的游人前来赏鸟。我们都想看孔雀开屏。有几个孩子向它们扔成把的碎石子,但没有砸中。鸟儿们未曾惊起,依旧保持庄重的步态,深知自己才是牢笼的主人。

奥维迪乌回来了。这就是你说的我会喜欢的地方吗?我问。你不喜欢?我本想着带你去海豚馆的,但我去问了,他们只有下午开门,没时间看海豚了,不过,你看起来不像是喜欢动物，他说。看它们被关着，我有点难过，我说。可它们都被照顾得很好啊，都是家养动物。它们知道怎么在笼子里待得舒服，有什么可难过的？他说。

我们离开沼泽与兽栏，准备回车上。我从没在海豚馆见过海豚，我想，我倒是在海上看到过，虽然离得远远的，我说。你更应该为海里的海豚感到难过才对，它们会被做成金枪鱼罐头；海豚馆里的这些都被照顾得很好，甚至还会和驯养员说话，他说。所有的动物都会说话，我说。真的假的！奥维迪乌笑道。它们当然会说话，我们听不懂而已，我说。你肯定能听懂，毕竟你是语言班老师，而且你是从南美来的，那儿的鹦鹉都会说话，他说。

我们回到车上，在康斯坦察兜了最后一圈。湖的附近没有高层建筑，只见一些赭色屋顶的老房子。我从没想过自己会看到多瑙河的尽头，看到黑海，我说。谢谢你带我来旅行，我补充道。开上公路之前，奥维迪乌把车停在离海很近的一条小道上。去吧，黑海就在那儿等你。去摸摸它，他说。去吧！他坚持道。陪我一起，我说。有那么一瞬，我不安地想到，那说不定是个陷阱，他并不是想把我带到海边，而是想把我丢掉，那没准才是他的真正意图。

我们下车。奥维迪乌留在沙滩上，我一直走进海里。我卷起裤腿，脱去鞋子。黑海的海水冰冷，波浪稀疏。我弯下腰，把手伸进水里，直到寒冷麻木了我的四肢，暖意只留存在身体的中心，在腹部与胸部之间流荡。我直起身子，用湿润的双手捋过头发。

我从海里出来，赤脚走向汽车。奥维迪乌走在前边，手上拿着我的鞋。你一张照片都没拍，所以我给你拍了几张，看，奥维迪乌说着把手机举至与我双目齐平，照片上是我，四肢着地，手脚泡在海水里，身穿深灰色的羊绒大衣，长发披散，像只奇怪的动物。穿好鞋后，我坐上副驾驶座，关上车门。奥维迪乌点燃引擎，我们继续上路。

★

沿着一条铺装得粗劣的柏油路，我们来到一群房屋前，它们与我在路上看到的一切房子别无二致。跟我来，奥维迪乌说。我们下车，步行数米，来到一条沥青、垃圾与野草组成的街道。远方的草显得更绿，在远处，幢幢建筑拔地而起，混杂在为数更多的住宅间，那边的住宅又与包围着我们的这些住宅长得一模一样。我们是在布加勒斯特的郊区。

一个男人在这片风景中现身，向我们走来。那正是几天前在机场迎接我们的那个男人。正午的阳光下，他的睫毛变得半透明，我终于分辨出他眼睛的颜色：是绿色，和他借给我们的那辆"达契亚"一样。那男人名叫安德烈。他握握我们的手，向我们表达问候。他在举手投足间流露出善意，和我记忆中那个在机场停车场给我们钥匙和手机的寡言男人十分不同。

我们回到车上，奥维迪乌打了个手势，让我坐到后排。我照做。安德烈执掌方向盘，奥维迪乌在副驾驶座上伸了个懒腰。

我们行驶过数条看上去相差无几的大道：穿插在二层楼高的住宅间的一幢幢灰色建筑、陶土红或锌锈红的屋顶、成堆弃置的报废车辆、空荡荡的工厂、居民区、杂草、光秃秃的树、充作栅栏的灌木和零散的小商铺。

我们在引擎的噪声间前行，布加勒斯特变为沥青的洪流，在立交桥、环岛与桥梁之间流淌。城市分泌出湿气与污染的脓血。空气从车窗的狭窄开口闯入，击打我的皮肤，灰尘与金属的微粒在我的肺里筑巢。几座巨大而扭曲的商业中心和数十个褪色的广告牌从我眼前经过。道路两旁矗立的建筑形似城墙。再往前开，经过了混凝土的城区和几个苏联时期风格的广场后，街巷开始变得狭窄。行人成群从沥青蚁穴中涌出，车流拥堵在布加勒斯特永恒闪烁的信号灯与狂躁的喇叭声间。

★

　　奥维迪乌正是在其中一盏信号灯转红时下了车。他什么也没对我说，只对安德烈说了只言片语，用胳膊比画了几下，让他围着街区兜圈子。我在后座坐到下一个红灯。安德烈打了个手势，让我坐到副驾驶座上。我立即下车，坐到他旁边。我不知自己下车、关后门、开前门、坐下一共花了多久，但当我进行这一流程时，我生怕安德烈发动汽车，把我丢在马路中间。这忧虑让我的上腹部针扎般地疼痛，又把我引向更多的忧虑。

　　猝然生硬的城市环境和熙攘的人群让我恐慌，安德烈这个陌生人的出现也使我不安；在我们不得不共享的这方狭小空间内，他庞大的身体令我生畏。他的毛发旺盛，茂密的体毛使他外表与狼相似。我的身边坐着一头野兽。布加勒斯特慢慢变为一片乳白色的团块。我已分不清建筑的线条，辨不明行人的质地。我们开过数条街，最终停在一栋老旧的建筑前，在过去的某一时刻，它大概也曾风光无限。我的目光从"达契亚"的车窗透出去,看向门廊。入口处的台阶由灰色大理石砌成,石面依然保有光泽。发动机还在运转,双闪灯嗒嗒作响,向我提示着车中流逝的分分秒秒。

安德烈上下打量着我,最终把目光停在我的大腿上。他看倦了,就把手揣进外套上的人造育幼袋中,转眼去看挡风玻璃。他的腹部隆起,看上去较之前更加肥胖。布加勒斯特是众多躯体筑成的畸形建筑,而安德烈是其中的一块肉砖。他的手在口袋里摸索,化纤材质吱吱作响,散出潮湿的气息。他掏出一只手,抓了抓耳朵。随后又把手放回口袋里,两只拳头和先前一样,在那伪造的皮肤下动弹,好像两只困在麻袋里的动物。

他把双手从口袋里解放出来,放在方向盘上。转转[1],他用疑问的口气说道。他又扭头来看我,做出把手搭在方向盘上驾驶的样子,不,谢谢[2],我回答道。他什么也没说。奥维迪乌?我问。安德烈指向车子仪表盘上的时钟,右手开合三次。我们得等他,而这手势大概表示数字 15:等 15 分钟,等到某时 15 分,或者,在最糟的情况下,等上 15 个小时。车上的时钟显示的是 11 点 53 分。

四片肺脏翕动着,车内的空气渐趋稀薄。我想下车,但安德烈却抓住我的大腿,方式与奥维迪乌相同。我在

---

[1] 罗马尼亚语。
[2] 罗马尼亚语。

座位上一动不动。他的手又开合两次。他粗糙干涩的皮肤在握拳时发出声响。我抓紧车门,安德烈把双手高举在空中,仿佛我在袭击他似的。Zece[1],他说。他说的是"十"。这一数字是我从他举起的手中看出来的,因为他发出的声音在我听来更像是"牛奶"[2]。我掏出手机,假装自己要看些什么。

安德烈开始脱外套,过程中发出各式声响。他多汗的皮肤与夹克的化纤面料分离时,皮肤上的每一个毛孔都张开毛茸茸的嘴巴,吱吱地叫唤。温热沥青与脂肪的蒸汽云雾自他的身体升腾而出。安德烈把外套丢去后座,身上剩一件浅蓝色的衬衫,衬衫紧贴着他的身体,像一层湿润闪亮的皮下组织。假若全然忘记他身上所覆的茂密毛发,单看那件衬衫,他便不再是一只毛茸茸的哺乳动物,而要变成一只光滑的两栖动物。

闪烁的灯光向我指示车中流逝的成千上万秒。我依靠在车窗的边沿,把视线锁定在与行人臀部、腿部齐平的高度。

---

[1] 罗马尼亚语,意思是"十"。
[2] 西班牙语中牛奶为"leche",与罗马尼亚语中的"zece"发音相似。

★

　　我惬意地观察着罗马尼亚首都来来往往的行人，直到安德烈碰了碰我的肩膀。

　　安德烈并没有不耐烦。他不知从哪里掏出了一包五彩缤纷的糖果，包装纸下的糖果闪闪发光，宛如珍贵的宝石。装着糖果的红色袋子上印有几个微笑的水果。草莓是笑得最欢的那个。他单手拎着袋子，在空中晃了一晃。我是他的宠物，他即将给予我奖赏。我本想用爪子抓挠袋子，但最后只是露出微笑。他把糖袋打开，递到我胸前。我正要伸手去抓一把糖果，可他不等我的手指没入覆着糖霜的糖果，就一把抓住我的手腕。他用罗马尼亚语说了点什么，然后松了手。他向自己手掌上倒了几块糖果。白糖颗粒像一层甜蜜的露水结在他手掌的纹路间。我以为他是要用自己粗糙的皮肤餐盘把糖果端给我，让我带着宠物对主人的信赖吃下它们。

　　安德烈大笑出声，但这笑声随即被塞入嘴巴的一把糖果浇灭。他的手又抓住我的手腕，把我的手拉向他身前。我的胳膊顺从着，像块口香糖一样由着安德烈弯曲、调整，直到可以接住那把倒向我掌心的糖。为什么这般粗胖的男人会如此介意把手伸进袋子里呢？谢谢[1]，我对他说。

我把糖果放在掌心，开始一颗接一颗地吃。我每品尝一颗糖，安德烈就说出一个词语。我开始尝出糖果的色彩。安德烈嘴里发出的声音用罗马尼亚语为每一种水果赋予风味。我的味蕾听懂了外语。一张术语表在我的舌尖上写成。安德烈说"ananas"[2]，黄色的味道。Ananas，我跟着说。他又自己手上倒了一把糖，但这次没有一下子都塞进嘴里。他扬起眉毛，细细看过，再逐个放进嘴里。我开始用西班牙语向他念出这些水果的名称。草莓，蓝莓，橙子，苹果。安德烈咀嚼着我的西班牙语单词。他品尝着词汇表，把一颗黄色糖果留到最后。他把它拿起来，对着光，以珠宝商欣赏琥珀的目光观赏它。Ananas！我们同时喊出。

奥维迪乌回来时，我们正吃着糖，枚举着水果的名字。人造的香味从我们的嘴里溢出，与我们腺体发出的气味、布加勒斯特吐出的湿沥青与汽油的味道汇合在一起。

我回到后座，奥维迪乌上车。安德烈的额头反射在后视镜中。那男人年纪大概有多大？覆满他皮肤的体毛遮掩了一切年龄的表征。几条水平的皱纹在他的眉毛上方深

---

[1] 罗马尼亚语。
[2] 罗马尼亚语，意思是"菠萝"。

陷，皱纹是迟疑者和怀疑者的标志，但也是那些仍能像孩子一样感受惊奇的人的标志。两道竖直的沟渠在额头正中把这些皱纹割断，沿着两条深邃的道路——愤怒之路与痛苦之路——将皮肉犁开。

　　安德烈的年纪也许和我父亲一般大。他硕大而奇异的存在把我带回童年。

★

　　我最后一次见到父亲，是在大街上。我那时还没有上小学。母亲牵着我的手，带我穿过公园，那是我们市中心最大的公园之一。我的步子短而慢，因为我只有区区数年直立行走的经验，因为公园辽阔，因为预感到奇怪的事情将要发生，因为身上厚厚的雨衣沉重无比。

　　父亲坐在一条长椅上等我们。他的脸上撒满阳光。母亲和我向他走去。你爸爸在那儿，去吧，到他身边坐着；我在这里等你，我母亲说。我照做。我吃力地攀上长椅，在那个男人身边坐好。我们四目相对，有光闪过。之后，我们两人就并排坐着，目光迷失在地平线上。我们在空间中旅行，如同一名司机与他的副驾，在众多星系间穿梭。

　　我们一定要去往某处。

　　我们用瞳孔驾驶无形的车，乘车而行。我们行过公园中的一切树木、长椅、鸽子、老鹳草、秋千、父亲、母亲、子女。我们在周遭散布着的一切事物中航行，直到他转过身来抱我。我一动不动，视线一刻不离站在几米开外的母亲。她也一直看着我们。她仿佛考官，监视我们完成这场用父女情驾驶车辆的驾照考试。母亲对我浅笑一下，微微把头别开。我遵从她的默许，沿长椅挪动，直到与那爱抚着我头发的、对我说着听不懂的话的男人靠得很近很近。

我把身子靠在他的臂弯里，发觉他很高。他的声音似由坑洞传出。多年间，我一直记得我的父亲闻起来像烧焦的纸张，直到青春期，我的鼻中隔方才领悟，那个男人的味道其实是烟草味。他从大衣的口袋里掏出一盒包裹在彩色绢纸中的巧克力和一只粉色的毛绒狗。我壮着胆子，收下他双手捧着的散发出烧焦气味的礼物。他自胸腔里说出几个单词，它们在整个公园里回响。他的目光是绿色的。亲亲爸比，他用巨人的声音说道。我的身体颤抖。我收下的礼物化作铅块，沉得拿不动。虽然我的鼓膜未曾听闻"贿赂"一词，但是我的细胞已然知晓我的父亲是在贿赂我。我不愿亲他，也不愿抱他，但我也动弹不得，无法把礼物还给他。

我看向母亲。我承受不住礼物的重量，便把它们放在长椅上。我们再次乘上我们的无形车辆，在陌生的星系间迷失，直到父亲绝望而迷茫地抓紧我的胳膊，他找不到通向我的道路；他的父爱没有地图。于是，驾驶纽带之船的任务落在了我的头上，而当我看见父亲哭泣时，我停止了航行。他的眼泪是透明的，不是绿色的。小时候，我以为眼泪的颜色会和眼睛的颜色一样。我之所以这样想，是因为曾看到母亲落下黑色的泪珠。

大家总是告诉我，男人们不会哭泣。我想从他的手中挣出，但他只是哭得更大声。母亲走向我们，帮我们驶过这段意外频发的破碎航程。两人简短交谈。母亲的语气是命令我刷牙、睡觉时的语气，父亲则还是用巨人的语气：遥远而洪亮如雷。船上汽笛在多重时间内鸣响，一台引擎堵塞在车流之中。

母亲让我同他告别，于是我用那个年纪仅有的方式向他道了别：在他脸颊上亲了一下。他泪水中的盐分留在我的嘴角。

有关父亲的回忆和那些铅块般的礼物一样沉重。他的声音在我纷乱生活的众多引擎与汽笛中筑巢。他的形象在镜前与我的影像贴合。我不知父亲是否存在，但他的存在是毛茸茸而奇异的，像安德烈，像那只粉色小狗，像那些扇动翅膀从他胸膛中飞出、从他口中逃出的词语。那群词语的椋鸟留与我一则信息，那信息锐声尖叫，波动着飞行；那信息毛色暗淡，时至今日我也无从破解。

★

驶入布加勒斯特的车流前，奥维迪乌和安德烈交谈几句，一同检查过奥维迪乌从文件夹里拿出的几张带有数字、印章与签名的纸张。他们把纸对着光线，试图从某个水印或是页边极小的文字中解读出某种信息。我从段落的格式与结构推断，它们大概是用罗马尼亚语写成的商业信函、发票及某种官方证明。奥维迪乌收起纸张，依旧放进文件夹。

安德烈交给他一捆钞票，奥维迪乌把一端向上翻起，再用右手拇指一一点过。数钱时，罗马尼亚名人的脸庞如动画般在我眼前经过。出现次数最多的面额是 100 列伊，标志是戴着眼镜的男人。200 列伊。打着领结的男人。500 列伊。留着长发的男人。钞票放映出的动画持续良久，直到钱味盖过了水果糖的香味。钱闻起来像霉菌，像皮肤碎屑，像汗水与旧抹布；各地的钱都是同样的味道。清点完毕，奥维迪乌把那捆钞票分作三沓。两沓放进他外套的内袋，剩下一沓装进裤子口袋。

安德烈开动汽车。奥维迪乌把头扭向后座，微微一笑。怎么样，安德烈的糖舔得开心吗？他问。我什么也没说。安德烈用罗马尼亚语说了点什么。你想在布加勒斯特再待一待，还是说，你更愿意等旅行结束再回来逛？他问。不知道，我说。安德烈也跟我们去村里吗？我问。你想的话，我就让他来，奥维迪乌说，随即又用罗马尼亚语说了几句。安德烈笑了。他的眼周毛发旺盛，但我仍看见他瞳孔中的光亮在后视镜中的反光，一缕绿光。他玻璃瓶似的眼光扫过我的脸颊。我们往前开了几公里，奥维迪乌又问：那我们先在布加勒斯特待着？好还是不好？我不知道，要我说，好，但你要是事情多的话，还是由你看着办，我说。

安德烈一直开到一家购物中心的停车场。两人都下了车。奥维迪乌在车窗上敲了数下：安德烈要走了，他说。我把安德烈的外套拿下车，递给他。我伸出手作别，他用力地握了一握。黏糊糊的手掌让我们交换了彼此的皮肤碎片，手掌上的糖浆将碎片封存在我们掌纹的沟壑之间。

安德烈穿上化纤外套，对奥维迪乌说了些什么，又抱了他。这人造革的拥抱让我的朋友动弹不得。从身形看来，奥维迪乌像是被巨大爬行类动物紧紧抱住的学龄前孩童。我在我朋友的眼睛里看见自己的倒影，倒影中，我捧着父亲沉重的礼物。我认出了那个惊恐的孩子，那孩子担心那金钱交易、那些文件、那握手与拥抱兴许都意味着一次毛绒玩具勒索,意味着一场巧克力盒操纵。

安德烈在停放的车辆间消失。他硕大的身躯投下一道瘦削的影。

★

我们上哪儿过夜去？我问。我们没必要在这儿过夜，奥维迪乌说。你不休息吗？你要一直开到村里呢，我说。用不了五小时，晚上车更少。我把车停在商场了，我们就在布加勒斯特走走吧，他说。你看啊，我想着，要是摩尔达维亚的公路跟康斯坦察的路一样黑的话，我们最好还是现在趁着天亮出发，我说。但没关系的啊，你想逛逛首都，那就逛逛呗；让我给安德烈打给电话，看他能不能留我们住宿；当然，我是说，如果你想在布加勒斯特过夜的话，他说。

安德烈家中的气味肯定与他的气味相仿。他的厨房大概与他手上残留的湿糖一样甜腻。他的体毛与头发大概遍布淋浴间和地板。他的床单大概浸满汗水与油脂。那想象中的房子的余下空间大概与他那辆"达契亚"的内部相近。

我不想住安德烈家，我说。那你想怎么着？他问。我这么说是因为他住郊区，我们路上得花不少时间，那样我们什么都看不成，我抗议道。那你想看什么？他问。我不知道，博物馆、广场、市中心，但别是郊区。我们干吗不在市中心找家酒店过夜？我提议道。你可别想着在布加勒斯特开房，贵死了，奥维迪乌说。但你怕什么呢？你口袋里装得满满的都是钱，你还有银行卡，况且你还拿着我的钱，那天在康斯坦察喝完酒后就没还我，我说。我现在就还你，奥维迪乌说。这不是重点，我说，我只是不想和你吵架。随你，但你就为着一时兴起住几小时酒店，等同把钱往水里扔。明天我们一早就得出发，你可得记着，我不是像你一样来度假的，我有事要做，奥维迪乌斥责道。你既然这么忙，干吗还问我要不要逛布加勒斯特？我问。

奥维迪乌把车停进一条死巷，打了一通电话。我听出电话那头是一个女人的声音，两人简短交谈一阵。我们住哪家酒店？他问。把你手机给我看看，我说。我不给你！他叫喊道。你别激动！我就用你手机查一下酒店，我说。你都不会罗马尼亚语！你连我们在哪儿都不知道！你要怎么预定？你要怎么听懂价钱？你这女人，你什么都不懂！这都得我来搞！他叫嚷道。

奥维迪乌下了车，倚在保险杠上。我留在副驾驶座上。听我说，米哈伊，我说着把头探出窗外，要是我有手机，也就不会要你的了。我手机没电了。我现在就想睡个午觉，让头脑清醒点，然后跟你在城里逛逛。就这样。明白了吗？跟你散步，不是跟你吵架。

我的朋友从兜里掏出手机，打开浏览器，递给我。

★

　　首都饭店的前台只有白人。男人们身着夹克，领带把衬衫紧紧箍在脖子上，女人们则身穿样式各异的紧身短裙。她们的鞋跟都高得夸张，步伐之间，她们展露出后天习得的，抑或与生俱来的在卡拉拉[1]大理石上行走的技巧。众人或明亮或晦暗的眼睛大半都被我们吸引。我们是一对怪异、黝黑而闪亮的生物。我们脚踏胶底便鞋，走路悄然无声。我们似两只年轻的渡鸦，在博物馆的雕塑间悬浮。我们脚下，洁白至极的大理石化为最为珍贵的缟玛瑙。

　　前台的接待员看不见我们脚下的玛瑙。她看着我们，像看两个前来投宿的乞丐。她一边接着电话，一边示意让我们出示身份证件。当看到我们两人居住在斯堪的纳维亚时，她不再讲话，挂掉了电话。她用罗马尼亚语说出些恭维话，而后高声重复我们的姓氏。二位的姓氏简直就是音

---

[1]　意大利城市。以出产大理石闻名。

乐，她说。她用"先生"和"女士"称呼我们。发票上印出我朋友的名字：阿尔贝斯库。他脸红了，开始对着接待员长篇大论，后者则皱起眉头。奥维迪乌继续念叨，而她咬起嘴唇，侧目瞥了瞥自己的同事，又挑起眉毛。她把圆珠笔搁在一旁，而我的朋友还说个不停。他的声音变得柔软，近乎脆弱。那姑娘拿起圆珠笔，搁在嘴边。她拿过发票，把我的名字写作抬头。女士，可以给我您的信用卡吗？她说完抿了抿嘴。灰色大理石的前台上，我的信用卡宛如一片红翡翠。在把账单还给我前，她先用墨水在上边画了一道。她用一块深蓝色的墨迹遮盖住我朋友的名字，交还给我信用卡，又递给我们房间的钥匙。

★

　　我们走出电梯，来到一间配有浴缸的双床房。我走进浴室，听见奥维迪乌的电话铃声响起。我不想听他说话，于是开始往浴缸里注水。我泡进温热的肥皂水里，奥维迪乌的声音变成遥远的颤动。我心有疑问，但问号都溶解在散发着酒店洗发水味与肥皂味的水中。

　　我从浴室出来时，奥维迪乌已经睡着。他的身旁摆着手机，还有他和安德烈那天早上一同检查过的文件夹。我想翻看他的手机和文件夹，但又打消了念头。我走到窗边，把窗帘拉上。

　　房间主窗的窗台边沿很宽。我坐在上边，俯瞰布加勒斯特。酒店挨着广场，广场中心有一面罗马尼亚国旗在极高处飘扬。旗帜与我们酒店十楼的房间高度相当。旗帜的布料厚重而光亮，我叫不出名字，但它发出的声响有如皮鞭。我的母亲知道好几种布料的名字，我想。府绸、印花棉、维希格纹布、华达呢、塔夫绸、透明硬纱、缎面布、密织棉布。我看到窗上有把手,窗户似乎可以完全推开。这一细节令我惊愕。在挪威,所有酒店的高层房间都采用双层窗户,其中绝大部分都无法打开。能打开的那些,也仅能开一个不足五公分的小缝,以供空气进出。

我从窗台上下来,用力推动把手,直到把窗户完全打开。一跃而下的想法令我不寒而栗。我忍不住想象自己做着自由落体运动,直至轰然坠地。我想起不久前看过的关于BASE跳伞[1]运动员的纪录片。BASE并非是指他们从某个基地跳伞,而是他们起跳地点首字母的缩写:

Building——建筑,比方说首都饭店。
Antenna——天线(烟囱或电线塔)。
Span——高架桥,拱桥。
Earth——地面(悬崖、岩壁)。

我逐渐变成一团骨头、皮肉与鲜血的杂合物。奥维迪乌仿佛是听见了冲撞着我心脏的奔腾血声,在此时清醒过来。他从后面抱住我,双手猝不及防地抓住我的腰部,像抓住一只欲逃的猫。你做什么呢?他问。没什么,就想看看窗户能不能开,我说。窗户当然能开了,他说。他边用身体把我和窗台隔开,边关上窗户。你没留意到,挪威酒店高层的窗户都是开不了的吗?我没在挪威住过酒店,他

---

[1] 低空跳伞。

说。从来没有？我质问道。从来没有，他说着拉起我的手，让我坐到床上。

他在床上躺下，两眼望着天花板，继续说话。我仍坐着，他的头磨蹭着我的屁股，我任由他讲下去，仿佛在和他过家家，而我扮演的是精神分析师。我从没住过这么高、这么豪华的酒店，但是我住过的所有酒店里，窗户都能正常开。为什么挪威开不了？因为冷吗？他问。不，为了不让人们跳楼，我说。他看着关上的窗户沉默了一会儿。我们罗马尼亚人拥有的更少，我们是穷人，但我们感激生活，我们只求能活下去，身体健康，好好享受，罗马尼亚人就是要自杀，也不会在豪华酒店里自杀，那可太傻了；那是浪费好吧。除非那是个有钱的罗马尼亚人，不知道稀罕东西。但是，你为什么要说这些呢？他问。说什么？我问。自杀的事，难道你不开心吗？我们在布加勒斯特，在你喜欢的酒店里，你也做了你想做的事，不是吗？可这话题是你挑起来的，我准备好出门了，我们走吗？我说。

奥维迪乌从床上起来，在房间里踱了几步，开始翻找背包里带来的东西。我在找我带来的锁，我不想把贵重的东西到处乱放，他说。你干吗不用保险箱？我说。酒店那伙人肯定都知道保险箱的密码。他们罗马尼亚人就这样，他说。他方才刚说"我们罗马尼亚人"，这会儿又用"他们"指自己的同胞了。我的东西就放保险箱，密码可以自己设，我说着指给他看写在卡片上的使用说明。我把我的护照、手表和装着镇静剂的药盒拿出来，放进保险箱里。

你真不把你东西放进来？我问。

奥维迪乌继续翻找着，直到找到那把锁。他把背包掏空，把文件夹和外套放进去，文件夹里装着文件，外套则兜满从安德烈那里得来的钞票。你不穿外套吗？我问。走起来就热了，他说。他用锁把背包锁上，塞进保险柜。用我的生日做密码吧，我说。希望别被偷，你想，你的信息他们都知道，他在我输入四位数密码时补充道。没事的，他们猜不到密码，我说。你不懂罗马尼亚人，他重复道。

★

确实，我不懂罗马尼亚人。我们正要出去散步，可就在上电梯前，奥维迪乌推了我一把，让我一个人进了电梯。你先下，我忘了点东西，他说。在前台等我，他指示道。

我不懂罗马尼亚人。他们是一群陌生的人类，在酒店前台的大理石间把我包围。我看着他们，像看着源自陌生文明的雕像。我甜蜜的罗马尼亚朋友，米哈伊，同时也是一个名叫奥维迪乌的急躁罗马尼亚人。两个名字都是诗人的名字，我只知道这个。虽说爱明内斯库[1]的诗句我一行也未读过，但我记得自己年少时曾经尝试阅读奥维德[2]的诗篇，并在其中找寻到我无法理解，更未曾体验的性意味极强的事物。我不知道爱明内斯库和奥维德的样貌。我不知奥维德是否是罗马尼亚人，但他肯定是罗马人，我在学

---

[1] 罗马尼亚诗人，全名为米哈伊·爱明内斯库。
[2] 古罗马诗人。

校里学到的，如今还没忘。罗马尼亚人和罗马人，是一回事吗？我不懂罗马尼亚人，不懂他们的文字，不懂他们的手势，也不懂他们的诗句。

我从口袋里掏出手机，打开搜索引擎：奥维德是罗马人也是罗马尼亚人。他生在康斯坦察。维奥丽卡和博格丹怎么样了？我或许可以拨打手机卡上记录的唯一一个号码。爱明内斯库是个长着浅色直发的年轻人。他也被印在纸币上，500列伊的纸币。他在布加勒斯特去世，在摩尔达维亚出生。明天我们要去往奥维迪乌·米哈伊·阿尔贝斯库出生的地方，我的这位陌生朋友出生在一个名叫格斯马尼（Goșmani）的村庄。我之所以记得它的名字，是因为第一次听说它时，我留意到其中包含了"朋友"（amigos）这个单词。是的，多了一个字母N。N朋友。敌人[1]。他对我又了解多少？"列伊"是"列乌"的复数，"列乌"在罗马尼亚语里是"狮子"的意思，但"列伊"在挪威语里是"厌倦"的意思。奥维迪乌·米哈伊·阿尔贝斯库认得我的文字，掌握我的语言，我却对他的语言一无所知。他会不会已经厌倦了我？

奥维迪乌·米哈伊走下楼，喷了香水，穿上了外套。外套不再被纸币撑得鼓鼓囊囊，因而显现出他身体的轮廓。我们不再与大理石那么格格不入。奥维迪乌坐到我身

---

[1] 西班牙语中字母N读作"ene"，作者将其与朋友"amigo"合并、缩写为"enemigo"，该单词在西班牙语中是"敌人"的意思。

旁。你想好了吗，要在布加勒斯特看什么？他问。我嗅到奥维迪乌甜美的香水。我把我的手放在米哈伊覆着深蓝色华达呢的膝盖上。我在他洁白的牙齿中看到索林的微笑。我听见罗马尼亚人杂乱无章地念出爱明内斯库诗句中的单词，诗人的声音就在其中。谢谢你带我来旅行，我说。我们站起身，他弓起手肘。我挽住他的胳膊，也挽住所有罗马尼亚人的胳膊，走出门，去认识布加勒斯特。

★

下午过半，布加勒斯特的太阳探出头来。它的出现把城市由奶灰色转变为亮丽的橙色，这橙色填补了墙壁上与人行道上的缝隙，模糊了富丽堂皇的建筑上沾染的脏污与灰尘。那辉光为街道与建筑物覆上统一的金黄色调，让我们忽略历史在它们身上留下的差异。太阳突如其来的光辉像是慷慨主人向我们发出的邀请，它快速地脱下我们的外衣，邀我们进入它温暖的金色宫殿。

奥维迪乌和我是初来乍到的客人，尚不知在这座布加勒斯特化作的温暖金宫中如何是好。我们开始沿着胜利大街行走。我们在一扇扇玻璃窗前驻足，窗里陈列着小提琴、鞋子、假发头模、书本、糕点、内衣、旅行广告。我们看着熠熠生辉的我们自己置身于这些物件之间。我们成为二重奏的小提琴手，成为在新出炉糕点面前流口水的光辉乞丐，我们看见自己穿上内衣，又脱得精光。每一扇玻璃前，我们都不用面对面，便能看到对方的眼睛。我们并肩站立，看着一扇扇玻璃相框中的我们。我们的相片或清晰，或扭曲，或模糊，或明亮，但所有的影像无不向我们呈现出同一对幸福的情侣。

玻璃橱窗落在后面，我们走到国家历史博物馆门前，彼处，图拉真[1]赤身裸体、怀抱母狼的铜像闪闪发亮，广迎八方来客。四月突来的天光下，我们决意不要藏身在博物馆的阴翳之中。我们和皇帝照了几张相。在继续上路之前，我想同图拉真和他的母狼作别。我碰碰他的右手，发现图拉真还活着——当我感到温热的青铜在我的触碰下熔化时，我愿这样去想象。

我们离开胜利大街，走上独立河滨路。这条河叫什么？我问。登博维察河，他说。用罗马尼亚语念出的河名，听来像是"宾堡比萨"。宾堡比萨，我说。河水柔缓。一面脏污、泛绿的银镜，镶嵌在石头与水泥的墙壁间，映照出春日里虚荣的椴树和步道两侧探出的象牙色的亮丽建筑。河流陪伴我们走到乌尼里广场，那巨大的圆形分拨开布加勒斯特的诸多动脉。广场中心饰有喷泉，喷泉在水泥与车流间矗立，似是巨大的灌溉喷头。

"乌尼里"是什么意思？我问。团结，奥维迪乌说。

我们沿着环绕广场的宽敞大道前进，抵达乌尼里公园，平整的草地周围植有树木，枫树封边，低矮繁密的柏树点角。我们在草地上并排躺下，久久不动，任由阳光爬遍我们的身躯。

---

[1] 罗马帝国皇帝。

★

我们今晚做什么？奥维迪乌问。不知道，我说。你想做什么？他又问。不知道，什么也不想。我喜欢躺在这儿的草地上，我说。但我们不能一整天都躺这儿，草是湿的，他说。还剩点阳光，可别浪费了，我说。

我的朋友在草坪上坐起身来，而我依旧躺着。他挪到我脑袋的一侧，触摸我的额头，仿佛要为我行临终祝祷。我睁开眼睛，在他胳膊的阴影下，看见他深黑色的头发上闪烁着银光。他在光线中衰老了。他开始同时摆弄小草和我的头发。

几个小孩子跑过来向我们讨钱。我半睁着眼，把手伸进口袋，掏了一把硬币给他们。奥维迪乌对我的行为不甚满意。这些没教养的，他说。几块钱而已，我说。他哼了一声。他们是吉卜赛人吗？当然是，你看不出来吗？都是些职业乞丐，他说。

我直起身，坐到他身边。我怎么能确定你不是吉卜赛人呢？我问。我没向你讨过钱，我靠着工作过活。你要想知道面前的是不是吉卜赛人，就问他有没有工作。要有工作，那就不是吉卜赛人，他说。可到处都有失业的人啊，我说。那你给他份工作，或者跟他谈谈工作；他要是把话岔开了，或者走掉了，那就不是失业的人，而是吉卜赛人，他说。说来你可能不信，有钱的吉卜赛人也是有的，有钱的还不少，他继续说道。也不知他们那钱从哪儿来的，但指定不是打工赚来的，因为吉卜赛人，无论穷人富人，都一样懒散，无所事事，就跟那边的俩人一样。你看她，看出她是吉卜赛人了吗？他问。

我看向离我们几米远的一对情侣。他们年纪尚不满三十，但女方看上去比男方更大。那女人外表像尊苏联粗野主义风格的塑像，而小伙子的身形像株枯树。这两种元素拼在一起，大可凑成一方罗马尼亚风格的广场。女人的长发丰沛深黑，对比之下，那小伙子浅栗色的毛发黯然失色。她用长长的吻吞吃着他，用双手捧住小伙子的脸，将他按在草地上，把他透明的脸庞吻碎。

有没有看出那女人有钱，那男人没钱？奥维迪乌问。没有，我不知你从哪儿得来这么个结论。你再看，仔细看，奥维迪乌坚持道。我不知道，我什么都没看出来。看什么？为什么？因为她金色的耳环？那可能是假金子，我说。这么说，你是看着了，她的耳坠子是纯金的；吉卜赛人喜欢金子。你想，你觉得那男人看上她什么了？她就是个又丑又胖的大妈，他说。就不能是真心相爱吗？我问。

奥维迪乌哈哈大笑起来。

我感觉直着身子很累，便躺在草上，拿前臂盖住眼睛，假装遮挡耀眼的阳光。几滴泪水沾湿我 T 恤衫的袖口。我想起自己的药片都珍藏在酒店的保险箱里，我想起自己想要减下药量。我让布加勒斯特的空气进入我的身体，从胸部浪涌向腹部。布加勒斯特的气息毒害着我的肺部。那城市之毒给予我一氧化碳般的宁静。奥维迪乌拨弄着小草。根茎折断的声音搔着我的鼓膜，让我昏昏欲睡。

那对情侣离开了，公园里已听不到他们的动静。奥维迪乌在我身旁躺下。他的脑袋和我的脑袋靠在一起，他的右耳与我的左耳平齐，似是筑起一座耳道的桥梁，借此桥梁，我们的思想便可从一人的大脑流向另一人的大脑。我们的腿指向相反的方向。

我可以问你点事吗？我说。你已经在问了，他回嘴道。安德烈给你钱做什么？奥维迪乌用一只胳膊遮住眼睛。你不想说？我坚持问道。我就知道你会问，但你在房间里没问，我以为你忘了呢，他说。那？我问。我会告诉你那钱是做什么的，但现在不行；在这儿不行。冷静点，耐心点，我对你没什么别的要求，只希望你剩下的旅程里都冷静点，耐心点，他说。

★

我们离开乌尼里公园，往酒店方向走回去。我们跨过河，决定回程要走不一样的路。我们走上塞拉里街，那是条专为游客打造的步道，纪念品商店、杂货亭和带着露台的餐厅全部整齐地排列在石砖步道的边缘。

太阳在布加勒斯特一隅收敛了火势。露天餐区的阳伞纷纷闭合，酒吧和餐厅明亮的招牌更加明亮。我们在这儿吃晚饭吗？奥维迪乌问。我们可以先回酒店？我想换件衣服，感觉衣服潮了，我说。行，我可能也得换一件，公园里的草都不太干净，他说。我们继续往前走，走上斯马尔丹街。愈往前走，街两边的店铺便愈密集。夜店、酒水店、烟草店和某家正要打烊的老书店加入酒吧和餐厅的行列。不时有头戴厨师帽的人从建筑间散布的某几扇小窗里探出头来，售卖糕点和烤肉。也许我们可以在晚饭前先喝一杯，我建议说。

我们走进斯马尔丹街上的一家酒水店。木制货架上有序摆放着众多透明、黄色、绿色和蓝色的瓶子，瓶上标签的颜色与瓶身或酒水的颜色反差鲜明。酒瓶按酒精度数和价格排列。一时间，我有种置身于书店中的错觉。奥维迪乌像碰上老熟人一样，轻松随意地与营业员交谈。营业员身似蜡炬，脊背上的石蜡驼峰沿着扭曲的脊柱淌下。几簇茂密斑白的胡须从他脸上皮肤的褶皱中生出，仿似沾染了白灰的刷毛。他身穿深色裤子和白兰地色衬衫，衬衫外面罩着件黑色马甲。奥维迪乌和老人在货架中消失。我在柜台边饶有兴致地看着那些宛若一众玻璃生物的酒瓶。

老人和我的朋友回到柜台。老人用肉桂色的纸张包裹起一只酒瓶，而我的朋友在柜台上放上一张50列伊的黄色纸币。酒已包好，找的零钱也放在了柜台上，两人又聊了一会儿，直到各自说了谢谢。老人用西班牙语对我说：再见，小姐。

瓶子装你包里，奥维迪乌走出门的时候吩咐道。

夕阳的最后几束余晖下，最初的黑暗中，我观察到我的同伴在不同光线下的样貌。我看见他闪闪发光，晕染上国旗的三原色，出生在多瑙河的水流中，狂野在喀尔巴阡的山巅上，又垂死在黑海的海岸边。在昏暗中，我见他是奥斯曼人、苏联人、东正教徒、吉卜赛人、"达契亚"人、无神论者。那个我在挪威语课堂中记住的，衣冠楚楚、熠熠生辉的青年米哈伊几近荡然无存。米哈伊已经变成了奥维迪乌。他的皮肤和布加勒斯特的建筑一样，都是脏象牙色的，他的眼睛与头发随着城市的天空一同暗淡下去。他的容貌在皇帝、诗人与独裁者的躯体间横跨世纪。他的容貌摇摆着，时而带着勇敢者米哈伊[1]的肃穆，时而带着奥维·雅格布森[2]在2009年欧洲歌唱大赛预选赛上弹琴、歌唱时的坦率。

---

[1] 罗马尼亚民族英雄。
[2] 挪威籍罗马尼亚歌手。

★

我们刚回到酒店,奥维迪乌就进了浴室。我瘫在床上,打开电视。一个罗马尼亚频道中放着似乎是脱口秀的节目。一个穿着高跟鞋的长腿黑发女孩哭着对主持人讲故事,主持人是个金发女子,也穿着高跟鞋。主持人对观众说话,观众鼓掌,黑发女孩擦干眼泪,离开画面。她穿着一条漂亮的红色超短裙。主持人指向观众:她用食指指向我,而后又抬起手来。她剃过毛的腋下一片漆黑。镜头变化。摄影机对准一个身穿黑色外套的男人,男人走进画面,坐到观众席前的一把包裹着绿色软垫的椅子上。主持人向他问好,我听出那人名叫博格丹。博格丹说个不停,微笑,瞪眼,双手抱头,摇晃身子,又跷起腿来。说到最后,他的词句破碎了。他哭泣前的动作与那女孩相仿,同时也酝酿着哭腔。屏幕分作两半:红色超短裙的女孩和博格丹——那个黑夹克的男人——分处两地,这只有演播室里的观众、罗马尼亚的电视观众和我能看到。他们说话时看着镜头，倾听时则昂起头，看着天花板。起初他们看不见对方，但是节目组随后让他们通过视频会议连线。分隔博格丹和超短裙女孩的原来只是演播室中的一堵墙。观众鼓掌。

这电视节目让我生厌。我走到保险箱前，输入密码，箱门却没有打开。我又尝试了数种数字组合，然而每一次都出现红字显示的"错误"。我害怕把保险箱锁死，或是触发警报，于是作罢。我从迷你吧中取出一瓶啤酒，连喝几口。我又躺回床上。我把乌尔苏斯啤酒[1]的瓶口塞进嘴里，只当它是个玻璃奶瓶。电视上已无人哭泣。节目中穿插的乏味广告让我头晕目眩。

奥维迪乌半裸着从浴室出来，只在腰间围了一条浴巾。他胸前乌黑的毛发上滴淌着银白色的水珠。你为什么换保险箱的密码？我问。他们在楼下登记过我们的生日，他回答说。他坐在他那张床的边缘，背对着我。你不把湿衣服换掉吗？等什么呢？他问。我想把保险箱打开，我说。你要拿什么？他问。我的东西，我说。你的药片？他问。对，我的东西，还有我的药片，我说完把瓶中剩下的啤酒一饮而尽。来吧，输入你的年龄和我的年龄，但是数字要颠倒一下，他命令道。你为什么把什么都搞得跟猜谜一样？干吗不直接告诉我密码？我叫喊道。别慌，冷静，5382，他说。

---

[1] 罗马尼亚啤酒品牌。

"哔哔"按下四个数字后,箱门打开。他的背包占满了保险箱。我掀起背包,掏出我的镇静剂。我取出一套换洗衣物和化妆包,把自己锁进浴室。我把药片压在舌下,脱去潮湿而泛着城市草坪气味的衣服。我不知道自己能否像先前计划的那样,在余下的旅途中保持清醒。我起了身鸡皮疙瘩。

★

中学一年级刚开学时，我提出要从奥运标准泳池最高的跳台跳下。我这么做是为了让班上的同学别再嘲笑我。我也计划减下几公斤的体重，因为他们不但笑我胆小，还笑我肥胖的身形。我当然能跳啦，但我可不想称了你们的心，我对他们说。我们打赌，他们说。我不和你们赌，我肯定会跳，就当是给你们的圣诞礼物了，我说。我们要具体的日期，他们施压说。12月8号，那天没课，我说。我其实是想要寻求圣母无染原罪的护佑，希望得到帮助，完成那一跳，并免遭伤害。那时我还是个小姑娘，不但身体沉重，信仰也深沉。

几个月过去，班里的同学们都忘记了跳水的事情。他们就算不嘲笑我的外貌、我的牙套、我的发型，也总能找到其他些什么来嘲笑，比方说我的零食散发出的气味。青春期就是地狱，然而，某种程度上，在我的青春期里，魔鬼站在了我这边。那年我蹿高了好几厘米，不再需要为减肥而忧虑。我变得更高更瘦。每天我都在想着那一跳。根据重力计算，那一壮举仅仅会占据我生命中的一秒，然而，整个中学一年级里，我都在想象着坠落中的我的身躯，那场自由落体运动延续数学期之久。我看着自己下坠，直至碰上含氯池水的表面张力。天蓝色的玻璃撕裂我的肌肤，重力把我破碎的身体拖向池底。

年中假期后，没人还记得我关于跳水的承诺。我们都飞速长大了，跳进泳池已不会再让我们激动。荷尔蒙挑战着我们。初醒的性欲激发出肾上腺素，身体上出现隆起，这让我们开始感到兴奋。我们如发情的动物一样争斗，但并非是在泳池之中，而是在点着彩灯的派对丛林里，或是在漆黑的公园中。

你们别忘了，我要去跳水，我在12月的第一天对全班说。恐惧与日俱增，但与此同时，我也用整个学年的时间学会了如何与恐惧共处。我一直不明白，那一跳究竟是释放了我的恐惧，还是起到了完全相反的效果。除我之外，所有人都忘记了泳池之约。我大可从我誓言的十字架上解脱出来，不必去跳水。没人会注意到的。时至今日我仍在自问，为何我最终选择登上那座跳台的各各他山[1]。

全班都来游泳池看我，但那并非是出于对跳水的热情。我们想要看到彼此正在生长的身体，在一些地方凸起来，又在另一些地方凹下去的身体。我们眼里最重要的事

---

[1] 基督教中耶稣的受难地。

莫过于半裸着身子，湿漉漉地挤在一起，如此一来，我们便能裹身在彼此肉体升腾出的蒸汽中。

那时我还没有接触镇静剂，因此，我彼时唯一的曼荼罗[1]是"别想"。走向高台的路上，我每走一步，都小声把这句话重复一遍。别想十米的高度，也别想颤动的双腿。别想大腿间流下的尿液。别想同学们的嘀咕，他们正评论着我的身体从下方看起来怎么样。别想冰冷的含氯池水抽过来的水晶之鞭，也别想等待我跳下的全班同学。我把精神完全集中在我双唇间颤动的空气中，嘴唇把我的曼荼罗一再重复："别想"。我在高台上往前走，似是走在跑步机上。我继续行走，如同在将死时分走向光明，行进中我只暂停了千分之一秒，为的是迈大最后一步，确保自己将会坠落。

我坠落。

我一直觉得自己当时失去了意识。我不记得坠落的过程，也不记得与水面接触的刹那。我不记得直抵池底的感觉如何。关于那天，我仍记忆犹新的是，身体在发现自己能飞时的感觉。比起坠落，上升的过程让我印象更深。水压和我身体的重量一齐把我变作人肉炮弹。上升至水面的过程是刺痛的。气泡的氯气边缘和气泡内锁住的空气打磨我的身体。把头探出水面时，我明白自己已经改换了皮肤。

那本该是一段绝对光荣的记忆，然而，我廉价泳衣的

---

[1] 印度教、佛教等宗教中的咒语。

莱卡面料承受不住我青春期胸部组织的加速运动。泳衣左边的吊带松开，我露出了一只乳房。

打那以后，我有了黑皮琪秋黎娜[1]的外号。

带着那样一个绰号度过整个中学年代于我是一种折磨，再联想到我走出泳池时扑面而来的哄笑声，我的痛苦更甚。在派对里，每当有我们班以外的男生走近我，他们便大喊："琪秋黎娜！琪秋黎娜！"我在学校的厕所里哭，在青年时代的几乎每一场派对里哭，直到菲奥莱拉十五岁的生日派对那天。派对的主人公发现了躲藏在她浴室里的我。她喝醉了，试图安慰我：好了好了，别哭了，假如说我们上小学那会儿，那意大利婊子没在电视上露过奶子，你知道现在会怎么样吗？不，不知道，我回答道。他们会继续找各种理由来骚扰你，给你随便起个什么可怕的外号，因为你胖，因为你的鬈发，或者因为你发不好大舌音，因为你斜视，当然，你不斜视，但你有可能斜视，跟我表妹玛卡一样，他们也可能笑你的小奶子，笑你的衣服，什么都能笑，甚至笑你笔记本的书皮。你没发觉现在这个外号救了你吗？来吧，去问问那帮你喜欢的软蛋，为什么要叫你黑皮琪秋黎娜。我是说，如果你真的喜欢哪个软蛋的话，毕竟，我也不知道你是不是喜欢谁。我跟你说：班上只有三个人从那么高的跳台跳下来过，其中两个是那对从小学就开始骚扰你，还对你发起跳水挑战的白痴，他们俩是一

---

[1]　琪秋黎娜，意大利色情片演员。曾任意大利议会议员。

起跳的,而你是唯一一个跳下去的女生,你一个人跳的。你没发现吗?别犯傻了。别哭了,去跟他们说,把一切都说出来,他们绝对会爱上你,为了看到你的奶子,他们会愿意去死的,菲奥莱拉说完走出浴室。

菲奥莱拉是我所不是的一切。她的金发又直又亮。她的胸部时时要把制服上衣上的纽扣撑开。她从容、健谈又机敏。她完全可以进入意大利议会,或是她想进入的任何地方;她才是真正的琪秋黎娜,但她的外号却是芭比。

★

　　我拿电热毛巾箱里温热的厚毛巾擦去身上的水珠，飞速穿好衣服。打理头发时，听见奥维迪乌又在打电话。他在和谁说话？镇静剂驯服了在我的脏器间肆虐的嫉妒之兽。我在镜前等待，看倦了自己的模样，决定仔细化妆一番，以便在浴室里多待一会儿，避免直面奥维迪乌。我往脸上涂抹眼影和粉底，任由他继续说话。

　　他有什么义务把一切都告诉我呢？我一边画着眼线一边问着自己。压力之下，他才会坦白。压力也就是竖直方向的力。竖直面凌驾于水平面之上。谁站着，谁又躺着？独裁者把靴子踩在受刑者的胸口。告解室中坐着的神父与跪下的信徒。对权力的渴望以及权力本身都是无尽的，也都是竖直的。

　　如果说我对正在发生的事情不甚明了，那是因为语言的局限，而这对我来说再好不过了。我能听懂一些词语，这就足够了。我可以杜撰出余下的部分。我可以相信我最喜欢的故事版本。安德烈可能是黑帮成员,也可能是远房表亲;我的朋友可能是骗子,也可能是重游故乡的一个罗马尼亚侨民;电话那头的女人可能是娼妓,可能是妻子,可能是姐妹。父亲的丧礼、乘着"达契亚"的公路旅行、大理石酒店、半裸的米哈伊与布加勒斯特的天空也许都是一场幻想。我得以借此自娱,个中体会堪称美好。

★

你有开瓶器吗？我刚从浴室出来，奥维迪乌就问道。我有螺丝刀，我说。真的？他微笑着问。当然是假的，我说。你现在就要开酒吗？我说。是啊，现在不开，什么时候开？我们明天12点前得退房，对吧？他问。对，但我们不吃晚饭吗？我说。我们喝一杯开开胃，他说。我没有开瓶器，但我有笔，可以用笔把瓶塞捅进去，我说。

我们相对而坐，坐在各自挑选的床的边缘。我把我的钢笔递给他。你的笔很漂亮，他说完舔掉笔上残留的酒液。你别嘲！我说。他又舔了一口才递给我。你开心吗？他问。我饿了，我回答道。我看你现在挺开心，之前没见过你化妆，没像现在这样化过；和你很搭，衣服也很搭，他说着把酒杯倒满。你也挺开心的吧？我问。可奥维迪乌没有回答。

我们举起酒杯对视。干杯！他说。干杯[1]，我说。酒是甜的，但不似维奥丽卡在曼加利亚为我们斟的酒那般清澈。这是什么酒？我问。奥维迪乌将杯中之酒一饮而尽。好吧，我现在可以跟你讲安德烈的事了，他说。没事，你现在什么都不用和我说的，我说。我想讲，我全都想讲给你听，他说。我的眼神飘到他身旁放着的文件夹上，继而沉入杯中，接着，我又喝了一大口，让酒水在腮帮子里停留了好一会儿才咽下。说文件的事情前，先聊聊酒；我要跟你讲这酒的故事，奥维迪乌说。

我听着呢，你讲吧，我说。

---

[1] 罗马尼亚语。

★

酒的名字叫奥维迪乌之泪，是一款浅色烈酒。酒泪顺玻璃酒杯流下，杯底刻着"首都饭店"。我再给你倒点？我打断他的讲述，插嘴道。不了，你喝吧，他说完继续讲起酒来。这种酒产自穆法特拉，那是一个在康斯坦察附近，因葡萄园闻名的小镇，我朋友的教父就出生在这个镇子里。教父的名字也叫奥维迪乌。

1986年1月26日，小奥维迪乌·米哈伊按东正教礼仪接受了洗礼。

你知道谁是尼古拉·齐奥塞斯库吗？我的朋友问道。当然了，那个独裁者嘛，我说。酒精逐渐在我脑袋里积聚。是的，不过也有人叫他总统或者领袖，这你知道吗？他说。

1月24日，星期五，教父捎上几瓶当地出产的酒，从穆法特拉出发，去庆祝他那刚刚在摩尔达维亚山区降生的教子的洗礼。

不瞒你说，我的童年回忆都很美好。我记得田野、苹果树、祖母养的动物，还有她的菜园子，但我知道，在大家眼里，那个年代糟透了，国家就快完蛋了。我的父母在国有土地上劳动，基本上没有工资。我们得排队领食物：牛奶、白糖、食用油……那时候有钱人才办得起洗礼。我的教父不是有钱人，但是只狡猾的狐狸，人脉也广。他说起话来很有一套，说什么都能让你信，他说。

教父带着几瓶红酒、一些吃的，上了去摩尔达维亚的路，半路却有一群警察拦下了教父的面包车。那时候，罗马尼亚人全都疑神疑鬼的，因为到处都是秘密警察。

我不夸张地讲，每家每户都至少有一个秘密警察。孩子们不再相信父母，我父亲是这么说的，他觉得他的几个表兄弟里就有人是秘密警察，奥维迪乌说。

奥维迪乌的教父从车上下来，接受搜查，没有抵抗。警察们发现了红酒和食物。

他们当然就要把这些赃物没收带走。摩尔达维亚那帮无知的穷人可品不来这些，分给他们太浪费了，警员们说。

我的教父总不能说红酒是给洗礼准备的。共产党人不信上帝，你知道的吧？我知道，我说着给自己倒上了第二杯。你信上帝吗？我问。我当然信上帝了，我又不是共产党，他说完接着讲他的故事。要是说受洗的是农民的穷儿子，那就更糟，不过，说到农民，你可别以为我们是群在田里跟着山羊跑的家伙，我父亲是个工程师，上过理工大学，他澄清道。

我的教父编造说，那红酒是为了庆祝领袖的生日，领袖的生日恰好是我受洗的日子，他说。

应该为领袖庆祝一场，办一场那帮又蠢又穷的家伙庆祝不起的；先生们，无可否认，领袖过生日，我们都很开心，可他们却要用黑面包和大麦水来庆祝。我给他们捎去这些，为的是他们也能目睹我们领袖的伟大，让他们知道，应该为领袖办场体面的庆典。同志们，你们懂的，教父对警察们说。

这位穆法特拉男人的身上总带一张齐奥塞斯库的相片。

父亲总小声跟我说，教父是秘密警察，让我提防他，他在我耳边说完这些话，便大喊："我们这儿人人都爱领袖，让我们和他一起，为罗马尼亚，为我们亲爱的祖国的利益而奋斗"。操，这比可疑还要可疑，我觉得。

警察们把教父带到附近的警察局。我们就在这儿开始庆祝吧，他们说着带他穿过警察局的各个房间，最终在空荡荡的牢房旁边安顿下来。那边有一张桌子，几把椅子，像个客厅。他们喝掉了所有的酒，吃光了所有的食物。教父宿醉得厉害，没赶上洗礼。警察局里的牢房像个仓库，堆满从过路人那里没收来的东西：酒精、香烟、食物。他们放起音乐，召来妓女，就地大摆宴席，持续数日之久。

那你是怎么知道的呢？我问。教父多年后跟我说的，他回答道。洗礼结束后的第二天晚上，他才出现在摩尔达维亚，那时已是深更半夜。我的父亲从不信他这套关于带着红酒和食物来参加洗礼的说辞。

那天过后，我的父亲和教父就疏远了。他们多年间都不见面，也不说话。他们之前是非常好的朋友，甚至爱上了同一个女人，也就是我的母亲，操，你想想看吧，那儿有这么多女人，他俩的口味偏偏一样。母亲更喜欢父亲，洗礼的风波只把事情弄得更复杂了。过了几年，我的教父又出现在摩尔达维亚。我的父亲之前对全村人说过，别再叫我奥维迪乌，那是我在民事登记处录入的名字。洗礼之后，大家就叫我米哈伊，我父亲也叫这个名字，因此，大家老是把我们弄混，家里突然有了两个米哈伊，你想想看，他说。他讲到这里停顿了一会儿，随后喝了一大口酒，好好润了润喉咙。

教父到摩尔达维亚后，来学校里找我。奥维迪乌！他喊我。他是在放学的时候出现的，所有孩子都在他跟前。我当然知道自己叫奥维迪乌，但如果别人——特别是陌生人——那么喊我，我便不答应，生怕秘密警察因为我跟间谍一样有两个名字而把我带走。

于是教父站在学校门口，一动不动。奥维迪乌！奥维迪乌！我是你教父！你记得我吗？操，我赶快跑掉，回教室里藏起来。我能怎么办？我去跟老师说。有个男人想把我带走，我说。你待在这儿，别怕，老师对我说。过了一会儿，她笑着回来了，那陌生人就在她身边，和她说着话。奥维迪乌·米哈伊，她这么喊我，同时叫出我的两个名字，小家伙，你看，这位先生是你的教父，从穆法特拉来看你，老师说。整个村子都知道教父没赶上洗礼的故事，她也不例外。村子很小，现在也很小，不过，那时候大家都知道彼此的家长里短。我向他问好，我这个教子肯认他，让他挺开心；他很感谢老师，把她抱住，像是抱自己的妻子一样。我们从学校出去，教父用面包车载我去兜风。他把我放在腿上，让我掌着方向盘，回家前，我们绕着村子兜了几圈。打那以后，我就喜欢上了驾驶，喜欢上了各种车辆。

母亲高兴地接待了他。我跟你教父从来无冤无仇，她直到现在还这么跟我讲。她给他倒上啤酒，摆上腌辣椒。他们聊了好一会儿，一直聊到我的弟弟彼得鲁斯——那时他还是个襁褓中的婴儿——从午睡中醒来，像猫一样哭喊起来。你父亲是匹小马驹，教父对我说。那句话和教父与老师交谈的场面似乎连成了同一部电影。母亲怀抱彼得鲁斯走来。这孩子真漂亮，他说。你抱一会儿，母亲说。要说这孩子是好看的那一个，你就是聪明的那一个，教父对我说。

你弟弟很帅吗？我喝着酒问道。听这么些，你就只好奇这个！我的朋友说。我继续饮酒。你会见到彼得鲁斯的，到时候你来判断。我哪知道一个男人帅不帅？奥维迪乌反问道。这也不难。博格丹和索林哪个帅？我问。他哈哈大笑。但你这等于让我在德古拉和尼古拉·斯坦丘[1]里选！他说。

---

[1] 罗马尼亚足球运动员。

那你父亲呢，见到他也很高兴吗？我问。当然不高兴，他说着举起酒杯喝下一大口。他回到家里，看到教父在那儿和他的老婆喝酒，还和他的孩子们玩耍，简直气坏了，这不难理解吧？要不是我们在那儿，他准把教父狠揍一顿……我的父亲更壮，但奥维迪乌教父更高。他们俩吵起架来，我母亲插进去劝架：过了这么多年了！"革命"胜利了！和平年代了！别再跟两个白痴一样打架了！她说完，两人便平静下来，沉默不语。

教父带来一些礼物、食物和几瓶"奥维迪乌之泪"。父亲和我帮他把那些东西从车上卸下。你身上不带死人照片了吗？我父亲问他。我们别提死人，死人说不定还要回来的，教父回答说。死人说的是独裁者。他们那晚摆上宴席，补上了我洗礼时没办成的宴会，连我的老师都被请了过来。奥维迪乌教父时不时用汤匙舀酒给我喝。最后，除了彼得鲁斯，我们所有人都醉倒了。

★

瓶中余酒不多。我不知道还能不能去吃饭了，我说。为什么不能？我的朋友问。我有点犯恶心，我回答道。这酒很狡猾，跟我教父说的一样，你一不留神就会被抓住，然后就上了头，他说。确实，不过比起往上，我现在更有往下的感觉，我说。这酒能把你内裤扒拉下来，这个教父也说了。来用凉水冲冲头，洗洗脸，他命令道。来，我在这儿给你弄点咖啡，我们得吃东西的，他说。你还好吗？我问。我当然好，我一直在讲话，都没喝完我的第二杯，你呢，你只闷声喝酒，他说。

我来到浴室，听从他的建议，用冷水打湿脸和头发，喝下首都饭店赠送的速溶咖啡。我感觉好了些，清醒了些，但仍是疲惫不堪。奥维迪乌坐在床上，我在他的床上躺下，把头靠在他的大腿边。再讲讲你的家人，还有你的教父，我说。行，顺便也把酒喝完：我的教父上了我的老师，他说着把腿张开。我想放声大笑，然而却听见自己的笑声已然是一连串脆生生的、相互牵绊住的喘息声。我发紧的喉头浸泡在甜酒中。让我睡一刻钟，我保证好起来，我说。好，但只睡一刻钟，奥维迪乌说着把我的头挪了挪。他自己去另一张床上，喝起瓶中剩下的酒，又把电视打开。我听着新闻里的声音渐入梦乡。

★

夜晚的布加勒斯特也是金黄色的，然而光线又与下午时的不同。夜幕上纷乱地绘着云与影，遮掩住夕阳在沉沦时一度赋予城市的典雅光辉。我们几小时前经过的金红色宫殿已然热气不再。大道佩戴起假金项链，环岛装扮上假金手镯，一众街巷珠光宝气。沥青地面被我未曾亲眼见证的一场雨水打湿，酒吧和垃圾食品店里闪烁的彩色灯光在湿路面上反射。城市用绚丽的玻璃色调打扮起自己。她的金属发丝在电线杆间凌空纠缠的电线线圈、线结与线束中显得凌乱不堪。布加勒斯特闻上去像一件为登博维察河湿气所侵蚀的腐烂紫貂皮大衣。几条街道用廉价香水味和新鲜的锈味掩住那气味，却又掺进醉鬼的呕吐物与尿液的恼人气息。

这个点儿找不到能吃饭的地方，奥维迪乌说。

城市醒了，笑了。布满夜间酒吧的林荫道是布加勒斯特的声带，笑声从彼处传来。酒吧大张着的嘴巴让人得以看清它们被霓虹灯照亮的咽喉，甚至望进它的脏器深处：众多身体组成夜间的人群，于其中舞动。所有的门都由彪形大汉把守着，他们好似一尊尊没有怀抱母狼的、身着黑衣的图拉真铜像。

空气令我的皮肤与双肺感到凉爽。

要不是你睡着了，我们这会儿就在餐厅里了，可你就是喝个不停，还嗑药，他说。你干吗不叫我起来呢？我问。我当然是叫了，我让你睡了一刻钟，之后又是半小时，然后我才摇你，拉你的胳膊，但你就跟死了似的。可你也睡了，我说。我睡了，我看了电视，我整理了房间，毕竟我才是管事的人，你别忘了我还得开车；我也需要休息。现在要是能吃点东西，我还能好受些，可这个点儿只有垃圾可吃，他说。可这是你想的主意，买一整瓶酒，到房间里开，我当时只是想来一杯，我说。当然，是啊，一杯，当然，但你可有点没管住手，我买一整瓶酒，是想喝点不错的东西，别让人往我们杯子里随便倒点什么，再叫个天价，他说。酒精让我犯恶心，我没力气和他争辩，可奥维迪乌不依不饶。我也是想带你逛逛布加勒斯特，带你去跳舞的，他说。好吧，这事让我知道得可有点晚，不过照我看，现在还来得及。我看到处都挺热闹，也都开着门，我说。你现在这副模样，哪儿都不会放我们进的，他说。

我们继续往前走到一个售卖烤肉的窗口。我们边走边吃。奥维迪乌小心地啃吃着食物，唯恐弄脏自己，我则每咬一口，便把那裹满蔬菜、烤肉和白色酱汁的面卷往嘴里再推入一截。

抵达酒店之前,我的同伴停住脚步。我们在这里吃完,他说,我们不能这样鼓着腮帮子进酒店。我把最后一截烤肉卷塞进嘴里。我的双颊和下巴上盖满一层油脂和食物残渣。擦擦脸,他说。我们没有餐巾纸,回酒店洗,我说。亏你想得出来,带着一脸烤肉渣子走进布加勒斯特最守旧的酒店!他叫喊道。奥维迪乌用手搓揉我的脸颊与嘴唇。他用皮肉、脂粉与油脂的混合物为我重塑出一张新的容颜。

酒店的电梯里,我们避开镜子,免得看到彼此的双眼。

★

我醒来的时候，奥维迪乌已经不在房间。昨晚我没脱下衣服就睡着了。夜里不知什么时候，我解开了胸罩，脱下了黑色丝袜。我发现它们在房间的浅色地毯上团成一块，像一只死去的畸形害虫。我的枕套沾染了脂粉和油脂。我拉开窗帘。光线如水银般灰亮。我坐在窗台上，推开窗户。空气中还残留着清晨的湿气。汽车排气管生出的烟雾、排水口的蒸汽和布加勒斯特人的呼吸与远道而来的洁净冷风混合在一起。罗马尼亚呼出的空气与眼前飘扬在苍穹上的三原色国旗让我感到安宁。奥维迪乌已经收拾好自己的床铺，我心中不禁泛起些怜爱。他审慎的举止在我看来有些土里土气的，甚至有些假正经。

我走进浴室。当我看向镜子时，视线模糊了。我的动脉中流过布加勒斯特的全部水泥，水泥浇筑成一堵齐胸高的石墙。我干涩而轻声地哭泣、抽动着，把呼吸搅得破碎。我一个人在这里做什么？我想。我想飞奔着回家。我想回到那天，那天米哈伊带着空白的笔记本、一瓶香草牛奶和成堆的甜面包来看我。我需要裹在我自己的床单里，裹在我自己的黑暗中。

房间里的电话响起。是奥维迪乌。我在前台，他说，我没叫你起来吃早饭，你昨晚说肚子不舒服，还记得吗？不重要了。你收拾一下，另外，记得在12点前弄好。可是现在还没到11点呢，我说。你怎么不上来？我问。你要什么吗？我给你带杯咖啡，或者带瓶矿泉水？他说。不，什么都不用，我说。我已经结过房间的账，所以，别从迷你吧里拿东西。我拿了你的信用卡，但就是为了出示一下，毕竟都登记过的，他说完挂掉电话。

我不想下楼。我没有力气，也没有意愿做任何事。为什么要来这趟旅行？我问自己。我想留下，蜷缩在首都饭店的床单里，但那里也不属于我。一切都洁白明亮。我不知要往哪里躲藏。我不知去哪里的时候，总会去找寻有水的地方。对我来说，大海是一扇逃生门，湖泊是一处避难所，水体准许我们藏匿起陆地迫使我们去展露的一切，在我看来，游泳池是集体逃避重力的途径，是水中社会的雏形，凝聚此社会的是表面张力，是通过毛孔与存在连接的欲望，是通过肌肤寻觅归属感的欲望。我找来我的药片，在舌下放上两片，随后走进淋浴间。

水流如帘，保护我，拥抱我，认出我的轮廓，再没有比水更了解我的事物。苯二氮䓬类药物开始对我起效。我拾掇好自己的东西，穿上最舒适的一套衣物：一件运动连帽衫和最宽松的外裤。奥维迪乌在前台处等我。

我们立刻出发。泊车员把"达契亚"交还给我们。我们驶离首都饭店的灰墙，车子沿途留下绿色的尾迹。出城时，想到货品齐全的大药房都已被抛在身后，我开始感到不安。药片越来越少。也许在省里也能买着吧，我猜想。

我的身体进入化学平静。我蜷缩着，看建筑、人群、树木渐渐落在后边，扭曲变作液态而安宁的斑块，我沉入其中，直至坠落到愉悦的睡眠渊底。

★

　　喇叭的鸣响和刹车后的冲劲把我从睡眠深处拽出。我睁开眼。脉搏在左侧腋下怦怦作响。我看向汽车仪表盘上的各种数字，数字闪亮，仿佛从床头柜上冒出，把我迷住。那些红红绿绿的发亮数字均是由七小段构成，七条线段因数字不同而时亮时灭，组织出舞蹈，度量时间的流逝。

　　时钟显示 2 点 27 分。我们到布泽乌了，奥维迪乌说，这个名字于我完全陌生。我们是在罗马尼亚除布加勒斯特以外的任意一处。

　　他的语气干涩。那似乎是一座中等规模的城市，我们汇入城市的车流。怎么突然刹车？我问。没赶上绿灯，他回答道。我坐起身，舒展胳膊和腿脚。布泽乌像是个路上车辆颇多的大村镇。我们在这儿吃午饭，奥维迪乌宣布。前一天晚上烤肉卷的味道还残留在我上腭的褶皱间。我没有食欲，也不想从车上下来。我的身体已经适应了"达契亚"柔软的座椅。我也同样习惯了它的肮脏多垢，我已然把它当作自己的被窝。

奥维迪乌在一座公园旁驻车。你不能待在车里，他猜到了我的意图，说道。你真的饿吗？我问。到饭点了，他回答道。他下车，打开我这边的车门。你又嗑药了？他问。我什么也没说。你是在放任自己失控，他说完便转身向公园走去，仿佛是自己一个人来的。我重新套上运动衫的兜帽，跟在他后面，仿佛一只跟着主人的小狗。

我们继续行走。这座城市在我眼中像是一片没有出路的街区。布加勒斯特多有可供藏身的曲街细巷、可供攀爬的团团线缆、形似街垒的高低不齐的墙壁。它的废墟与宫殿是完美的藏身所，但是在布泽乌，我只看见几条平坦、相似的街道。那座公园仿佛是专为情侣吵架所建，莫名地让我感到窒息；公园里的灌木与瘦削的树木为最后一次争吵设下绝佳的布景，也是为细枝末节吵架的绝佳舞台，情侣之间的争执无非细枝末节。然而，总有一天，某一个细节或是所有细节的总和会扭曲变形，成为最终的争吵，变为分手前最后的词句。

★

　　给我讲讲布泽乌吧？我在餐桌旁说道。奥维迪乌两眼不离菜单。到罗马尼亚以后，我们经常吵架。我说。奥维迪乌一言不发。你不想和我说话？我执意问道。你最好是不要说话，他说。看来，你更喜欢旅行前的我，我觉得你是更喜欢生病时的我，我说。你没多大变化，但你之前挺体贴的，在这儿却瞧不起人，你居高临下地同我说话，好像谁欠你的一样；你当真是这样的人吗？他说。可你这是什么话？我只是在遵照你的指令做事，就算是睡觉，那也是为了不打搅你，我说。这也让我不爽，我邀请你一起来，就是为了让你别待在家里睡觉，可你来了也继续睡，无论在漂亮的酒店里，还是在风景很好的路上，你都在睡觉，你睡个没完没了，因为你不停地嗑药、喝酒，睡着了，就把我撂在一旁，他说。你怎么说起这些？是因为我起晚了吗？我们上哪儿去要迟到了吗？我问他，他却不回答。我们在这里停车，是因为你想停，我不明白，你都在酒店里吃过早餐了，怎么还会饿。我不饿，我大可继续睡觉的，但既然已经来吃饭了，我就请你给我讲讲这镇子，可你莫名其妙就开始同我吵架。看来你已经生气好几天了，但我可冷静得很，我说完摆摆手，招来服务员。服务员走来，我用罗马尼亚语点了杯啤酒。奥维迪乌点了水和午饭。看到了吧，你现在这种态度也让我不愉快。你不是冷静，是药劲上头了，这可不是一回事。你沉浸在自己的世界里，别的对你都无所谓，说实话，我是不懂你和你的毛病，你什么都不缺，怎么还会不开心。

我笑了。我从他嘴里和无数人口中听过太多次那样的话。奥维迪乌还没有停下话头。

我不明白你为什么喝那么多酒，我是以一个担心你的朋友的身份这么说的。你什么吃的也没点，我们可是在餐厅里，我不得不给你点了些，这样你的宿醉能好点，他说。我揿开啤酒罐。几个食客转身看我。我不饿，我挺好的，我说。好吧，你想听我讲这地方的事情，嗯，这些天你喝的啤酒是布泽乌的一家啤酒厂产的；那是罗马尼亚最大的几家啤酒厂之一，他说。

★

我们走过布泽乌的街道。布泽乌看似一座寻常的城镇,下午三点,无甚引人注目之处。公园里的长凳空着。路上行人寥寥,沿着电影导演为群众演员设计好的路线,走过城中的大街小巷。那天晴朗温暖,几乎寂静无声。我不信任这突如其来的宁静,它似在宣告不幸的到来。

布泽乌的建筑大多不超过五层。建筑物并不提供荫蔽,也不遮掩天空,反倒把天空拉得更近。天蓝色粉笔的屋顶高悬在我们头上。布泽乌的宁静,如温热的沥青路之于流浪动物,坚硬而友善。

市政厅统领一方宽敞的广场,广场上路灯点点。商店和酒店成行,挂出色彩鲜艳、款式各异的招牌,标示出广场的边界。市政厅融合不同建筑流派的风格特点,仿佛混合着各式食材的乔尔巴[1]。门楣让我想到格拉纳达阿尔罕布

---

[1] 罗马尼亚特色菜肴。是一种包含多种蔬菜和肉类的浓汤。

拉宫中最为简朴的那些房间，尖顶与挪威的教堂（譬如尼达洛斯主教座堂）近似，而剩下的部分则有雪乡木屋的风味，那些木屋在蒂罗尔山区众多的滑雪度假村里多能见到。

我们在市政厅前停下。那建筑像吉卜赛人的婚礼蛋糕，像一座假冒的迪士尼乐园城堡，站立在肮脏的象牙色马赛克广场中央。远远看去，建筑呈脂红色，但当我们走近，建筑的颜色又渐渐干涸，一如滴在白纱布上的碘酒。一抹橘色与化脓伤口的米色自墙壁流下。

布泽乌是石膏城镇。我们走回车上时，一切似乎都没有移动过，树上叶子不动，蜡制人群也不动，铆在车辙上的车辆也不动。唯有工厂烟囱喷出的浓烟在坚硬湛蓝的天空中蛇行而过，啤酒厂煮沸锅[1]里沸腾的麦汁散出甜美的气味，为那一方土地添上生机。

---

[1] 煮沸锅：啤酒厂中常见的生产设备。用于煮沸麦汁。

★

我日了你的狗娘！奥维迪乌看到没了后视镜的"达契亚"，大叫道。婊子养的，肯定是餐厅那伙人，他们不在账单上宰你，也总有别的法子宰你。他们听见你说话了，所以觉得我们是有钱的游客，他说。这么说被偷是我的错？！你是白痴吗？你觉得餐厅里的人，服务员，会工作到一半跑出来，就为了偷一辆旧车子的后视镜？！我叫喊道。当然会！你好像还不明白！你看着吧，我要是去餐厅问出最近的汽车配件市场在哪儿，我准能在那儿找到后视镜，那边的人又会让我上某家汽修店去把镜子拧上，你就看着吧，一环套一环。你明白这门生意吗，还是说我得给你画示意图？他们别想着照一辆旧"达契亚"的价钱卖给我后视镜，他说。

奥维迪乌绕车打转，用罗马尼亚语不停地咆哮，如此这般咒骂着检查完车辆。我靠在一根灯柱上看着他。他往车底看，像在找寻藏起来的人，他用手掌抚过车身，仿佛期盼着找到一枚浮雕出的指纹，他脚踢轮毂，手拽车门，又看了好几眼固定后视镜的螺丝留下的孔洞。他把眼睛贴在孔洞上，如同透过望远镜观察，仿佛在那失去螺丝的凹槽深处可以找到小偷的照片，甚而找到后视镜本身。

去市场上找镜子不是更容易吗？我说。我说了，我不会给那帮老鼠掏钱的！还要我重复吗？他吼道。好吧，但不管怎么样，你还是要把镜子装上，毕竟这不是你的车子，你得照着到手时的模样还回去的。我不会给那伙小偷掏一分钱！让他们自己留着镜子，塞屁股里去吧！奥维迪乌尖声说道。那我们不装后视镜就上路？你没见大伙儿在公路上都是怎么超车的吗？我说。

不知是苯二氮䓬类药物的作用，还是因为这情形过于荒谬，我保持住了冷静。我觉得不装后视镜上路着实危险。我看见自己像路上的那些动物一样被碾碎。能惊扰氯硝西泮带给我的昏睡的，也就只有罗马尼亚高速公路上莽撞的司机们。镇静剂也平息不了动物死尸给我带来的震撼。

奥维迪乌绕车转了几周，拉开副驾一侧的车门。上车，他说。我照做。坐上驾驶座前，他又绕着"达契亚"走了一圈。最好是去报案，这样保险能报销后视镜的钱，他说。你这么怕被偷被骗，那我告诉你，警察就是最大的小偷。干吗不去零配件市场买了得了？我建议道。你是想让他们把我们偷得袜子都不剩吗？他说。我看都一样，你就想想，假如警察发现你衣服里鼓鼓囊囊的全是钞票，会怎么样？我说。奥维迪乌把胳膊支在方向盘上，看着挡风玻璃。况且，你身边还有个外国人，我补充道。所以我才让你不要说话，现在你终于明白了？他说。行，很好，我不会再说话了，我说。

奥维迪乌抱住方向盘，看着我的眼睛。好吧，你说得有些道理，但是光天化日之下在警察局打劫，还是要比在市场里打劫更难些。你帮我拿着钱，他说。好，你看着办，但出了什么问题可别怪我，我说。

奥维迪乌环顾四周，街道依然空空荡荡。他从外套里取出一沓沓钞票，夹在腿间。把裤子拉开，他说。我照做。我掀起衣服，拉下裤裆的拉链。奥维迪乌给自己留了几张钞票，把剩下的放在我的下腹部。他把钞票横向排列在我的髋部，把骨盆上方一带占满。他撑开我内裤的松紧带，一沓一沓地固定住，再用手掌拍实，犹如在街边墙上张贴海报。钞票沾在我潮湿的皮肤上。内裤的松紧带完美地将钞票聚拢、箍紧。

我拉上裤链，见自己的腹部隆起，仿佛怀有四个月的身孕。我衣服的下摆很长，不会被注意到的，我说。但你不能穿着这身去警察局，他说。为什么？我看着自己这身行头问道。我的灰色上衣带有兜帽，正面长着一个育幼袋似的口袋。这衣服既长又宽，胸口处印一只黑猫，黑猫戴着项圈，项圈上坠着铃铛，而画面中有一处我没留意过、奥维迪乌却注意到的细节。你看这画，奥维迪乌说。猫的项圈上刻着"去他妈的警察"。

就算没这句猫话，也永远别穿着连帽衫去警局。穿维奥丽卡姨妈送你的上衣，奥维迪乌说。

★

离开曼加利亚前,我送过她巧克力。作为回礼,维奥丽卡交与我一只装着几件衣服的利多超市[1]购物袋。衣服都是崭新的,标签还没有摘去,叠放得极为整齐,每一件都包装在单独的透明塑料袋里。其中有一件人造丝的长袖上衣。酒红色的丝面上,精致的尼龙刺绣呈现出几许浮雕的质感。购物袋中还有一包白色棉袜、两双丝袜和一件肉色内衣。内衣是仿法兰绒的莱卡面料,胸口和袖口都绣有蕾丝花边。

维奥丽卡给我礼物时,我还以为她是发觉了我因把衣服吐脏而使用过她的洗衣机,所以才担心我没有足够的换洗衣物对付接下来的旅行。我觉得这礼物实是丰厚,不便接受。看得出来,这是她为自己添的衣服。维奥丽卡一再坚持,把购物袋往我的行李箱里塞。记得我,在彼岸,她

---

[1] 德国连锁超市品牌。

抱住我，随后大声说：上帝保佑你！[1]

我听明白了她说的是死亡的彼岸，想到维奥丽卡可能身患绝症，命不久矣，不由得难过，不过她的笑声与拥抱又叫我想起我的祖母一点点把自己的衣服和珠宝让渡给我的事。我还是个孩子的时候，便已经开始接收来自祖母的馈赠。她每次给我一件珠宝，或是送我一件上衣时，总要说：我现在就把它给你，免得我明天就要死掉。

---

[1] 罗马尼亚语。

★

我穿上上衣,绾起发髻。奥维迪乌给没了后视镜的车辆侧边以及车牌拍照时,我盯着"达契亚"车身上扭曲映照出的自己。双腿瞧着更短,躯干显得愈壮。上衣带着肩垫,又很是宽松,故而非常适合掩饰我隆起的腹部。

奥维迪乌发动车辆。他用手机浏览器搜索警局地址,我的目光则漫游到一个女人的彩色头巾上。想要这么条头巾,我对自己说。头巾的华彩和女人的步态为布泽乌剧场增添上一抹生气。

在一座看着像警局的建筑物前,我们停下了车。这是一片几乎占据半条街的建筑群,内含三个部分,中间由扎着锈蚀栏杆的矮墙隔开。围墙和建筑之间,水泥地与精心打理过的草坪绿地相互穿插。建筑的外表并不令人生畏。第一片区的一侧,几株树木的树冠探出围墙上的栏杆。建筑虽展现出友善的面貌,我却并无进入的欲望。

我们抵达大门。里面是个不带窗户的房间,罗马尼亚国旗色彩的飞檐为两扇宽大的金属玻璃门加冕。我们进门。这里的前台是一堵由水泥砌成的矮墙，墙后有两个警察。他们的服饰类似米哈伊的司机制服。

奥维迪乌接过一张 A4 纸的表格和一张排号单。我们走到栏杆的尽头。那里设有一处岗亭，岗亭里持枪的警察拍下我们身份证件的照片。在本子上草草记下我们的名字后，卫兵递给奥维迪乌两张访客证，又把我们的证件交还给他。

★

  抵达大楼前,我们先要穿过一片沥青路面,几个警察如课间的小学生一般,三五成群地聚在那里。

  大楼散出的霉味和消毒水味沿走廊的气管扩散,跌撞在台阶与房门的牙齿之间。我们上了二楼,进入一间由两个年轻警察把守的大厅,屋里摆放有几把蓝色塑料椅,我们在椅子上坐下。

  走廊上不时传来叫喊声。年轻的警察听见了,就对着大厅里等待的人们重复。人群中的某人就站起身来,警察们就伸出手臂,指引他走向走廊上的某一扇门。

  我们终于被叫到。年轻的警察伸出胳膊,示意我们要去到最远的一扇门,也就是走廊最深处的那一间办公室。

★

办公室里等着我们的是一个皮肤黝黑、被太阳晒得硬实的男人。倘若他不是身穿制服,坐在桌前,我便要以为他是个渔夫了。他头顶生出密密的花白头发,发丝泛着银光,相较之下,他的黑色胡须就黯然失色,仿佛上过油的鞋刷刷毛。他年纪不小,眼里却泛着青春的光。他的眼睛细长,眼珠发绿,酷似盯着太阳时的猫眼。办公桌上摆放着他的名牌:J. 约内斯库警长。

约内斯库指指桌前的两把椅子。我们坐下。约内斯库简短地说了几个词,咳嗽一声。奥维迪乌伸伸脖子,把身体稍稍坐直,对警长讲起事情的经过。

他在描述案情的过程中,发出了米哈伊的声音。他在首都饭店与接待员交谈时用的也是同样的声线。他从口腔与鼻腔里呼出温热甜蜜的词语。他话语中的"呲""嘶""嗞"振动如清凉夏日里的桦树叶。他绷紧声带,在唇间将"呗"和"呸"挤压至爆开。他手扶约内斯库书桌的边沿，故事渐长，音量渐大。米哈伊的声音消失，属于奥维迪乌的振频归来。他的话语起初似低语的告罪，最末如激昂的忏悔，"啊"迟疑地自他的喉管走出，贴住上腭，"嘞"磕磕绊绊，"咿"又扼住他的咽喉。

话毕，他把手从办公桌上抽走，交叉起胳膊。木头桌面上闪烁着手指形状的汗痕。

约内斯库说了几句话，咳嗽一声。奥维迪乌把表格和我们的身份证件交给他。警长拿鼠标敲敲桌子，唤醒电脑。又咳一声。电脑屏幕照亮他布满裂纹的面庞，一如穿行于巨石之间的道道阳光。

电话响了。约内斯库的声音同他的咳嗽一般干涩沙哑。他左手拿着听筒，右手举起鼠标。他把鼠标在空中举了好一会儿，又把它重重摔在桌面上，好像试图杀灭一只隐形的虫子。他用右手食指敲下几个字母。他敲击键盘的动作笨拙，敲不出完整的语句。操作完键盘后，他又把手放回鼠标上，如此往复。右手食指若不在键盘上跃动，便在鼠标上按键上强迫性地点击。我差点以为约内斯库是在用莫尔斯电码撰写笔录。

我看向奥维迪乌，皱起鼻头。他在和家里人打电话，我的朋友说。约内斯库还没打完电话。他自己不怎么说话。只是边听电话那头说话，边扬起眉毛，向后靠去，又理理头发。他把手从键盘和鼠标上拿开，高举起右臂。他维持这样的姿势数秒之久，活像个课堂上请求去厕所的学生。约内斯库把手在空中舞了舞，好像电话那头的人能看见他的动作似的。他歪过头，瞥瞥我们的文件，微笑着拿起我的身份证件。

警长重新操作起电脑。这次是用双手打字，可以看出他确有娴熟的打字技巧。他口中问询着奥维迪乌问题，手下已然积句成章。对绝大多数问题，我的同伴都以"是的，先生[1]"作答。约内斯库又强迫性地点击鼠标。后面一台打印机发出预备喷吐墨汁的声响。这电流声让我起了鸡皮疙瘩。

约内斯库和奥维迪乌交谈起来。他们的声音不再是严肃的振动。他们笑着，比画着，叹息着，直到发觉我在他们身上来回扫动的目光。奥维迪乌做起了翻译。打来电话的是约内斯库警长的外孙。外孙的猫咳个不停，又口吐白沫，一副中毒的模样，让那孩子很是担心，结果带到兽医那儿后，医生只是从喉咙里取出了一根卡住的刺。

约内斯库继续讲话。翻译一下，他指着我说。这我能听懂。奥维迪乌照做了。

约内斯库警长不喜欢猫，奥维迪乌解释道。他觉得猫狡猾莫测，忘恩负义，但外孙哭着要猫，警长就送给他猫。那是他最喜欢的外孙，是孙辈中第一个，也是唯一一个男孩，别的都是女孩。警长只有女儿，女儿们又生女儿，只有这个最小的外孙是例外，他说。我把椅子往桌子边挪近一些，分给他一颗强力薄荷糖。警长毫不犹豫地塞

---

[1] 罗马尼亚语。

进嘴里。

  薄荷糖让约内斯库的声音清亮了些。新近润滑过的词句油光水滑地化作语流，与一切愉快的交流相仿，话语中音韵和鸣。奥维迪乌面带微笑地倾听，不时以固定音型[1]的节奏加入短句。约内斯库则维持住大合唱的调性。他说那猫又贵又娇气，所以他才担心，他送给孩子的是一只品种猫，奥维迪乌说。缅因！约内斯库比画着，对我大声说道。没错[2]，巨猫！约内斯库补充道，说罢张开双臂，与办公桌两边齐宽。

---

[1] 乐曲中反复出现的乐句。
[2] 罗马尼亚语。

★

我看了一眼表。我们在那间办公室里待了快 40 分钟。约内斯库不再说话了，递给奥维迪乌一支圆珠笔，又把空白的表格递还。他从座位上起身，收起会面伊始时打印机吐出的纸张，走出办公室。

奥维迪乌填写着表格。他用圆珠笔写个不停，口中低声道：抽一张我给你的钞票，别拿上面的，要贴着你的肚子的。我双手抓紧警长的办公桌。现在就照做，他双眼不离表格地说道。我叉起胳膊，护住肚子。肠胃烧灼。伸手，拿钱，放到键盘底下，现在就做，他命令道。

一阵寒颤从我背上蛛行而过。我把手伸进上衣，手指滑进裤子的边缘。我用食指翻动钞票，最终摸到紧贴住皮肤的一张。我揭下这张宛如第二层皮肤的钞票，把它握在手心。潮湿的钞票烧灼我的手掌。

键盘下面，奥维迪乌说。

我从衣服下面掏出手来。从肚子上掏出的钞票湿漉漉、皱巴巴地躺在键盘底下，像只初生的害兽卧于巢中。

约内斯库回到办公室，坐回桌边，键盘往桌上一叩，镇压住纸质小兽。奥维迪乌把表格递给他。

房间变得干燥。大楼不再呼吸。奥维迪乌的话语听起来如同斧头劈碎老树的声响。一切尽作齑粉。约内斯库抚过表格纸面，石墨颗粒发散向空中，与档案的霉菌、警长的烟灰、警服的蓝色棉麻碎屑、罪犯的皮屑和小警员的头屑混合在一起。一切碎屑飘浮成群，为腐败的法律瘴气所笼罩。

所有栏目填写完毕，约内斯库在表上签名，把印章往吸满墨汁的海绵印台上一蘸，给文件盖了章。这一盖把桌上的物件都震得晃动。键盘移开，钞票像只盲目的害兽探出头来。约内斯库使尽手劲，把键盘按在桌上。

警长从桌边起身。他个子很高。他的脚踝在制服的裤脚处露出，让他看上去像个尚处发育期的少年。他再次离开办公室，但不一会儿就回来了。进门时，他高声说了几句，随后又开始闲谈，语气与先前聊外孙、聊猫、聊其他我未能理解的事情时一样。笑声过后，警长交还给奥维迪乌表格原件以及会面开始时所做笔录的复印件。咳嗽再度撕裂警长的喉管。

我向他探过身去，又递去一片薄荷糖。我从椅子上站起，一阵晕眩。多亏奥维迪乌连忙截住我，猛地将我扶稳，我才没有把头撞在桌上或地上。粒粒薄荷糖撒满警长的桌子。冲击之下，叠叠钞票脱离我的皮肤，在腰部和腹股沟间滑落，蚂蟥似的前行，直奔大腿。我站直身子，勉强立住。我捂住肚子。奥维迪乌告诉约内斯库说我怀孕了。警长微笑，露出一口黄牙。他从座位上起来，拿起桌上的一只水晶杯。水？[1] 他说着把杯子递向我眼前。不，谢谢[2]，我回答道。

约内斯库回到桌前，胳膊支在办公桌上，视线低垂，仿佛正忖度一张出警时的行动图。他盯住桌上散落的薄荷糖，其中一片落在键盘的 H 键上。待警长从深思中走出，我们便与他作别。我听出他为我们虚构出的孩子道喜。

我们离他的办公室而去。走廊里回响着水晶杯的叮叮声，水晶杯承接住约内斯库从桌上收割下的那些薄荷糖。

---

[1] 罗马尼亚语。
[2] 罗马尼亚语。

★

    布泽乌已在身后。绿色"达契亚"上方的天空烧得砖红。又开出数公里，道路成了煤色。黑夜之初带着铁色。对向每有卡车驶过，我们就要穿越强光的隧道，紧接着是转瞬即逝的失明感，其中只有光与暗的区分，仅能看见对比鲜明的斑块与突出物的轮廓。

    断断续续的光线和持续进行的运动让我焦虑，焦虑逐渐表现为躯体上的不适。不适感率先出现在胸腔，我的心脏失去了跳动的空间。我感觉到它成了一只困在鞋盒里的老鼠。

    我的肚子上仍然带着奥维迪乌的钱。我们从警察局出来后，一句话都没有说过。我们驶上高速，一道分隔带把双向车流分开。"达契亚"以110公里的时速平稳行驶。

    我掏出手机，看到手机还有信号。我想起了博格丹。

我戴上耳机。他会想我吗?"我如此厌倦尝试[1]",那种不确定性增加了我的焦虑,"我也不知该做什么[2]",胸中的老鼠每跳一下便咬我一口。"我的头脑中雾气朦胧[3]",我调高音量"而我将敞开我的心 / 我只为你等待[4]"。

几公里后,奥维迪乌将一把扯落我的耳机。

---

[1] 英语歌词,出自美国乐队 Heartless Bastards 的歌曲 "Only for You"(《只为你》)。
[2] 同上。
[3] 同上。
[4] 同上。

★

喂，听我说，我知道你恼了，所以才不说话。我知道你觉得我做得不对，我知道你不喜欢贪腐，你记得吗，我们聊过一次，你说贪腐把我们都他妈的害惨了，对，这我也同意。我当时说过的，我现在再说一遍，我想向你澄清，我知道你正在心里编派我呢，你可别七想八想的，你觉得那是犯罪，但那根本没什么，在你的国家，人们不也干这档子事吗？我解释给你听，好让你更明白些，我刚刚就是让警察把文件办得快点，文件可不少啊，毕竟。你看，首先，要给两份保险办文件——罗马尼亚保险和挪威保险，这就够麻烦的了，所以得让警长帮衬帮衬我，当然了，得付他钱，哪有白捡的好处？！嗯，我继续，罗马尼亚保险那边，安德烈是车主，"达契亚"在他名下，所以这边的保险公司要给盗窃赔偿金的话，是给安德烈而不是给我。好吧，是，问题不大，钱的事不打紧，你也看到了，我带着他给的钱，就你内裤里那些，那钱是他的，但我说了不是钱的事，我想的是，我们一到镇里，就给他把镜子重装上，只当什么都没发生，车子照原样还回去，甚至更干净些。所以，给这边保险办的那份文件，我想写上我的名字，让钱到我手头，对，为的是不跟安德烈讲被偷的事情，我把车还回去，就当什么都没发生，我不想惹麻烦，你理解我的意思吗？现在的情况是，我在村里登记过一辆车子，车主名字是我，但实际上是我弟在开，保险还没过期，我们都没用过，现在是时候用了。然后，另一件事，跟你解释一下，我为什么把你的证件给那条子，那是我临时想出来的点子。你听着，那家伙同意了为罗马尼亚保险改信息，接着他又看到我们住在挪威，跟我说了些有的没的，说那里怪冷的之类的，我顺着他说，就想到了马上要跟你说的点子，我是说如果你肯帮忙的话，不强迫你，你要不愿意就算了。没事的，嗯，我这么做，是知道事情能成，事情确实也成了，所以我趁条子乐呵的时候，另向他要了一份文件。我跟他解释说，当然咯，我得跟他说我接下来要跟你说的话，我看你挺不高兴的，我说了你能更舒坦些。操，情况是这样的，我在挪威的车险没有续上，但我估计你是有车险的，所以说，如果你乐意的话，我再说一遍啊，你觉得好，觉得行，觉得乐意再办，毕竟好处是你拿，成吧？你可以去索赔，就说你在罗马尼亚这儿旅行的时候租了辆车，被偷了，得买副后视镜，挪威保险终归得给你点什么，毕竟他们看你是游客才偷的啊，小偷惦记的是你不是我，你懂吗？用用保险也不碍你事的，保险总不是白买的，证明材料和表单你不用担心，我都拿到了，这我负责，最重要的是警方出具的笔录，我让那警察把你写作报案人，现在明白了吗？也不是什么大事，你要不乐意，把那笔录撕了就成，它对我没用，我拿它什么也做不成，但你要是愿意办手续的话，我打包票，挪威那边的保险绝对不多过问，挪威人不多问的，我跟挪威的保险公司打过交道，有次我的公交车被撞了，公交车当然是毫发无伤，那家伙的车子坏了，他们直接给他换辆新的，你信吗？真是辆新车，对保险公司来说，就跟送颗糖似的。

你不说点什么吗？奥维迪乌问。

不知是怎么回事，我一时语塞。我无法回答他。我的身体沉重，我超越镇静剂（药片愈发稀少了）的药效，知觉到那份沉重是我自身新添的不适。我又想起博格丹，想起那瓶液态镇静剂。倘若我当时向他索要，是不是就能够得到那些液滴，在余下的行程中使用？我想起我们去曼加利亚酒吧的那回。我想象着博格丹和我相互敬酒，然而手中已不再是那些装着红色酒液的子弹杯，而是盛放液态镇静剂的小玻璃瓶。

我的腹部因钞票隆起，金钱之下，某一器官或某一组织逐渐酝酿出病痛。我抚摸阴毛如抚弄胡须。我沉思。

你不想做就不做，这不就得了，你这女人！奥维迪乌叫喊道。再说，警察局里里外外全是条子，你觉得我要怎么在那儿跟你解释这些？我知道你不傻，但有时候，我不知道。我跟你说了，这都是临时想出来的点子，镜子被偷了后一路上想出来的，可你当时药劲上头，好像待在别的星球上似的，你一直如此，奥维迪乌说。我不知道你为了什么在沮丧或者生气，事情都过去了，你要是不想用那笔录，就把它扔了，一张纸而已，你还在生气？你可能在想安德烈为什么要给我钱，是啊，我知道我没告诉过你，但我也没见你感兴趣，你像是活在梦里，我跟你说话的时候，你睡，在酒店里，你睡，一路上你都在睡，连维奥丽卡都担心起来了。别人看你过得不好，是会担心的，你懂吗？可你只知道待在自己的世界里，自顾自地嗑药，我是真的生气，你什么都有，你在这儿得到的也都是关心和宠爱，我甚至觉得你是不懂得感恩，我带你来，是希望你能清醒些，可你还是这个样子，甚至还更糟。我起初以为你不会来，以为你会一直呆在床上呢，但你说你要来，我以为你是发现了自己在浪费生命，想好起来，想战胜自己，但没有，你还是这副闷闷不乐的模样。是啊，你清高，我贿赂了警察，可能是你的镇静剂药劲过去了吧，每次药劲过了你就生气，也可能你没发现自己是在挑事吧。你说想和我聊聊，现在你又哑巴了，这倒也没必要，我和你解释过警察的事情了，现在你打算怎么办呢，跟所有人说自己在罗马尼亚被偷了，到处又脏又乱，跟屎一样吗？这算是你的旅行收获吗？你的国家也有腐败吧？你又有什么好惊讶的呢？你嗑药，你酗酒……你肯定也做过见不得人的事吧？你可能在考试中做过弊，你可能出过轨，我见你偷过餐厅的甜味剂，我见过，所以说你别觉得自己是个完人，谁都不是完人，谁都不是，你也一样。就这样吧，让它过去吧，我们现在不在警察局了，你不会被抓走，你不会丢掉工作的，哦，不过你确实已经不工作了。重新工作对你有好处，你会感觉自己是有用的人，不过我说了也没用，我说过多少回了，但是好啊，你还是我行我素。你别急，继续睡，你要急了，那你也知道该怎么做，跟往常一样，抓把药吃，然后睡觉，啊呀，解决了……

我把手伸进裤子，自阴部正中掏出一把钞票。我摇下窗户，任钞票飞扬。

★

撒落钞票后，我又想开车门。

你他妈干什么？！奥维迪乌吼道。

"达契亚"行进的轨迹变得歪歪扭扭，车子弹跳数次，在沥青路面上发出吱呀声。奥维迪乌松开变速杆后，抓住我的后颈，指节锁住我脖子的两侧。他来回地摇晃着我，与此同时，速度表上的数字也渐渐下降。他的手指如大理石钳子一般固锁住我。我挣脱不得。我闭上眼睛，等着他把我的脸砸在车子的仪表台上，然而他并未如此行动。他束住我的脖子，反倒避免了我在急刹车中因惯性把脖子摔断。车子在路旁停住。

奥维迪乌下车，检查我这一侧的车门。愤怒的蚁群自脖颈爬下，吞噬下我的后背。胸部往两边撕扯得生疼。内脏仿佛外露，被空气摩擦得滚烫。于我腹部取暖的纸蚂蟥们苏醒过来，兴奋而饥渴地在我的肉体深处肆虐，在阴部到腹股沟一带将我肢解。我的脑袋里充满空气。

奥维迪乌抓住我的肩膀，把我的身子扭过来。只一推，我便仰面朝上倒在前排座椅上。他把我拽过去，变速杆恰好卡在我后颈的凹陷处。我的身体已死。我的大腿抽动，如蜥蜴自断的尾巴。我不住地蹬踹，试图保卫自己，然而奥维迪乌把整个身子都压了上来。他一只胳膊固定住我的双手和躯干，另一只手试图解开我的裤子。我继续踢蹬，不停扭动，如离水的鱼一般渐渐窒息。

不要动！他大喊。

他的声音让我瘫软下来。奥维迪乌双手在我裤子里翻找。他掏出黏连在我皮肤上的零散钞票，开始清点。愤怒没有全然蒙蔽他的双眼。他在昏黑的高速上辨识着图案与数字，高声数着。他抓着我，在我的衣服里继续翻找，确保再无纸币飞走，或是藏匿于我皮肉的褶皱间。我止不住地哭泣。

下车，他说。

我在座椅上支起身子，腿脚却动不了，站不起身来。奥维迪乌拉拽着我的胳膊，直至我的骨肉全然直立。他推了我一把，把我像个包裹似的放倒在"达契亚"的引擎盖上。他把副驾驶座的车门开了又关，确保门锁功能正常，又走向我，如警察搜身般拍打我的阴部、臀部和大腿。

你要还藏着钞票，有你好看的，他说。

我把裤子褪到屁股中部，向他展示肚脐和阴毛的边缘。上车，奥维迪乌说着把我推上副驾驶座。他一把将我的裤子扯落到膝盖。

几张钞票沾在我的大腿上。奥维迪乌一张张把它们揭下。他在剥去我的皮肤。露出的血肉烧灼着。公路两侧的车辆发出嘈杂的声响，或闪灯，或鸣笛，以此传达信号。我的脑袋伸进马蜂窝，我尽量把自己缩成一个肉球。我在高速公路上成为蜗牛。我哭出的液体成为一股酸流，使我面目全非。眼泪、鼻涕和口水全部淌下，穿透衣物，侵蚀肉身。

没了？他问。

我抬起头，擦净脸，已然感觉不到五官。我把手伸到内裤下，沿松紧带边沿摸索一圈。几张钞票试图藏在我的屁股缝里，但都卡在了半途。是最后的几张了。我把它们拿在手里，奥维迪乌用利爪夺去这些动物死尸。

我哭个不停。我坐在座位上，头枕自己赤裸的膝盖。我想直起身穿好衣服，奥维迪乌拉住我的胳膊，防止我摔倒。

泪水划过我的脖子，积聚在我的胸膛。蒙眬的泪眼辨识出奥维迪乌闪亮的瞳孔。那是两点射穿我的白光。他双唇紧闭，仍是拉着我的胳膊。车流快速通过，沥青路面震麻我的双脚。汽车引擎的轰鸣声恰似奥维迪乌掩藏于胸的怒吼。

你为什么这样？奥维迪乌说着用身体把我抵在车上。他的胳膊半搂住我的脖子与后背。冷静点，他说。他镇静的声音缠绕住我的头发。你在想什么呢？他说。哭声未停。你是想把门打开吗？他问。他按了我好一会儿，又蹲下，为我拉上裤子。我并不想看你这样的，他说。在我穿好衣服，拉上拉链的同时，他检查了我的钱包。请你安静点，他说着把一片氯硝西泮递到我的嘴边。我张开嘴，他把药片放在我的舌头上，药片如圣餐礼中的圣体[1]缓慢消融。

---

[1] 基督徒在圣餐礼中领受的无酵饼。

★

道路漆黑，似乎无止无尽。奥维迪乌打开收音机，却收不到任何电台信号。镇静剂就在舌上，可麻木感始终没有到来。也无睡意，但至少哭声是停了；我不再抽吸着空气，呼吸已然协调。我感到自己的腹部像一只吹不旺炉火的风箱。奥维迪乌两眼紧盯道路，身姿倒是放松。往来车流是耀眼的光谱，是浮游在沥青路面上的多彩金属魂灵。

收音机的白噪声让我们在这钢铁、玻璃纤维、火花塞、保险丝、亚克力、橡胶、汽油打造的子宫中感到安宁；这一切护佑着我们这对尚未成熟的孪生子，我们是实验室的试验品，我们无父无母，孤立无援，在机械胶囊中缓慢成形。

涕泪结成硬壳，如一层鳞甲附着在我的脸庞上，将我的面部动作全部熨平。

数公里后，我终于能够动弹。运动先从腿部开始，继而爬升至上肢。我举起一只手，伸向脸庞，触摸我的五官，慢慢剥去分泌物的硬壳。我的动作生硬，多有抽搐，近乎莫罗反射[1]。我掏出画本，胡乱落笔：直线、斑点、螺旋、星星，我画下人们在打电话时为了消磨注意力而画下的那些图案。思维电话的那头，奥维迪乌的问题响起：你为什么这样？

我看了眼手机。博格丹发来几个表情符号：一辆汽车、一只吸血鬼、一个十字架、一只幽灵、一只红酒杯、一个猫猫亲吻。

我还以另一串随机的表情，末尾是一颗黑色的心。

---

[1] 原始反射的一种，通常在婴儿受到刺激时出现。表现为手臂向外张开，随后向内拥抱。

★

我们的白噪声曼荼罗延续数公里,终于变为模模糊糊的电台广播,这时奥维迪乌用米哈伊的口吻说起话来。

想听音乐吗?他问。他调节收音机,找到一个声音清澈高昂的频道。是尼库·帕勒鲁[1],典型的罗马尼亚音乐,家家户户的聚会上都能听到。这绝非罗马尼亚最好的音乐作品,但也不坏。

音乐结合了古典乐器和现代的合成器。巴尔干风情的调子欢快地重复,但又蓦地变得忧伤。那旋律像是众人的无由牢骚与高声哀哭:我的,尼库·帕勒鲁的,奥维迪乌的,也是整个罗马尼亚的。

---

[1] 罗马尼亚音乐人。

★

我们慢慢接近一座城市。自远处可以看到闪烁的橘色灯火。我们马上到摩尔达维亚,那边的灯光是巴克乌,奥维迪乌说。我们被偷后视镜的城市不也叫这个名字吗?我想着,我的朋友像是听见了我的想法。之前我们是在布泽乌,这是巴克乌,奥维迪乌各念一遍。我喜欢他声音里的罗马尼亚腔调。这一次,他是语言老师,我是无言的学生。重拾那一幻想令我兴奋不已。

这个"啊"的音是从他身上哪里发出来的?我自问。罗马尼亚人身上是不是有胆囊一样的词囊,分泌出词汁?他们铁匠般锻造空气的双肺是否同时也制造词语?是心脏喷射出音节,又把它们捶打变形吗?负责句法的腺体又是哪一处?

我们进了城市。经过几道红绿灯后,奥维迪乌驶向一座商场里的停车场。不知道城里还有没有晚饭等着我们吃,等我们到那儿,都过了午夜了,他边停车边说。

除去大量的东正教教堂,巴克乌没什么引起我注意的地方。它看上去像座规模更大的布泽乌。文字游戏一样的,听起来一模一样的名字,不过是多一点沥青,多一点车,多几处公园与商场,再多上数千散布在大街小巷里的居民。

★

我们走过几个街区,来到一家传统的罗马尼亚餐厅,自内部打量,这食肆似是由洞穴改造而成。此间舒适温暖,宛如温驯巨兽的内脏。

身着当地传统服饰的姑娘领我们在桌前坐下,递给我们菜单。奥维迪乌要了一壶白葡萄酒和面包。姑娘冲我们一笑,我跟着她去找洗手间。

我洗了脸,那层涕泪的干壳在微黏的皂水混合物中消融。我理好头发,看到自己还穿着维奥丽卡赠送的上衣。那衣服让我看上去更老。我想起我的猫咪运动衫。也许那运动衫也并不让我看上去更年轻,只让我看上去更可笑。我坐上马桶,竖直的刺痛感穿过尿路,甚而辐射腹部和臀部。一股深色的尿液流出,在瓷面上留下缕缕血迹。

回去时,面包和葡萄酒已经摆放在桌上。我们挑选好晚餐的食物,之后,奥维迪乌便接过话头,先是讲解我们正吃着的几道菜肴的起源,后又说起他来我家里告诉我旅行一事的那天没有说出口的话，自那天以后，他一路保守秘密，在飞机上，在曼加利亚的床上，在康斯坦察的防波堤上，在乌尼里公园中，在首都饭店里，此时，他把那些秘密统统说出，释下他在我们漫长旅程的每一公里中背负的压舱物。米哈伊说，奥维迪乌也说。

我听他们两人说。

第三章　狗吠

✵

　　高速上干完架，我们剩下的路上基本没什么话好说。我担心她睡着了，可她的眼睛没闭上，她只是安静下来了，真是奇迹，她醒着，情绪平静，看手机，听音乐，还在本子上画画。我找到一处能吃饭的地儿，讲话的时候，有点吃的在跟前，总归会好些，就算要讲的是件什么糟心事，来点吃的也能让它不那么糟。光有喝的，不行。得有吃的，至少得来块蛋糕吧，这样一来，就算是说要死要离婚的事，打击也就没那么大了，嘴里嚼着东西，你能分神，耳朵里听的就往嘴里去了，你记下的事情就带上蛋糕或者炸肉的味道。上了餐桌，我知道那是说话的好时机了，万事俱备，只欠开口，那么我便开口了。我也没那么缺心眼地把事情一股脑儿全告诉她，并不是说有吃的就一切都好，总得探探水温啊，所以我先跟她讲巴克乌和菜单上的菜，对，让她的脑袋瓜先转悠起来，也顺道让她知道点罗马尼亚的事。我跟她说米提提，说传统炖肉，说马马利加[1]，可她听得那么认真。我不知道，我甚至有点担心，我不知道，我是想帮她打打岔的，可她那看向我的表情，我要对她说的话会直插到她心里的，这母牛知道我牵着她在屠场前绕圈子呢，我闭上嘴，一直等到食物都吃完。我要来水，又多要了点酒，可是，太让人惊讶了，她几乎一点儿也没喝，我觉得她是明白了嗑药和喝酒解决不了什么问题，我是想让她麻木些的，可她这样，天不遂人愿，我又能怎么办。我点来甜品，糖也是好的，消息好的时候让事情更甜蜜，消息坏的时候也帮人度过痛苦，我也不拐弯抹角了，就直着说，可是，好吧，也不容易，我得把事情说清，在到村里前把一切都讲明了，到时候我可没心思想别的，光是想着祭礼上的客人就头大。不过等甜品到了，我又不确定该不该向她开口了，她好像没注意到我，几乎是在舔食着米布丁，她看向我，继续像猫一样舔食，对，她目光炯炯，但不是看我，她看着我的样子，正像我收看挪威广播公司的萨米语[2]新闻时的模样。我知道她习惯对着电视吃饭，这她说过，或许她这样看我正是因为她在吃饭，但我不知道，我从没见她看电视，也没见她在家开过电视，但她把所有频道都开通了，上回我去她家看欧冠[3]决赛，她告诉我说她只在吃东西的时候看电视，她把遥控器交给我，我把频道都翻了个遍，她都没意识到自己有什

---

[1] 以上均为罗马尼亚传统菜名。

[2] 北欧萨米人使用的语言。

[3] 全称为欧洲冠军联赛。是在欧洲各国顶尖足球俱乐部之间进行的赛事。

么，操，她付了钱也不看，不知是为了什么，假如说她只是想要放点东西，无所谓放什么，换作我，我可不会开付费频道，听听 YouTube 上的广播，或者放个上边的视频也够了，不过各人有各人的想法，我这是庸人自扰。嗯，我从钱的事开始说吧，她看上去对这个最感兴趣；倒不是说她是个势利眼，也不是说她跟放贷的一样爱财，不是的，我是见她瞧见这么多钱聚在一块儿的时候吃了一惊，对，所以我才旁敲侧击地开始聊这事，先聊起汇率的话题，再告诉她那堆钱换算成克朗该有多少之类的，还不错，我想她并不觉得那是很多钱，她一言不发，继续舔吃着甜品。之后我对她讲起安德烈，对，都说了，说了实话，没掺半点假，嗯，关于他和我家人有多年的交情之类的，当然，我也说了最重要的部分，帮忙的事情，对，这当然说了，头等大事嘛。嗯，确实，他很早就托我帮忙了，是，我当然是可以在出发前就说的，她那时就是我的朋友，有些话是可以说了，我确实想对她说来着，我也一直在跟她说我的各种事，但这个话题一直没说到，不过我也没必要什么都同她说吧？于是我对她说：你看啊，我一直没跟你说这个，因为病假之类的破事已经够你受的了。安德烈请我帮这个忙，我也答应下来了，但你可别觉得我是一口就答应的，我可是再三考虑过。我原本想在出发前和你说的，可是没来得及。你看，是这样，安德烈有个女儿，就是之前和我打电话的那女孩，名叫杰奥尔杰塔，安德烈想让我同她结婚，把她从村里带去挪威找份工作，什么工作都行，在这儿没有未来，情况你也是知道的。

对，我当然得停下来让她反应一会儿，我给了她时间，任她消化，可她一言不发。她继续看着我，把那甜点往自己身边拉近了些，向后靠去，覆水难收，我只好继续说。你看，是这样，我之前说过的，你看到的钱都是要给公证员的，好给文件上盖章，再拿文件去办民事婚姻，是这样，只在民事上结婚，假结婚，这我得对大伙儿说清，我还得再去做公证书的领事认证，给杰奥尔杰塔买去挪威的机票，所有的事都得我来办，所有的事，因为安德烈不会用电脑，杰奥尔杰塔肯定会，但也没差别，还是得我来弄，她父亲更信我，对，我也信他，所以我才答应帮忙的，但我也挺担心的，你可能不信，这事并不简单，我想了很久，觉得要先把财产给分割明确了，所以我们之前在曼加利亚待了一阵。拜访维奥丽卡姨妈原先不在我的计划内，可临行前几天，我想到了自己不久前在康斯坦察置办的房子，买下那套房子不光费钱，还费了好些劲，现在正在外租，所以你和维奥丽卡在一块儿的时候，我正忙着找产权证，办理文件，还得去拜访租客。我可不想出了什么岔子，坏了事，被杰奥尔杰塔占去房子。也不是说这婚姻一定要怎么样，但事情总归有坏下去的可能。我不知道她开始在挪威生活后会是怎样，人总会变的嘛，嗯，我不认为她能分走什么，我不觉得，我已经和安德烈说清楚了，等杰奥尔杰塔拿到永居证，就让她赶紧去办国籍，拿到国籍就离婚，我们各人走各人先前的路，各拿各的。你看，是这样，杰奥尔杰塔这人怎么样很难说，不过我觉得还是可以信她的，她是安德烈的女儿，安德烈那家伙是个正派人。

我过不了多久就能入籍了，我去问过，人家告诉我说不会超过一年，有了国籍再去办护照，他们几天就能给办好，所以等我拿到国籍，杰奥尔杰塔嫁的就是个挪威人，也就是我，那么她也可以入籍，时间更短，这些事情当然得花费不少，所以安德烈给了我钱，所以才有这趟旅行。我父亲的祭礼又是另一码事，那是最重要的事，也得我来操办，因为我母亲还留在意大利，当然了，我还得见杰奥尔杰塔，得把计划说清楚，结婚啊，旅行啊，这些她已经知道，但既然我为着祭礼来了，能一石二鸟更好，我和她还有些地方需要讲明白。我上次当面见她的时候，我俩还是孩子，那时我正准备离开罗马尼亚，后来我和她在 Skype 上聊过几次，也打字聊过，但聊得不多。她满心期待着旅行。我得和她说明白事情的流程，这最好是当面说，她可别以为挪威是天堂。我没想着现在结婚，我感觉这趟旅行时间不够，不过，我要是把文件都办理齐全了，我也会试试看，顶好是一下子全办完，这样就不用多跑一趟，省钱省时间，也就是和那女孩去政府里签个字的事，就这样，没别的，我已经告诉过安德烈，不办婚礼，我把话说得很清，他那边是没问题，他是个讲求实效的人，去花那钱办仪式真不值当，办我父亲的祭礼够我喝一壶的了，但我还是得和杰奥尔杰塔说一声，我不知道她是不是还幻想着婚纱、鲜花和宴会呢。她要真这么幻想，就得让她别异想天开了，我只是来签文件的。好吧，这就是我想跟你说的。你懂我的吧？纸面文章而已，什么都不会变，你应该明白，我也向你保证；什么都不会变的。我会一如既往地过日子，你还是我的朋友，我还会继续开公交车，不过杰奥尔杰塔会住在我的家里，你现在也明白原因了，我和你说的这些事只有你和我母亲知道，我觉得别人不知道为好，成吧？我没和维奥丽卡说，我不想让她知道，因为博格丹有次上布加勒斯特找安德烈，回来时已经染上了毒瘾，姨妈非常不高兴。维奥丽卡怪安德烈，实际上她从来都不喜欢安德烈，现在更是讨厌了，所以，杰奥尔杰塔也难讨她的欢心，就因为她是安德烈的女儿，另外，姨妈还觉得她会抢走她的宝贝索林。维奥丽卡觉得所有的单身女人都要抢她的索林，我跟你说，对，此话不假；她和你处得不错，是因为觉得你不是单身，或者是看你面相，觉得不像是会抢索林的人，我不是说你丑，配不上索林啊，也不是说她觉得你丑，只是你看着不像这种人，我是想和姨妈说我和杰奥尔杰塔结婚的事的，单是让她安心些也好，让她知道不会有人把索林抢走的，至少杰奥尔杰塔不会，但是，最好还是不要和那么多人说这事，安德烈也这么觉得，人都爱嚼舌根，会坏了事，口口相传，就传去别的国家了，我和你说过我父亲和邻居的故事吧？那流言一直传到意大利和德国，要是别人知道了我假结婚的事，人总会无意间树敌的嘛，你总不可能跟金币一样人见人爱吧，他们可能会举报我，挪威移民局饶不过我的，最好是别到处声张，才能保障事情能成，免得遭人咒，遭人嫉妒。我知道我可以信你，我知道你不会去告密的，对吧？

★

　　用晚餐时，我感知到头部的刺痛。只痛了一下，像被叮了一口，随后而来的是鼓胀感，视觉蒙上雾气，动作变得迟缓。我怪罪酒、镇静剂、布加勒斯特的不快夜晚、路上的旅程以及与我朋友的争吵，不过，这看似任一旅客都可能经历的不适感，实际上是我神经回路中建立起新秩序时的反应，是我颅内神经蜕变的证明。

　　在我大脑皮层上的某一处幽幽深壑中，兴起了叵测的动乱。起因难以道明，也许是血液在重击或情绪冲击之下猛烈地迸发，又或是某个血细胞，出于叛逆或疏忽——一如《摩登时代》中置身传送带前的卓别林——改变了血流的流向与目的地。血流的节奏改变，错综的动脉缠结，在我大脑触发炎症，导致我再不能说出有条理的话语。

　　之后的日子里，我非但没有因自身的状况感到不安，反倒享受起说不出话的感觉。正如我以为那刺痛是酒精或着旅行的产物，我也为失语找到了合乎逻辑的解释：我的疲惫、我面对新现状时的惊愕、我的羞赧、我情绪的转变。我安然接受沉默，并不将其认作一种无可逆转的绝对状态，毕竟我还是可以发出某几种声音，说出几个尚是鲜活流畅的词语，新近学习的几个罗马尼亚词汇润湿我大脑最浅表的层次，混杂着口水流向我的喉管。我能如婴孩或鹦鹉一般重复出临时捕捉到的词语与声响。

这种失能也伴随着获能。我得以理解周边的语言。

倘若说词语录入、储存进我们大脑的过程恰似用锥子在水泥板上刻写，那么此时，罗马尼亚语的单词刻入的是一片湿水泥，流动性也带来渗透性。那些新鲜潮湿的词语逸散在我土生土长的原生词汇中，浇灌语义之根，在句法之茎中随汁液环游，终末盛放出理解之花。

多年前，我也有过相似的经历。那也是在一次旅程之中：在巴黎。我在一间酒吧里结识了一帮法国人，几杯下肚，他们邀请我去家中继续聚会。其中一个男孩点起一支大麻，邀请我抽。我犹豫是否要接受，因为酒精带来的快乐于我已是足够，但他坚持再三，我便抽了一口。吐出烟雾后，便是那头部的刺痛、视觉的模糊和动作的沉重；任何一个倦怠的旅客肚里填满面团、奶酪和成块的红酒炖鸡，灌下更多红酒、咖啡和奶油，又初次尝过大麻后，难免也会有这种感觉。

但事情不止于此。

在酒吧里，比起言语，我们更多通过欢笑与饮酒交流。我们尝试用破碎的英语和好坏不一的西班牙语深入交谈，然而理解却在我们嘴里吐出的烟雾中到来。

首先是音乐。我能理解背景音乐中的每一个词语。我不怕上路[1]我抽了第二口。一切都会消失[2]。我吐出烟雾，瘫在沙发上。风会把我们带走[3]。

我抬手接烟，俯仰之间，拥有肉身的实感和意识消亡了。

我将自身于此空间的存在视作一系列圆环、孔洞、边沿和线结。指间烟卷即将燃尽，手指上的灼热感触发了这一连串同心圆，串串圆环自皮肉开始赋予我定义：指肚上的烫伤穿透皮肤，随后环绕指骨，宛如火与烟的同谋，顺我的手腕波动行进；圆柱体在我身体的孔隙中扩张，自鼻腔开始，螺旋着抵达喉管；脏器里沸腾着的圆环是热线圈，下行至臀部，直到在我阴道口变作熔岩涡流。热浪也从此处开始了它的巡游，在我身体的轮廓上震动，跳着环形之舞穿越我的身躯。

热浪自机体的空腔向骨肉震荡，自内而外地震荡。倘若我闭上眼睛，我便能感受到那浪潮波及我脏器的每一角落，包围我的心脏、肺脏与大脑，滑过我的眼球，下降至我的口腔，成球状波浪环绕在我的耳畔，增长我的理解能力。风会把我们带走[4]，我吐出一口烟雾，而后用法语说道。

---

[1] 法语。
[2] 法语。
[3] 法语。
[4] 法语。

我闭上双眼，听觉随空气延伸，超脱屋室，辨别出建筑物墙壁间的话语，一对情侣临睡前的对话沿空气前行，我兴致盎然地听醉鬼的絮语和混着别的口音的远方呢喃。一切都会消失，风会把我们带走。[1]

无声的话语中，存在一种预兆。

那预兆是对自身的理解，不只是揭密谜题，也是对谜题本身的领悟。我完全理解了，我完全领悟了。

对某事的觉察会产生跃升感。或许，跃升已成为事实，毕竟，要理解某事，距离和视野必不可少。而当人意识到觉察或者跃升之后，眩晕将接踵而至。

---

[1] 法语。

☀

　　我干得不错，趁面前有吃的，把事情一口气告诉了她，她没再提问了。不知道是因为她嘴里尽是吃的，说不了话，还是说她并不关心我说了什么，又或是生气了才不说话，我怎么知道呢，反正我把话都说了。我这人是挺怕女人们沉默下来的，要是她们长时间不说话，就是要和你干架了，绝对的，这我知道，肯定是。她们会一个词一个词地备好，什么都逃不过她们的法眼，接着就像机关枪一样全都砸你头上，嗒嗒嗒。我已经准备好辩解了，她要是打算大吵大闹，我就说：你不喜欢也没辙，事情就是这样；你要是批评我，那我也忍够你了，又是嗑药又是发脾气的；要是你不舒服，那你可以走人，又不是我架着你来的。我会把这些说了，然后就不再多想，等着我解决的事太多了。剩下的路不长，今天晚上我只想睡个安稳觉，其他没什么，成吧，让我稍微休息一下总可以吧，头搁在枕头上，睡觉，我也想要安宁。

★

引擎的沉寂把我唤醒。奥维迪乌把车停在一片铝皮围栏前。金属反光，照亮周围景物的轮廓，也显出围栏后一座房屋的外形。那看上去是一座大房子，漆黑一片，边沿镶着银光。围栏与黑暗让我看不清其全貌，只能看出些零星的结构，比如窗户的上沿、窗台模糊的线条与屋顶的棱角。猛一看去，我以为自己面对着一艘外星飞船，一艘即将绑架走我们的母舰。

有风，也有犬吠，然而黑暗让一切声音沉默。地面上我们的脚步声、汽车的关门声、奥维迪乌的门钥匙串发出的声响，都在夜的黑羊毛上缩成一团。我们成为一组人与物的星座，在太空中行进。穿过铝围栏前，我给黑暗拍了一张照片，随后打开手机上的手电筒，照亮我们的路。

奥维迪乌推开铝皮门。几条狗缠在我们腿间。它们湿冷的吻部和泥泞粗糙的脊背填满我的触觉。它们的眼睛亮如黑珍珠。我想同狗说话，可是没能做到。

我只能从气管中发出含糊的声响和咔嗒声。我虽说不出词语，但是能感受到它们在我的脑沟中滑动，在突触里啸叫，萤火虫般落入我的视线；词语震荡着我喉咙的内部结构，我的视网膜把它们拆散成音节，然而它们无法离开我的身体。至少是不能从口腔离开，但我能听见它们，就好像睡前头枕在枕头上时，可以听见自己的心跳。

那沉默并不令我担忧。我认为那是面对新现状的惊愕，或是旅途之疲惫带来的麻木。我自然而然地接受下那种沉默状态，正如中年男人梳头后，看到手中大把头发的那一刻，也就接受了自己的秃顶。我安然接受言语的丧失，仿佛失去言语与失掉几斤体重无异。我们不会因起床时发觉衣服比昨晚更松弛而惊慌。当我发现自己顿失发言能力后，情况也是一样。一种奇怪的松弛感和轻盈感。兴许言语反倒束缚着我，压迫着我。我可以思想、理解、大笑、活动手脚、睁眼闭眼、睡觉并控制住括约肌。兴许沉默是一种生理需求，身体要求我沉默。丧失言语是控制我的机体的一种方式，沉默疗法，为什么不呢。既然有睡眠疗法，怎么不能有沉默疗法呢，我无言地说道。

除开我的沉默，发生了另一件确实引起我注意的事情，如今我才明白，那大概是一种让奥维迪乌和我得以在那些日子里共存的共生关系。自我沉默开始，奥维迪乌便开始说话。他说个不停。他说西班牙语，说罗马尼亚语，说挪威语，说啊说啊说，说了那么多话，以至于我不说话他也不觉得奇怪了。

假若说我的沉默有生理上的原因，奥维迪乌的多语症兴许也一样。在我们两人身上，脑流的失衡为我们带来了相同的临床结果：只要双方在场，我们就能够理解彼此，仿佛在语言层面上渗透了彼此。

自此往后，他便可以同我沟通，似是能读懂自我细胞中生出的词语。那些居住在我体内的词语成功通过各个身体组织离开了我的机体，他人都能够看到。我确信，那些如脓流出的词语，任何生命体看了都能够理解。

◌

　　我还以为我头一沾枕头就能睡呢，但我还醒着，脑袋里在思考，我并不喜欢思考，至少不喜欢这样思考些有的没的，这些事叫你合不上眼。她倒是一钻进被窝就睡着了。我还有点羡慕她，有时候我睡不着，脑袋里就有千头万绪，所以说我也有点理解她，她脑子一直在转，所以才靠吃药来止住。我现在也是了，但我什么都不吃，干等着睡觉。这次旅行，我一直他妈的看着她睡觉，人都快垮了，开车，忍耐着一切，但还是醒得跟只夜猫子似的。我看她现在在这儿还挺好，我不后悔带她来，但我不知道她在剩下的旅途里会如何表现。我带她来是因为她情况不好，不从她家那猪圈里出来，我当然是担心她了。我有次梦见从我父亲的祭礼上回来，就到了她的葬礼上，她的葬礼也得我来操办。我把梦认真当了一回事，因为死亡总是把人三个三个地带走。我父亲是多年前死的，但也算个死人，一号死人，我记个数。她可能是第二个，假如这样子下去的话，第三个也许就轮到我了，所以说我建议她来，这样谁都不会死。我邀请她来，为的是自己安心，也为的是给她一条出路，总得让人有的选吧，说实话，我没想到她会来，我都在考虑她不来该怎么办了，为让自己安心些，我准备让波兰人时不时给她打电话，她要是不接，就上门去找她。那波兰人住我家隔壁，她来过我家几次，有次和他打过照面，那家伙讲不好挪威语，但她是老师，所以两人照样可以相互理解。我也想过叫贡纳尔去看一眼，但他是个彬彬有礼的挪威人，要是他出现在她门口敲门，她也许会以为那是监视她的社工，就不开门了，毕竟她不想被带出家门。我到现在仍然搞不清楚她为什么会这样，我不是很明白。有些人生下来就很惨，方方面面都很糟，和下流坏待一块儿，在垃圾堆里长大，但努努力也就走出来了。这是愿不愿意的问题，得想着从洞里爬出来，要知道抑郁症不是癌症那样会死人的病。我觉得我就从来没抑郁过，我担心过，愤怒过，差点完蛋过，这倒是，大家都有过，正常的。我被从洛索亚河畔布伊特拉戈[1]的房子里赶出来后，流落到街上，一毛钱没有，也没工作，但我只得重新站起身来。一个吉卜赛人把他的窝棚分给我住，但剩下的都是靠我自己。我要是掉到洞里，就会想着用指甲扣着往上爬，凭自己的脚走出来。我不知道她为什么抑郁了这么久。我一直觉得她是个挺专注、坚强的家伙，这

---

[1] 洛索亚河畔布伊特拉戈，西班牙小镇名。

毋庸置疑，操，她很坚强，也很严格，她做我老师的时候，我能看得出来，严格并不是因为职业需要，不是因为做了老师就必须这样子做人做事，她的严格是刻在骨子里的，不过，她现在是有点失了神。课上，她像个铁打的老师，可她突然又这么软弱下来，我不知该作何感想。起初我并不喜欢那副软弱的模样，但后来我又有了像照看猫一样照顾她的念头。我现在在想，也不知她身上带的那些药片够不够她吃，最糟糕的是，那些全都是按医嘱在吃的。她现在是安静了，但不知道能安稳多久。她从旅行开始时就是这样。在康斯坦察的时候，一切都还好，可能因为维奥丽卡和博格丹的缘故，她才表现得那样吧，我想，其中一定有些缘由，或许只是我的错觉，在布加勒斯特的时候，刚开始也都不错，但她后来不知为什么破事恼了，还说我对她不好。行，对，我对她不好，就为让她有理由生我气，我觉得她还挺喜欢这样的，我觉得啊，我不知道，我不是很确定，不过我知道有些女人就喜欢别人对她们不好，你对她们不好，她们反而对你好，不过我可不喜欢那种女人，但人各有志，就随她们去吧。但我也没欺负她，只是，操，嗯，让我想想，她的性子一会儿像个女巫，一会儿像个天使，我又有那么多事要处理，我的负担够重了。我一直在照顾她，先前也是，我跟她说清我要做的事，只为了保护她，为了让她了解我的文化，不是为了做她的爹，她拿出她那套女权主义的东西，让我别对她发号施令，让我别教她做事什么什么的，这话题现在正时兴，操，都传到罗马尼亚了，说实话，我已经受够这套了，我们男人受它妨害不小，都不知道该怎么应对女人才好了；我知道总有一天她们会就这事找上我来，跟我操蛋，早晚会有个女的，或者就是她，因为随便什么事来指责我，因为我的同事们都经历过，其中一个被告了性骚扰，那家伙不过是友善了点而已，操，在挪威，就数女人最坏，她们不愿被当淑女对待，我同事错就错在爱上了个乘客，他们说那是骚扰，可女乘客们总这样，我就喜欢过一个红发女人，她长了张想做爱的脸，每天早上那红发女人都和我微笑，有时候她不用公交卡付车费，就摸着我的手，把硬币付给我，但我心里清楚，要是那红发女人不和我说什么的话，我是不会迈出第一步的，那样有被四处举报的风险，从网上举报开始，那是最糟的了，上了网，全世界都能知道，上帝也不例外。这我和那家伙说了，我的同事，那黑小子，你看啊，是这样，你别和女乘客说话，黑小子，我认真跟你说这话，你别跟她们要 Whatsapp 号码什么的，可他却不明白，不把我当回事。之后，事情当然就发生了，没人相信是那女人，那女乘客，自己把号码给他的；为什么要给他呢，因为她喜欢那黑小子，这不是很明显吗，我的同事长得不丑，皮肤黑，可是不丑，长得有点像奥祖纳[1]，那眼睛亮亮的小黑人，总之，他打去电话，当然了，要不然留这号码做什么呢，他当然给她打电话了，两人见

---

[1] 波多黎各歌手。

了面，约了会，随后故事就有了不同的版本：黑小子说她邀请他去家里，但两人没做爱，他说这话是为了让人别告他强奸，让指控停在性骚扰上，但大伙儿都知道，要是哪个挪威女人邀请你去她家里，可不是邀请你去看电视，但那黑人以他全家的名义发誓，什么都没有发生，他们没有做爱，既然她没有满足他的愿望，他便又给她打电话，发信息，想再与她约会，不过我觉得他们是做了爱的，当然得做了，黑小子对那金发女人痴狂得很，当然啦，她是金发，跟所有挪威女人一样，操，也跟她们一样冷酷；那女的做完爱，就他妈的再也不理他了，可能是吃了点巧克力，或者说吃了块巧克力，就心满意足了吧，我和黑小子说，你不理她的话，她会给你打电话的，因为她们就是这样的，她们可能是很支持女权主义，但也盼着别人给她们打电话，去找她们，要是男人们不做这事，她们就来做，等着就好，当然了，前提是她们真的想要再见，真的有兴趣再见，这在世上哪里都一样，不过我同事是用鸡巴思考的，这我理解，但心里总得有个数吧，于是黑小子给她打电话，给她发信息，给她发鸡巴照片，发小心心，最后被那女的告了骚扰，操。可怜的家伙，现在他把工资都花在律师费上，挪威的同事都不再和他说话，他的妻子还没把他扫地出门，那也是因为喜欢在孩子面前折磨他。所以，她做我挪威语课老师的时候，我没和她走太近，我可不想她向校长或者向我上司投诉，又或者去跟她丈夫说，因为，嗯，我那时不知道她结没结婚，有没有男朋友，我只知道我不想招惹上任何人，特别是警察和移民局。我是想要和她走近些的，但我不知道夸她漂亮或者课上给她带咖啡或是巧克力算不算是性骚扰。虽然有那么一次，我鼓起勇气来，给她带了巧克力，因为我留意到她更经常地对我笑了，她课后还留下来辅导我写作业，而那也不是她的义务，她对我也有些意思，因为我走近她书桌的时候，她的呼吸变快了。我给她带巧克力的那天，我告诉她说，那天是罗马尼亚的教师节，我给她看了维基百科，确保她不会去举报我，课程结束后，我们成了朋友，在课堂外见到她，感觉更好，她看上去更放松，我不止一次看见她穿着紧身衣，我没想到她会喜欢那种衣服，那时正轮到我值夜班，原来老师并不是一直关在家里，她的确也会去聚会，她有挪威朋友，会把罐装啤酒放在包里，她笑得更频繁了，看上去更像个正常人，拾掇得更像女人，因为不再看着像老师，看上去也没那么聪明了，我喜欢她这副模样。不是说我希望她是个傻瓜，我不喜欢傻女人，只是她像她的挪威朋友们那样穿上聚会的衣服的时候，我才能接近她，做我自己，但我在有些事上还是有分寸，注意别碰了她的手或者腿，惹出什么女权主义的事端来。她不再做我老师之后，我还能在公交车上见到她，她总戴着耳机，对我打招呼，总是坐在靠窗的位子上看着路，这让接近她变得容易了不少，为达到目的，我首先是邀请她坐到副驾驶位上，她高兴地同意了，好像我是邀请她去看电影一样。我很喜欢开心时的她，那时候的她是不一样的，和在教室里不一样，虽然说我也喜欢教我挪威语的那个严厉女人，从她做我老师起，我就对她有欲望了，于是我继续按方案行事，先从那单词本开始，后来有一天，我邀请她去约会，她接受了，那场约会后，她带着自己烤的糕点上了公交车，装在饭盒里送给我，饭盒外面还包着心形图案的纸巾。嗯，这要不是邀请，又是什么呢。我把饭盒还给她的时候，在里面放了一根项链。操。一根银项链，坠子的形状是她的星座，我托人在上面刻了她的名字，不过我觉得她并不喜欢那礼物，我从没见她戴过，或许她不喜欢珠宝吧，那她就自相矛盾了，不过也正常，女人们都那样，我是说，她确实喜欢待在布加勒斯特最豪华的酒店里，她喜欢大理石和浴缸，她拿走了酒店房间里所有的洗发水和肥皂，我希望她收到银项链的时候，能和在酒店里一样开心，顺道提一嘴，那项链花了我不少钱，操，她不喜欢珠宝，倒喜欢首都饭店的排场。我想我们在布加勒斯特过得不错，但我不知道她是怎么想的，她不是嗑药嗑上了头，就是喝醉了酒，我知道人醉酒的时候，一切看上去都更美，醉酒的人看不清真相，甚至觉得自己也更好看。我喝过奥维迪乌教父的酒，本有些醉，但吃下些东西，也就过去了，可她是喝个不停。妈呀，她可真能耐受，但她随后便躺在床上，死了一般，一动不动了，我以为她没有呼吸了，毕竟她吃了那么多药，于是我靠近她，她确实在呼吸，但微弱得像只小猫，我喜欢她呼出的气息，闻起来像是甜酒，我用手捋她的头发，后来又摸她的胸，没多摸，只摸了摸侧边，好像要用床单把她裹起来似的，她闭着眼给我来了一耳光，那王八羔子还醒着，只不过断了片，继续睡着，这一巴掌不偏不倚扇在我脸上，我笑了，挺蠢的一巴掌，但我的性欲也就此过去了。我现在也想摸她，但我不会摸的，让她睡吧。有时候我挺喜欢她，比方说现在，有些时候又不喜欢，即使她一句话不说，光是在我身边就叫我生气，我不知道她是不是喜欢我，我觉得是的，但装得像是对我不感兴趣，跟所有女人一样，但假如她连安德烈都喜欢的话，我在她眼里该是个王子了吧，嗯，我不知道她是不是喜欢安德烈，但我看到他们一起吃糖，聊得火热，她不会罗马尼亚语，他又不会西班牙语，他们是怎么互相理解的？当然是因为他们互相喜欢，互相喜欢的人不用说话，就像老夫妇一样，就像我们现在一样，躺在一张床上，不说话也不做爱，活像对老夫妇。

★

我在奥维迪乌的弟弟彼得鲁斯家的床上醒来。地上铺盖着颜色、花纹各异的地毯,我走路时,地毯也跟着移动,仿佛纤维织成的万花筒。电视机屏幕是我的黑镜子,我能于其中辨识出我得到休憩之后的五官。我离开卧室,沿走廊前进。天气寒冷,我在赤裸的脚底板下和萦绕在我骨头周围的缕缕气流中感受到寒意。

我在走廊尽头找到卫生间。淋浴间里塞满纸箱子,直堆到花洒的高度,已然有人将其变作了一个透明的储藏间。马桶上覆着薄薄的一层尘埃,虽然肮脏,但也能看出是新的。棉花糖似的尘土之下,瓷面光洁明亮。看到马桶,我的膀胱感到轻松了些,但抬起马桶盖,看到的不是小水洼,而是一团揉在一起的报纸,形如鸟巢。我止不住尿意了。我坐在马桶上,释出长达几米的尿束,黄色的温热河流在纸石头的缝隙间流淌。我没有找到卫生纸。我走向洗手池时,内裤吸收了残余的尿液。我转动水龙头的把手，可一切都是干涸的。洗手池的瓷面上也附着了一层灰。

我探索了房子里余下的空间。客厅的地上、墙上都铺着毯子，壁毯看上去如同彩色的毛质玻璃窗。沙发与床的形制相同：几块长方形的木头框架，里面填充着破旧的红色天鹅绒垫子，作为坐垫和靠垫。一扇新漆过的木门上嵌着舷窗。我探头向外看，认出远处的金属围栏。我打开门，发现自己身处一片空旷的庭院。

我继续在房子里走动。我穿过一片看上去同时是餐厅、厨房和卧室的空间，在其中看到一个嵌入墙体中的陶制壁炉，与维奥丽卡家中的一样，只是少了些许光泽。一方金属錾子上摆着几只熏得黑魆魆的锅。壁炉前有一张床，床头、床架都由锻铁铸成。床垫是泡沫橡胶制成，上覆一层厚实的黄色塑料。被褥折叠整齐，放在几块枕头边上。

冷空气从房间深处传来，我似是想要逃脱封闭空间时的苍蝇，跟从气流，来到另一扇通往庭院另一边的房门。我远远听到我朋友的声音。

一个女人出现，递给我一双有一边开了线的破旧布鞋。我向她伸出手去，用手势表示感谢，而她按了按我的胳膊。我们都露出微笑。我穿上布鞋，穿过院子，走向奥维迪乌。

我的脚步后方，扬起了灰色的尘雾。

我带她参观屋子和畜栏,她既不怕母鸡,也不怕奶牛。我生怕那奶牛对着我们尥蹶子,操,彼得鲁斯跟我说过那牛凶得很,可她摸了一下牛,牛就安静下来。跟个小圣人一样,我是说她,她是圣人,不是说奶牛,她抚摸着牲畜们,操,那牛大得像是从地狱里出来的,可她用手爱抚着它,像神父抚摸中了邪的人。她走在公鸡和母鸡当中,活似畜栏的主人,她之前正是这样在教室里走动,监督着我们完成习题的。狗也吓不到她。它们听到我们到来,一齐出现,给她乐得,好像那都是她的宠物似的。她那眼神又回来了,她在公交车上自娱自乐地盯着道路时的那种眼神。她四下打量,好像从来没见过畜栏,没见过奶牛,没见过母鸡,也没见过这么些个狗聚在一起。我不知这是不是她第一次见活生生的动物,我不觉得是,但看着像,不知道,可能她这辈子没见过太多动物吧,想想看,她每次和我说起她的国家,说起的都是她的城市,那儿有几百万居民，还有高楼、交通堵塞、混乱和污染，可她从没说起村庄和乡下的事情，我可以想象她的国家是怎么一回事儿了，但也不完全，有次我在电视报道里看过，但介绍得也不多，我不知道那里有没有很多饲养着动物的乡野，还是说只有海滩，或者山脉，她的国家看起来挺发达，但人不多，不像是印度，印度就有很多人了，人太多了，所以挪威就在印度招程序员，因为这儿缺人嘛，但他们不让印度人来这儿，就让他们待在印度工作，这儿不要更多外国人了，挪威人肯定知道印度的程序员是最聪明的，当然了，也是最便宜的，话说回来，我不太了解她的习惯，不好意思带她去上土厕，但我也别无选择，这边只有土厕，但她也并不反感，甚至还挺自在，我向她展示水桶、肥皂和百洁布，让她自己擦洗时，我觉得她是开心的。她会不会是Instagram上那种富家小姐？那些富家女跑去非洲，说是混在悲惨的黑人当中，吃着椰子，找寻到了幸福。操，不知道她会不会把我这些苦难都拍下来，传到Instagram上，打上标签提到我，那可太丢人了，我们有共同好友的，我希望她别这样，我觉得她不会的，而且我的村子也和非洲不一样啊，也没必要夸张，她也没被我弟媳的样子吓到，也安然穿上了那双旧鞋子，好像拿到的是灰姑娘的水晶鞋似的。而且她多喜欢那些散养的狗哇。我担心哪条狗咬她一口，那些狗是会咬人的，狡猾得很，但也是很好的守卫，因为它们会咬生人，生人有生人的气味，她也不是本地人，味道该和罗马尼亚人不同，可狗们和她处得挺好，跟在她后面，也不攻击她。我听说人吃什么，闻着就像什么，我们罗马尼亚人闻着像小麦、菜豆和烤猪肉，可她不吃这些，她吃的是牛油果、辣椒和大把大把的芫荽，吃起来跟牛吃草一样，她还给各种食物挤上柠檬汁，往菜豆里挤，往汤里挤，还往兵豆里挤，那也太怪了，但吃着还不赖。狗们闻闻她，朝她摇摇尾巴，那些狗只认得出泥土与苦难的气息。

和往常彼得鲁斯不在家时一样，拉卢卡散漫地晃荡，好像新添的一只母鸡，当然，那女人是在利用这独处的时间偷懒，她在庭院里晃荡，咕咕地叫。她抽起烟来，给我们端上咖啡，早餐只有咖啡，咖啡也是她唯一能做好的东西。这我否认不了，那吉卜赛女人是个做咖啡的能手。我的老师嫌弃地看着拉卢卡给她的杯子，但也没说什么，把咖啡喝个了干净，很有教养，她心情好的时候是这样的。我也一样嫌弃，给她的至少是给客人用的马克杯，给我的是个塑料杯子，里面还有我的侄儿们喝剩的牛奶。杯子没洗，要洗杯子得去井边汲水，那对于这帮懒汉来说当然是太费事了。看到杯里的奶渍，我松了口气，至少孩子们早上喝了杯牛奶，他们对那些小家伙太不上心了。我的侄儿们总是不在家里，他们还觉得挺好的，我倒不是说不让孩子们出门玩，但倒是让他们在院子里玩啊，让母亲看着他们点，要不然母亲是干什么吃的，但现在呢，孩子们经常这样无影无踪，过后才发现他们在邻居家的院子里，躺在麦秸堆里和狗玩。

我和拉卢卡聊不太来,她是个游手好闲的吉卜赛女人。她爱侃大山,操,她想知道关于这趟旅行和我的旅伴的所有事情,但好在老师不发一言,只是笑笑。我听够了拉卢卡的连珠炮,便说我们要去井旁打水。拉卢卡抄起几只水桶,递给她两只,她就是这样,不放过任何机会,有便宜就占。我对她说,她不愿意的话,也不必帮忙,不用受这累,她顶好还是呆在家里。我以为她还想睡觉,但现煮的咖啡似乎让她清醒了,她拿起水桶,仿佛这就是她日常的活计,面上笑容灿烂。去水井的路上,拉卢卡请她抽烟,她没接过香烟,不过抽了一口拉卢卡手上的烟。我走在她们身后,她们看着像两个吉卜赛人。我先前没发现老师的头发是那样茂密卷曲,她把头发草草绾成个髻子,到了井边,她像之前看土厕那样,探出头去看井底,头发散了。看起来就好像水井拽住了她的头发,跟恐怖片似的,操,她的头勾着,头发披着,看起来跟野兽一样,不过她的确是有点野,专爱看脏地方的底儿。不知道,她挺怪的。井底叫她感兴趣,这我能理解,但我不懂土厕底下又有什么名堂,好奇心是一回事,看海一样往土厕底下瞧,又是另一回事。

拉卢卡跟她说话,好像她能听懂罗马尼亚语一样,她觉得这样能把语言学会吧。那吉卜赛女人蠢得很,无可救药。我翻译了些话,可拉卢卡尽说傻逼话,玩些一语双关,没法翻译,最好还是由我跟她解释,对,水是通过水龙头里流到家里,但是之前先得铺水管,买水泵。这么多年来，母亲和我一直给彼得鲁斯汇钱，让他置办这些，可他把卫生间用作了储藏室；堆在里面的箱子都是满的，有洗衣液、肥皂、洗发水、牙膏，我母亲寄来的那些东西全都堆着，而他们继续用水和醋打扫屋子，我是说，如果他们真的会打扫的话。他们想的话，完全可以和大家一样用花洒和马桶，那都是新的，没用过，可那样的话，我弟弟就得挪挪窝，起身干活，装水泵，铺管线，他一直不弄，要么是在等着我帮他搞，要么就是他并不在意被虱子吃掉。我是不明白为什么他不弄，操，家里有水是最基本的吧，我们活在新世纪了，他知道这也不难，邻居不要人帮，自己弄好的，就他一个人，况且那邻居还是个老头。

★

  给我布鞋的女人名叫拉卢卡,是彼得鲁斯的妻子,奥维迪乌的弟媳。

  烟草熏染了拉卢卡的皮肤;我说不出她确切的年龄,但从她蹲下抽烟时展露出的肌肉弹性看来,她还年轻。她的卷发是脏铜色的,发髻盘成毛线球的模样;几绺头发自鬓角处生出,被头皮滋养得滑亮,似是新近萌发出的植物。她蓝色的目光宛如冰川中百万年不化的鲜冰,与她灰暗的皮肤反差鲜明。她的声音灼热而粗糙。她说出的词语炽烈厚重,如熔岩河流,与此同时,空气自她残缺的牙齿间逃逸而出,发出布满裂纹的低语,似是火堆前的木柴的摩擦声。她说着话,有时对我说,有时也自言自语。我知道她说的是罗马尼亚语,可她声带的振动与我在布加勒斯特和在曼加利亚所听到的都有所不同。她的絮语让我想起风在垂死的树林中吹打老树时发出的轰响。这就是吉卜赛女人,奥维迪乌看到我们二人在庭院中时说道。拉卢卡对奥维迪乌说话,可他似乎并不搭理她,只一面在院子里兜圈子,一面简短地应付着。

◌

带她参观完房子，我向她展示母亲去年来看望孙子时，为祭礼置办的东西：餐具、桌布、餐巾纸、为客厅的坐垫准备的罩子，还有帷幕。这些的包装都没拆，彼得鲁斯什么神都没费，没在墙上装挂帷幕用的杆子，也没有在院子里为客人摆好桌子，但我一点都不惊讶，他和拉卢卡一样懒。我是不惊讶，但我很生气。一直都是这样。一对废物。彼得鲁斯长不大，拉卢卡又说个没完，她只会抽烟，还有就是生漂亮孩子，除此之外，她在厨房里不干一点活，也不喜欢打扫。

我向她说完，再亲眼目睹一遍，气得不行。我简直想一走了之，回挪威，让他们把客人都得罪个干净吧。我们出去转了转，看看我能不能把气消下去，但我受不了拉卢卡在那儿吞云吐雾的，而且我也饿了，早餐只喝黑咖啡，我可高兴不起来，吃不饱肚子的时候，我的脾气总来得更快。我们坐上"达契亚"，一直开到布胡希，那儿的市场似乎最讨她喜欢。妈的,她又开始到处打量了,好像没去过市场似的。这让我可怜她,可也让我觉得有点丢脸,希望人们别以为她是有智力障碍或者自闭症,自闭症患者就会四下打量,又一言不发,我的一个朋友是这么告诉我的,他的儿子就有自闭症,可那孩子聪明得不得了。我知道她的国家也有市场,可她看这一切的眼神就像是在看另一个世界的产物。我们买来蔬菜和水果,接着又去超市。她自己推一辆购物车,我猜想她要在里面装满啤酒,她喜欢喝个烂醉,这我再清楚不过,我准备跟她说不行,你别想着喝酒了,可她却开始往里面放家里所需的东西:甜面包、牛奶、咖啡、茶包、香肠、奶酪和给孩子们的礼物。她看着标签,好像能读懂罗马尼亚语一样。我跟她说不必她来买,我可以负责,可她并不听我的,接着往购物车里装饮料、不同口味的果汁和几瓶气泡水。格斯马尼可没人喝气泡水。既然她已经在购物车里装上了给大家的东西,她再放上几大瓶啤酒时,我便不好说什么了,我知道她总归是要买啤酒的,但她要是想喝醉,我可不许,她现在挺好,她在布加勒斯特依自己的性子闹够了,在我家里可别想这样,她得听我的,不过我后知后觉地想到,她是想要大家一起喝,这倒不错,我放下些心来。她若只是为自己买,应该会买几罐罐装的,好塞进口袋里。她花在啤酒上的钱反而比花在矿泉水上的少。我不知她注意到了没有,其实,假如她不是跟维京人那样豪饮成性的话,我倒要劝她说最好别买水,只买酒了,在家里我们可以把水煮开,喝的时候放上柠檬，但考虑到她的酒量，我什么都没说。何必要跟她说啤酒比水便宜呢？邀请她喝醉，测测她的定力吗？不过她也不傻，肯定是注意到了。让我觉得好笑的是，她买了几份报纸，好像真能读懂罗马尼亚语新闻一样，操，为没用的纸张花钱，不过更叫我发笑的是，她往购物车里装了一袋四公斤的宠物粮，还有几罐给狗吃的湿粮，我简直要笑出声来，之所以没笑出来，是因为周围还有人，现在人都爱嚼舌根，评点别人，我得止住她的手，向她解释，那些狗是见什么吃什么，已经习惯了吃剩饭，我还说，她买狗粮的钱可以用来给家里买更多的食物，或是啤酒，或者给她自己买些东西，可我改变不了她的主意。好吧，可怜的狗们，我最后许她带上狗粮，狗们也值得吃顿祭席嘛。走出超市，我再也憋不住，不停地笑了好久，因为在格斯马尼，没人会为那群散养的狗买特制的吃食，她带回去的狗粮都够为一整个名犬锦标赛供粮了。家里人也会笑她的，这我提醒她了，可她不以为意，她就差给拉卢卡买烟了，但她没买，这样最好，我想她是忘了，毕竟她们处得挺好。

她什么都拍，这也让我觉得好笑。她在布加勒斯特和康斯坦察一张都没拍，可到了乡下，她拍鸡，拍狗，拍水井，拍市场，拍布胡希的街道，拍路上撞见的一辆马车。或许她也给土厕和奶牛拍了照，好吧，她要觉得有意思，爱做什么就做什么好了，但希望她别把照片传到 Instagram 上，传到网上去，我不知道。操。路上我们差点撞上拉车的马，那可够"达契亚"受的，我跟她说马车是罗马尼亚的出租车,她看上去真信了,我只是当个笑话对她说的,但好吧,我们也确实把马车当出租车用,但只是为了运货。她给我们看见的所有马车都拍了照,兴许还要照更多,她是真喜欢马车,但是,不知道,牛啊,马啊,这些寻常的动物也能吸引到她,这倒让我惊奇。莫非对她和她的文化来说,羊驼或者鹦鹉才是寻常的动物?我要是看到羊驼拉车,也准会拍上一堆照片的。我那时没和她说,我已经约好了一辆马车来家里,把我父亲的墓碑拉去墓地。她若是对刚刚那辆马车感兴趣,过几天她便能在我家庭院里再近距离地看到一辆了。

★

我拿起在超市买的报纸和狗粮，走向畜栏。

我走过奥维迪乌带我参观的地方，期待着动物们如之前那样出现。也许奥维迪乌说得在理。给狗买来那么些食物并没有意义，它们随处都能找些什么吃。我幻想着它们被狗粮包装袋的响声引来，自我手上取食。

我想到那头奶牛。我第一次见奶牛是在上幼儿园时，在我们组团去参观的一处畜棚里。我记不清那头奶牛的模样，但记得它湿润而骇人的鼻子，也记得喂给它一把草料时，它伸到我手上的粗糙的舌头。我想，那猛兽要从胳膊开始，把我整个吞吃掉了。我从没见过活生生的动物皮肤，那厚重黏稠的毛皮颜色不均，质地不匀。多年后，我会见到一个烧伤病人，那失掉皮肤的溃烂血肉将使我想起那头牛的鼻子。

我在土地上继续走着，寻找狗群。我又回到奶牛的住所，可它这次见到我，却表现得躁动不安，和先前任我抚摸的那头牲畜判若两牛。一种携带敌意的热气从它身体里散出，它好似由牛奶、牛粪和内脏组成的暖气片。

我经过土厕边上时，尿液中散出的氨味充满我的肺部，那瘴气也提醒我：我有了尿意。我打开木隔间的门，门闩是一枚锈蚀的钉子。我走进土厕，靠近便椅上的圆洞，倾下身子，好似自高层的阳台探出身，观望下方来往的车流与行人。底下的空间没有止境。我因恶心而感到一阵眩晕。那装满屎尿的洞穴将我吸引。在那污秽与腐物之下，横亘着我们的存在的纯粹基础。整个宇宙的起源，圣经中创世纪前的黑暗。

膀胱有灼烧感，我走出隔间，脱下裤子，我的目光紧随那股橙黄色的尿液，它为庭院中的黏土封上一层釉子，当我抬起头时，看见一条狗在庭院深处观察我。

那是条烟草色皮毛的短毛狗，乌黑的吻部在黏稠透明的口水下显得闪亮。它的身体如腊肠犬一般修长。虽说无人照料它，它看上去仍是一副富态、足食的模样，然而，它的肥胖实是腹部的肿胀。它短小至极的腿脚颤抖着，从中可以看出它的脆弱。

我提上裤子时，它靠近过来，嗅嗅我的尿液。我拿起狗粮袋，狗给我领路；它在一方干燥的地面前停下，看着我，仿佛能读出我的所思所想。它乌黑、浓烈、不对称的双眼在皮毛的映衬下格外显眼，好似木头上的灼痕。我摊开几页报纸，倒上一点狗粮。我站到一旁，看它如何用嘴啃吃那些彩色的小球。

两只先前躲在干草堆里的黄色粗毛犬出来围住我。第一眼看上去，两只狗一模一样，只不过一只的吻部较另一只的更宽更黑。它们体形中等。我蹲下时，它们的头与我的头一般高。又有三只狗快步从畜栏外进来。

头一只个头很小。它的毛发杂乱茂盛，颜色和庭院相同，混杂着铅色和脏赭色。它与环境相处融洽，故而显露出一种本乡犬的气质，一种归属感。它不露声色，可我感觉它是最快乐的一只动物。它突出的眼睛和扁平的鼻子（可能遗传自狮子狗）赋予它一副活泼的笑颜。第二只狗个头中等，尾巴夹在腿间。在我眼里，这姿态比起恐惧，倒更像是羞愧。它的皮毛发灰，它的体态挺拔，从中可以看出它雪纳瑞先祖的遗风，可那又长又粗的尾巴破坏了它们这一族的身材比例。第三只比那雪纳瑞更高，但比前者还更瘦。它的四肢长而多毛，如破旧的绳索。它缺了一只眼，剩下的那只眼是琥珀色的。它蓬松的白色皮毛上零散点缀着棕黑色的斑块。

我在狗群中站起身，它们退开些距离。我拿起狗粮袋，在报纸上撒下好些食物，

那些狗慢慢地吃着。那或许是它们头一次尝试那些由油脂、面粉和内脏制成的火山岩般的小球。它们小心地咀嚼着。它们的颌骨已然习惯磨碎骨头，它们的味觉可以在垃圾堆中分辨出食物的质地，可它们不知如何咀嚼或用吻部衔住那些珍珠状的食粮。

我走到离狗群稍远的地方，<u>坐进一个干草堆</u>。当我正观察着宴席上的食客时，最后一只狗出现了。

❄

  我想，带她来这趟旅行，确实是让她好了些，我看她现在更清醒，更勤快，脾气也小了。拉卢卡告诉我说，她在畜栏那边和狗玩，其乐融融的。她今天帮我挂上了帷幕，收拾了院子，还帮忙做了饭。看老师做那些事情挺怪的。从前，我只能在课堂里见到拿着书本的她，想象不出她不读书，不在黑板上写字，而是做其他事情时的模样，我不觉得她会很多家务活，她病后，我更是这么觉得。那时我真的觉得她什么都做不了，打理自己也好，做早餐也好，可现在，我发现她是个做家务的能手，她很适合做那些活计，我喜欢她这样，好像换了个人，成了个健康、平静、有教养的女人，不过在这趟旅行之前，我也一直觉得她有这些品性，但把她视作一个离了药物就不知如何是好的迷惘女孩，而在村子里，她变了样，改头换面，我甚至忘了她是我的老师。我们配合得不错，我知道，只要我们在这儿，就能照管起整个家来。彼得鲁斯什么都不干，总是找个由头，早早开溜，说是有很多工作要做。今天他说自己太累，于是躺上了沙发。老师和我做起饭，要不然谁都没得吃。我不想惹事，便没说什么，但冲拉卢卡吼了几声，让她挪挪窝，帮帮忙，她只知道抽烟，还有像喜鹊一样唠叨。孩子们从学校回来了，饿得半死。孩子们总饿，父母没让他们养成按饭点吃饭的习惯。这不是第一次了，我母亲也知道这混乱的光景，我和弟弟说，连狗都有自己的饭点，孩子们却不分时间，在厨房见什么吃什么。他们径直来找吃的，翻遍购物袋，父母只给他们白面包，随便配上点什么，还有汽水，倒不是他们没有钱，他们的手机是最新款的，可储藏室呢，空的，孩子们吃的最健康的东西是外边的母鸡下的蛋，还有就是我母亲从意大利给他们寄来的罐装金枪鱼和沙丁鱼，他们像流浪猫一样，直接对着罐头吃，他们的父母没有那个本事帮他们把食物摆在餐盘上，再配上蔬菜和刀叉，这都什么事啊，他们还没到直接把头伸进去吃的地步，那也是因为他们有手，他们上手吃，永远都脏兮兮的。我看着他们，感觉在他们身上看到了几颗虱卵，希望是已经死了的。我打算告诉拉卢卡，不过我知道她不在乎的；我最好是亲自帮他们检查，假如等她来做的话，我们早被虱子吃尽了，我不知道她为何一点没有那种照顾人的母性本能。过往，我母亲常从井里打水来，把水烧热后，用澡盆给我们洗澡。她先给彼得鲁斯洗，彼得鲁斯年纪更小，因此没那么脏，用不了多少肥皂。那时他还是个婴儿，身上常沾上奶渍、粥渍，不过他有时候也会把屎拉得全身都是，只好给他单独洗。彼得鲁斯剩下的洗澡水用来给我冲第一遍身子，我是真的脏，我爱爬树，和狗一起打滚，在干草堆里玩。妈妈不浪费一滴水。我和彼得鲁斯洗完澡，剩下的脏水都浇给苹果树，那树总能产果子。拉卢卡和她的孩子们一样脏，她像养猪一样养孩子，留孩子在身边，不是冲孩子吼，就是指派他们做事，她只用一只盘子给两个孩子盛吃的，彼得鲁斯吭都不吭一声，他肯定是怕那吉卜赛女人诅咒他，他怕她，可他照样和她在一起，一起遭罪，这是因为他爱她。他刚认识她时，我们就和他说了，那吉卜赛女人会像捆驴一样把你捆住，你就得跟着她走了，事情也确实是这样；拉卢卡怀了孕，从此他们就在一起了，操，有时候我会想，彼得鲁斯都没见识过别的女人，不知道，可能是吧，谁知道呢，彼得鲁斯话很少，话少的人最糟。不过，他就算找到比拉卢卡更好的女人也一样，到头来还是这样，被捆住。彼得鲁斯和我父亲挺像，可我父亲不是个窝囊废，他手巧，总在修理东西，或者寻些事做，这让他对女人不那么感兴趣，可彼得鲁斯什么都不会，能让他对别的女人失去兴趣的，只有拉卢卡的叫喊声，她只消一个词就能把他震住，还有就是他的懒惰，他太懒太懒了，要找别的女人消遣，得做事，做计划，做改变，可他什么都不愿做，想都不愿想，他只喜欢静静待着，他肯定连做爱都懒得做，要不然，他们该不止两个孩子了，但这样更好，既然不会养，生更多孩子做什么呢。母亲和我供养着他们，她从意大利汇来欧元，我从挪威汇来克朗，只为着他们干躺着就能活得像罗马皇帝和北欧国王。我是为了那些小家伙汇的钱，我担心的是他们，所以，见他们还没装上自来水，把那些东西都堆在浴室里，任它们变质，我气得不行，他们宁愿在污秽里生活，他们这样挺开心。我不理解，操，真的不理解。我不理解，为什么他们有装自来水的条件，还能够忍受没有水的生活，可我看到他们那副快乐的模样，我不知道了，这让我痛苦，不知道是出于嫉妒还是什么，可能有问题的是我，操，我不知道，这也让我生气，想到我可能把一切都搞错了，我走上了错路，在外国累个半死，什么用也没有，就为着哪天死在路上。

★

　　那是只小狗。它的毛发短短，色彩近似油污。第一眼看去，我感觉那是只狗崽，但我也不全然确定。很难判断它孱弱的身体是凄惨环境造就的结果，还是年龄短浅所致。那小动物走来，闻了闻我。它的眼神也是黑色的。它摇晃尾巴，在我身畔坐下，看向其他正吃着狗粮的犬只。那小狗也想吃，却又不敢上前赴宴。我从干草堆上起身，它退开身。我四肢着地，用头示意它跟在我后边，去食物那边。它靠近过来。我抚摸它的脊背和脑袋。它的毛发柔软，但像潮湿的木炭一般暗淡无光。我站起身，和它一起向狗群走了几步，直到它们停下了嘴巴。它们视线不离食物，口中发出几声低吼以示威胁。黑色小狗站在原地。我坚定地向狗群再迈一步，示威一样，猛地一跺，拍响这张由我亲自设下的宴会餐桌。六条彩狗散开，最终，小黑狗成功走到了食物旁边。它嚼了几口圆形食粒，宴席得以重新开张。我站在它身旁监视着，确保它免受狗群的攻击。

☀

　　我知道钱买不来幸福，可我的确帮你平了好些事，已经够意思了，我给你屋子住，给你饭吃，要没有这些，可做不了别的事，成家立业都甭想，有梦想是不错，可也得现实一点。我有房有车，现在还要有个老婆了，是，我知道只是假结婚，可娶老婆成家也一直在我的计划内，不在计划内的是杰奥尔杰塔，是，我知道这是帮忙，但或许呢，如果我适应了她，真让她成了我的老婆呢，但我不知道，我觉得这事成不了，因为，嗯，她倒不丑，挺好看的，但我不知道，我不喜欢她，她确实生得漂亮，可漂亮也不成。但是，嗯，就说我能接受她吧，怎么样，就这样吧，不想太多，我就先只说她的身子，她身子长得不坏，我说过的，她不丑，所以就从这儿讲起吧，我适应了她，一切都好，当然她的身子和脸也会随时间变，我知道人们都会随着时间变，我们都有老的一天，我不盼着她一直像个模特一样，她现在也不像个模特，可她确实是漂亮，我是说，嗯，我不喜欢杰奥尔杰塔的地方在于，我跟她聊不来，没错，是这样，没错，这是我的问题，不是说她傻，但我就是没法和她说我感兴趣的话题，我也不是什么都感兴趣，我不想那女孩像维基百科似的，可我和她什么都谈不来，连天气都聊不来，我试过了，她不理解我，我说过的，那女孩不傻，可跟我处着，我不知道，每次和她说话，都跟自言自语一样。我和她说我自己的事，谈到私人话题的时候，她总是那几句，要么就是重复我说过的话，和她聊天就像在跟醉鬼说话，而且我们用的是罗马尼亚语啊，即使这样我们也没法理解对方。完全理解不了。我和老师说话的时候，是能理解的，用挪威语也好，用她的母语也好，甚至用英语也行，我不知道，可能因为她是教语言的老师，对词语理解得更多吧，她能听懂我说的话，即便在我说得一团糟，说得比驴还差的时候，她还是能懂我，我累极了就会这样，我说得不好，或者干脆不说话时，老师也能理解我。我不和杰奥尔杰塔当真结婚，只是帮个忙，这我明白。安德烈希望女儿自力更生，学习进步，找到自己的路，但愿她能找上个善良的、有工作的挪威人，别碰上个吃政府福利过活的。希望她认识一个勤奋、诚实的挪威人，顺便也给我多介绍些挪威人，我认识的几个挪威人都挺不错的，可他们都同你保持距离，我没能和其中的哪个交上朋友，是，对，我知道这不容易，我们罗马尼亚人名声不好，现在所有外国人的名声变差了，连我们这些生在欧洲的白人也不例外，都怪那些黑帮，还有吉卜赛叫花子，他们也算一种黑帮，但是没人信，大家还可怜他们，给他们的小杯子里装满硬币，那些硬币在这儿可算是巨款了。杰奥尔杰塔可以找个挪威人结婚，可如今挪威人既不相信罗马尼亚人，也不相信爱情，好吧，嗯，他们会相爱，可和我们不是一个路数，他们的爱情简直像同事间的情谊，一切都商量好了，做爱时间都定好，好让孩子在合适的日期出生，免得错过新学期，比起夫妻，他们更像是合伙人，他们很务实，务实是不错，可也没必要走极端啊。我的父亲母亲是因为爱情结的婚，两人都是穷光蛋，这种事情是有它的可贵之处的。他们两人努力工作，如此有了孩子。父亲死后，母亲为了我们继续拼命工作，为了养活我们，她出了国。彼得鲁斯直到今天还哭哭啼啼的，说些傻逼话，他就是个傻逼，彻头彻尾的傻逼，说什么母亲抛弃了我们，他想说服我，一有机会就说这个，就跟博格丹抱怨维奥丽卡一样，博格丹和彼得鲁斯是对绝配，两人都是这样，永远靠着别人，有什么坏事都怪给母亲，自己懒散，或者嗑药，都是母亲的错，找那么个借口哭哭啼啼，多简单啊。我能明白父亲去世后母亲作出的牺牲，我刚成年就去和她一起工作了。她照顾老人，我采摘西红柿，彼得鲁斯呢，一切都好，在罗马尼亚的太阳底下躺着过活，一根手指头不用动，就收到我们赚来的好大一部分工资，他现如今还是这样，一根手指也不动，要是动手指，那也是为了挠挠蛋蛋，或者赶走苍蝇。现在，他说自己没法出国，不能丢下两个孩子和妻子不管，他说他在本地找过工作，但没能找到，罗马尼亚没有工作岗位，失业率啊，腐败啊，他怪罪一切。他总是这样说，母亲信他，以为他不出国工作是因为爱自己的孩子们，我也不是说他不爱他们，可他要真爱他们，就该为了他们作出牺牲。彼得鲁斯刚学会做爱，就当上了爹，操，拉卢卡怀上奇普里安的时候，事情已经是无法挽回了，好在我的侄子和他父亲不像，我看见那小子给他妹妹做吃的，他照顾她，保护她，不让她孤零零的。有些好品质应该是淌在血液里的，而不是从言传身教里学来的，要不然，那小子也得躺着抽烟喝酒了，不过那小姑娘确实有点让我担心，她的性格和拉卢卡一样；而且，她又漂亮又狡猾，总想用自己的魅力折服你，另外，她还喜欢礼物。那女孩成了个吉卜赛人。希望她别和她母亲一个样，希望她哥哥教她学学好，引她上正道，操，她未来会怎么样啊，变数可太多了。

★

彼得鲁斯是奥维迪乌的负片。我在家中餐厅头一次看见他时，便是这样想的。他友好地向我打招呼。他的微笑让我想起索林的笑。我听奥维迪乌抱怨过那么多次自己的弟弟，以至于他在我心中的形象并不美好，可彼得鲁斯是反向的奥维迪乌，是奥维迪乌的照相负片。他们的五官相似，然而奥维迪乌脸上暗色的部分到了彼得鲁斯脸上反倒成了亮色的部分：他有金色的头发，黄色的眼睛；他的皮肤是沙黄色的，和奥维迪乌的不一样，后者的皮肤在那么多个北欧的冬天里暴露于外，因而日渐苍白。

从体形与五官看来，拉卢卡和彼得鲁斯的孩子们是父母的复制品，但外表更为鲜亮，遗传学的游戏调换了颜色。奇普里安，年长的孩子，有拉卢卡的色彩，而小女儿达娜则带着彼得鲁斯的色调。

我们围在餐厅的桌边，一如我之前在畜栏中见到的狗群。奥维迪乌端来食物。他做了道炖鸡，浓厚的番茄汤底中泡着土豆与胡萝卜。我们冲着盘子一拥而上。奥维迪乌坐在桌首,我对面是拉卢卡和彼得鲁斯,两人吃饭时头也不抬。我坐在两个孩子中间,他们狼吞虎咽地吃着鸡肉块,把嘴和手都弄得脏兮兮。他们说着话,嘴里塞满了食物,我用 T 恤衫的袖子给他们擦下巴和脸颊。每人一只袖子。除了番茄炖鸡的红色油渍,达娜还在我手上留下一串晶莹的鼻涕。

拉卢卡收起盘子,把剩下的食物倒进一只塑料桶。桶里的果皮、成块的水果和蔬菜、或生或熟的肉皮和骨头都泡在散着醋酸味的乳白色汤水里。你不用给狗买吃的,这里多的是,奥维迪乌看着桶说。

桌子擦净后,我在从超市带回来的东西里找寻给孩子们买的礼物,还有瓶装的啤酒。我像摆放供品一样,把它们全都摆放在桌上,各取所需。彼得鲁斯开了啤酒,拉卢卡拿来三只杯子。孩子们拿走了盒装橡皮泥、海绵蛋糕和巧克力蛋。

✦

　　我和彼得鲁斯讲得很明白，让他别逃开，帮忙搬爸爸的墓碑，墓碑得运到墓地去，可是，操，这家伙向来不说"行"或者"谢谢"，这不费劲，可他就是不说，他做不到，他受不了，总要添些别的话：行，但是我背上疼，说不定发生在爸爸身上的事也会落到我头上，那浑蛋这么跟我说，我弟弟是个浑蛋大赛的冠军。我没说什么，因为我不想把侄儿们吵醒，可是，操，这家伙也太浑蛋了；我动了气，指责说他对孩子们疏于看管，请他明白，要不是我们做了饭，那些孩子晚饭还得直接对着罐头吃金枪鱼，于是他有点生气，说真是多谢，可没人逼你做饭。那家伙不只浑蛋，还不知感恩，而且还懒。连他女儿都谢过我做的热饭，他儿子也帮我收拾了桌子，你不配拥有上帝给你的孩子，我对他说，可他依然看着手机，喝掉最后一点啤酒，打了个嗝儿。
　　我父亲是会干活的，到死都在干活。他去帮女邻居搬几块砌墙用的石头，心梗了。说来难让人信。妈的。村里头嚼舌根说那女邻居是他情人，说他是做爱时死掉的，人们就是这样，让他们说去吧，对我都一样，况且我母亲也说不会的，不可能是那样。说实话，我觉得我母亲在国外时，我父亲是有可能和别的女人上过床，他和别的男人一样，都有自己的需求嘛，但我发誓，就算我父亲有情人，也绝不会是那个女邻居，嗯，首先，他要找情人，也会往更远处找，我父亲又不是傻子。我父亲死时，我母亲正在罗马尼亚，人的预感就是这样。我赶不及葬礼，所以七年之后的现在，由我负责办祭礼，这是我分内的事，也是与父亲告别的第二次机会。我母亲当时赶上同他告别了，她只是恰好在那儿。她说她预感到有什么事就要发生了，可她以为事情会落在彼得鲁斯，或是她那尚在襁褓中的孙儿的头上，于是她腾出几天时间，返回罗马尼亚，她那时还想劝彼得鲁斯去意大利工作，让他上进些，让家里人过得更好。对，是的，我母亲相信彼得鲁斯，特别是那时，他快要成年，母亲觉得他是个成熟的人了，可他明显不成熟，那家伙一点没变，还是个不负责任的孩子，一个整天黏着拉卢卡的懒汉，抱着婴儿抽烟，当然啦，我父亲照料他们俩，也照顾他的孙子，父亲已经不是做这些事的年纪了，操。他们占他便宜，还不尊重他，我气得要命，帮邻居搬石头的事情还是母亲要求他做的。我母亲和那邻居至今还是朋友，因为这个，我也不觉得那女士会是父亲的情人。总之，谁知道呢，她也是个女人，父亲要是有了需求，那女士就在边上，我不知道，有什么差别呢，不过我还是觉得我父亲很难和她有一腿，那邻居也许是年轻些，但也不漂亮。我父亲要是有别的女人，找的也该是比我母亲更漂亮的女人，人为什么要和更差的搅和在一块儿呢。我母亲很漂亮，我可不是因为子不嫌母丑才这么说啊；反观邻居呢，毛发生得旺盛，她的皮肉倒是紧实，这不假，可那也多是因为她体形敦实，她膨胀的肉体把皮肤撑得紧绷，她与伐木工人一样，有宽阔的后背，她牙齿黄到近乎发黑。我不难相信，那邻居确是喜欢我父亲，毕竟，很显然，我父亲友善、礼貌、有魅力，又总穿着熨过的干净衬衫，那女人一个人生活，照料孩子，丈夫又在德国工作，因此，不难理解她会想勾搭我父亲。事情是，我父亲在女邻居的院子里僵了过去，紧挨正砌着的墙。他们要是情人，他应当死在邻居的床上，或者死在她家里才对，可人们长了张嘴，就忍不住要说。我父亲心梗时，邻居把他的衬衫解开，爬到他身上，试图让他苏醒过来，这是她自己说的。别的邻居到场，看见我父亲敞着衣裳躺在地上，邻居骑在他身上，尖叫着按压着他的胸部。因此，人们就开始说三道四，恶语相向，他们也没什么别的可做的，嫉妒心就是这样，谣言就是这么来的，谣言说我母亲或许知道他俩是情人，说她或许无所谓，说她或许托邻居在她去意大利时照看父亲，说邻居的丈夫或许托我父亲在他去德国时照看他的妻子，说这或许是两位妻子之间的约定，两位先生之间的合约，他们是这么说的，不无道理，确实，邻里间是会这么商议些事情，可事情并不是这样，听上去合理，可并不是这样，事情是，那天早上，我母亲去了曼加利亚拜访维奥丽卡，她还在路上时，我父亲便死了。她抵达曼加利亚时，维奥丽卡正带着消息候着她，母亲便从她口中得知了丈夫的死讯。有传言说，我父亲是自杀的，因为母亲抛下他去意大利，而他一直没从中走出来，或者是因为我妹妹的死让他深受折磨，各种风言风语，典型的乡间流言，在小村子里和大地狱里都常能听见。甚至有人说我母亲跑去和一个意大利富翁结了婚。操。她要是有了钱，准把我们都带去意大利。我母亲确实交上了个男朋友，可也只有那一个，而且是我父亲死后很久很久的事了。还有传言说，女邻居和我母亲串通好，不说他是自杀，好让他别被葬在墓园外边，可他当然不是自杀，他干吗要在女邻居面前自杀？操，人们太蠢了，编故事都编不好，再说，我妹妹已经死了很久了。她死于感冒。她出生的时候，我还不到两岁，我对她没有任何印象，她死时才几个月大，支气管出了什么毛病，呼吸不畅，那时是冬天，她烧得厉害。父母做了他们所能做的一切，想治好她，可无济于事，那女孩的病情加重了，我父亲别无选择，只好找神父为她施洗，他觉得上帝的保佑或许能救回她，可洗礼过后不久，那女孩便死了。我父亲觉得她是因洗礼的水着了凉，才死去的，他感到愧疚，这不无道理，神父们会把孩子们放进凉水里，没错，神父们很是虔诚，可他们中的一些人并没有同情心，像漂白皮革，或者给鸡煺毛一样，把孩子们泡进圣水里，那水虽然神圣，但也冰冷，而他们自己却在法衣外面套上一层层披肩，裹得严严实实，还受着上帝的护佑。我母亲试着说服他，安慰他，这我亲眼所见，我见到我的父亲哭了。爸爸，你为什么哭，我躺在他身边对他说。我没有哭，他吼道。我的母亲来了，跟他说这不是他的错，是该要为她施洗的，因为那孩子得了那病，活不下来的，让她身上带着原罪死去更是糟糕。每当他们哭起来，我就藏在床底下，或者门后边，两人都哭，我能听见他们俩的哭声。我父亲比我母亲哭得更大声。好在我看过父亲哭泣，我也哭过，有几次，我突然开始哭，就这样，没有理由，就是想哭，我总对自己说，我是为了罗马尼亚，为了我的家人哭，因为我孤身一人，操，我不知道，这并不容易，但有时孤身一人也不坏，我不知道，有时我会哭，仅此而已。要不是看过父亲哭泣，我恐怕很难学会掉眼泪，不过的确，我从不在人前哭，我不想被人说成是娘娘腔，也不想被人找见软肋，不然往后他们便要蹬鼻子上脸。人就是这样的。

★

拉卢卡和孩子们睡在壁炉边的床上。餐厅另一边，兄弟俩还坐在桌边，不怎么说话。明暗颠倒的皮肤与毛发是一面基因之镜，两人都是对方在镜中的影像。

我从餐厅出来，回房间拿洗漱包和毛巾。我回来时，兄弟俩都在盯着自己的手机屏幕。我仿佛感到他们中的某人在哭。空气中有泪水的潮湿。我从壁炉上取了点热水，倾倒入一只塑料桶中，桶里装着剩下的从井里汲来的凉水。

外边是乌黑的环形夜色。我打开手机上的手电筒，走到畜栏的尽头。干草垛做了我的梳妆台。我把洗漱包、毛巾和充当台灯用的手机都放在草垛上。布置好这些，我觉得自己可以安心地排空膀胱了。我蹲下身，释出长长的一股尿液。

腹部仍是刺痛。我的阴部散出氨水、死鱼、酸牛奶和湿头发的味道。

我脱去裤子，试图洗去残留的尿液与脏污。从我腿间淌下的水流积成明亮的一洼，照亮了我的那只小狗的身影。它走上前来，在我冲洗时闻我。肥皂水继续从我的腹股沟、大腿和臀部滴淌而下，它的吻部扫过那脏水。

我半裸着蹲在地上，用双手舀来清水，喂给它喝。它的舌头舔遍我整个手掌，扫过骨头上的凹陷，凹陷处即是我的指节。我给它喂了好几捧水，在身体的孔洞间感到了它温热的动物气息。寒雾带来的刺痛穿过尿道。寒冷切割着我的内脏，它温热的舌头使我稍感缓和。温暖的动物舌头如天鹅绒一般。从我阴蒂的小巷开始，直至那块覆着我仅剩尾椎的尾巴的尖尖厚肉结束，那道崎岖乌黑的缝隙吸收它口水蒸腾出的尾迹，如受下一剂舒缓药膏。

我再给它喂了些水，用剩下的水清洗它的眼睛和吻部。

我穿好衣服。小狗没有离开我的身边。我看它发着近乎银色的光亮，像一尊象牙为齿、白银做眼的玛瑙雕像。

我从来没有过宠物，我想。我的手指滑过它的背部，从臀部摸到肩脊，注意到几个肿块，摸上去如同紧黏在毛丛中的簇簇蓝莓。

它身上长满了蜱虫。

蜱虫呈球状，色泽灰亮，宛如体温计里装满水银的玻璃尖。小狗全然信任我，把身体交予我。我为它检查时，它一声不响，一动不动。

我让狗躺在一个草垛上，抓住它的后颈。我把它放在电筒光下，并从洗漱包里找出眉毛钳，开始为它除虫。蜱虫附着在它身上时，它并不疼痛，可每当我扯下一个害虫，我的小狗便叫一声，仿佛我扯下的是它自身的血肉。

我把虫子在手指间捏爆，它们的血液染红了我的皮肤。那血液的气味并非惯常的金属味或不锈钢味，令我忧心，它闻起来像脓水，像腐烂之物或破裂之物，像剥落下来的活生生的血肉。或许所有的血液闻起来都是如此，并无金属的气味，我想。为什么血液要有金属味呢？早在任何金属被锻造出来之前，这液体便已广泛存在了，血的存在先于刀的存在。原始人该如何描述血的气息？他们被石头、树枝划出的伤口散发出怎样的味道？他们追猎的受伤野兽散出的温热猩红的香气又是什么？我的狗的血液为蜱虫所消化，闻起来像生命的周期，像动物的发育。

我在手上涂抹抗菌凝胶，捋过它的皮毛。我收好洗漱用具，从包里取出一片镇静剂。我把四分之一片氯硝西泮塞进它吻部的深处，它毫无怨言地吞了下去。我关掉电筒，靠在它身旁。我轻抚着它，直到它的四肢绵软下来，没等它趴到地上，我就把它抱起来，塞进水桶里。

那小动物从蜱虫的折磨中缓了过来，毫不困难地在温热的塑料桶里安顿下来。它蜷作一团，我为它盖上毛巾。按桶上的刻度来看，这是一条五升的狗。我从后门进家，用我的羊毛衫把它裹住，藏到床底下。它的身体全然松弛，耳朵和鼻子冰凉，可它仍在呼吸。我把它安置在羊绒上的时候，它微微睁开眼，我在它的眼神里看出了平静与感激。

等待奥维迪乌的时候，我在手机上查看了一些有关狗的网页。

  母狗没有更年期。
  狗的鼻子是独一无二的,就像人的指纹。
  同一胎生出来的狗崽可能有不同的父亲。
  狗会抑郁。
  母狗可能因荷尔蒙失调而误以为自己怀孕,进而发展出怀孕时特有的行为与症状。
  狗曾被指控使用巫术。
  第一只进入太空轨道的哺乳动物是一只母狗。
  狗可以学会二百五十至五百个词语。

☀

　　我不知自己是怎么了，有时感觉在做白日梦，或者是喝醉了，但并不是真的醉了，因为我比谁喝得都少，况且，晚饭桌上所有的瓶装啤酒加在一块儿，也不够把我灌醉的。我说自己喝醉了，是因为一切都那么奇怪，我开始不停地想些琐事，因为酒精把我的大脑给润湿了，可是，嗯，因为我的老师躺在我家的草席子上，那草席该有一千岁了吧，我的老师在这里，和我在格斯马尼一起睡觉，因为，对吧，这一切都很奇怪。几周之前，我都没法设想自己在这里，不是因为我想忘了故乡，虽然我的确不喜欢这儿的许多东西，但是我永远不会忘了本，我申明，我和其他罗马尼亚人不一样，和那些到了机场就忘了自己是罗马尼亚人的人不一样，那种人太多了；但不是的，不是因为那样，并不是我不想做罗马尼亚人，只是有时候，我没有置身此地的感觉，或者说，我感觉自己不在这里，但不是说我不属于这里。我忽然很害怕，可过了一会儿，一切又正常了，可那并不正常，怎么可能正常，我感觉自己在别的地方，可同时又在这里，就像电影里，周围都是摄像机，我感觉过会儿就会走出镜头。差不多吧，我同时有两种感觉，比方说，我看到她在这里，操，我知道是我带她来的，可我不明白她在这里做什么。我开始犯糊涂了，可大概就是这样，嗯，我看到她在这儿的时候，就知道我也在这儿，是的，对，我像是在讲些傻话，我当然知道了，操，但是好难解释。嗯，我和她在一起，一起在这里，这让一切都变成了另一个世界，如果她不在这里陪着我，我就不会是现在这样，或者说，如果我一个人来，就不会有这些想法了，我是这么想的，我不知道，我不懂，操。可能我太累了，变得疯疯癫癫，我怎么知道，我在曼加利亚没有这样，我们在维奥丽卡姨妈家里的时候，就像是度假一样，在布加勒斯特也一样，住在首都饭店那会儿确实有些奇怪，我之前从没在那里待过，可那时我也没怕，没觉得自己在做梦，现在我在自己家，倒像是在做梦，甚至在那种我不习惯的高档酒店，一切也显得更正常。现在我在土厕里撒尿，我回想起首都饭店的瓷制马桶，我穿过院子，心里想着酒店的大理石，我想念酒店，好像那里才是我家，好像我就生在和首都饭店一样的国家，甚至不是生在布加勒斯特，因为布加勒斯特的生活对我也不正常，对我来说，那并不是罗马尼亚，可是我已经不知道什么是罗马尼亚，什么又不是罗马尼亚了，大概就是这样。现在她在这里，躺在一张草席上，在罗马尼亚，等着我睡觉，我只能看见她的头发，我觉得她是一个罗马尼亚女孩。操。我不知道自己是不是希望她是罗马尼亚人，但有时候她看起来确实像罗马尼亚人，很像。我要是一直看着她的头发，我会觉得她是个罗马尼亚女孩，从她的脸看来，她也可能是罗马尼亚人，可是她的脸型中又包含着什么，让我意识到她不是罗马尼亚人。我之前在看一部电视剧，内容关于未来，那时的机器人能辨识出人脸，可以找出人眼辨认不出的伪装者，大概就是这样，现在我的眼睛看到的光景大概就是这样。当我看到她和拉卢卡站在井边，看到她在晚饭后和孩子们玩耍，我会感觉她像是家庭的一部分，可之后，她又做了什么动作，或是站到某个地方，于是我发现她并不属于这里。我不知道，我想起了什么，我觉得看到她在这儿，和我家里人这么近的时候，我就会想起我死去的妹妹。是，我没有关于妹妹的回忆或者印象，但她本可能是我的妹妹，或者说，我妹妹本可能像她。我当然没法知道如果我妹妹还活着会是什么模样，但肯定和她长得不一样，因为，首先，我妹妹的岁数会比她小，也会比我小，可我不知道，我想，或者说我感觉吧，我妹妹在性格、想法上会像她，我想我妹妹也会喜欢画画和阅读，她肯定会做老师，至少我喜欢幻想她是那样的人。有一次，我听说地球上的所有人都有亲缘关系，甚至有一种线上医学测试，可以让你查看自己的血统，他们会看你唾液中的基因，进而知道你的血液成分，知道你在过往时代里的亲戚。也许她有罗马尼亚血统，也许我有南美血统。是有可能的，怎么不可能呢。我说西班牙语说得挺顺口，我也听说过，要是你学一门语言学得很容易，那是因为你的祖先，或者说，你的血脉在对你喊出这门语言，语言是一个人自带的，并不是学来的，是你生来就有，要慢慢想起来的，他们是这么说的，可能是真的吧，因为我想起上回被当成智利人的事，为什么是智利人，不是西班牙人呢，我问那个这么跟我说的家伙，他确实是个智利人，对，是那样没错，一个智利人以为我是智利人，就像我这么一个罗马尼亚人以为她是罗马尼亚人，可她又不是，大概是这样，总之，那家伙说我的眉毛像智利人，我有智利人的眉毛。我不知道这种事有没有可能，不过我现在觉得她有罗马尼亚人的头发，也许有人有中国人的耳朵。我不知道。不过，人们说，从屁股能认出拉丁裔，从屄能认出亚洲人，这话该有它的道理。也许那个智利人是我某段前世的兄弟，他给了我工作，他甚至不是老板，但他和老板说了，让他把我收下，在货运司机的课程上，他也帮了我。那智利人现在会在哪里呢。他教了我好些智利词语，那时我该记下来的，我已经记不得了，我只记得"pega"是"工作"的意思。你有"pega"吗？有次他这样问我，我不知道他是在问我要毒品，还是想给我找架打，不是说和他打，是和别人打，好像我是拳击手似的，他倒能当个拳击手，他是个壮汉，强壮得很，身子壮，精神强，可他并不记仇，那家伙有话就和你直说，把事情说个明白，也毫不委婉，毕竟事实就是事实。我好些次邀请他来罗马尼亚，可那家伙跟我说他害怕德古拉，操，没错，他当然是开玩笑说的，可没准他是认真的，那些非常强壮或者非常聪明的人总会有个白痴一样的弱点，是吧，一些没人会相信的弱点，或者说，别人怎么能相信他这样的家伙会害怕德古拉呢，他这个体形，他这个年纪，怎么可能怕德古拉，操，但谁知道呢。我不知道父亲的弱点会是什么，他会害怕什么，我不知道，我现在得在仪式上为他祷告了，我不知该为他向上帝祈祷些什么，让他从什么里面解脱出来，我不知道，让他从罪恶里解脱出来，当然了，可是他最大的痛苦或者恐惧又是什么呢，这我不知道。说实话，我觉得他什么也不怕，如果他怕什么，怕的应该也是什么愚蠢的玩意儿。这我可以问我的母亲或者教父，不过知不知道都一样。或许他害怕看见鬣蜥，因为他从没见过，鬣蜥又是热带的古怪爬虫，我可能也要怕的，我也没见过鬣蜥，老师呢，她是见过，她在 Instagram 上有张照片，身边尽是那些爬虫，在城市的公园里拍的，它们似乎可以在公园里自由走动，就像流浪狗一样，她像摸狗一样，摸一条巨大鬣蜥的背部，她不怕那些爬虫，也不怕狗，还越发喜欢它们了，操。但愿她不是那种对一只死狗大惊小怪，对世上饿死的孩子却漠不关心的人。愚蠢的人。我不觉得她是这样的人。但愿不是。不过她有次跟我说，她想变成纯素主义者或者素食主义者。我不知道两者有什么差别，不过都一样，那都是网络上时兴的东西，问题是，人得吃肉才能保持健康，是得照顾好身体，免得老了一身病，是，这没错，但我不知道，也没必要走极端，变成纯素主义者或者素食主义者之类的玩意儿吧，好，如果她再和我提起这事，我得问问她为什么，她要是跟我说为了健康，我要跟她说先把酒和药戒了，让她别跟个蠢货似的，她要是生我气，那就生去吧，反正我就要跟她说，操，就把话说得这么明白，是，我不会跟她说"蠢货"这个词，不这么说，但我会让她明白，让她好好想想，为了健康不吃牛排，但是还嗑药、喝酒，没这个道理；那些习惯不用改的，因为，当然啦，不，不，不，不，它们没什么害处，怎么可能，操。已经有太多醉鬼、毒虫、懒汉和傻逼了，这我清楚得很。

★

我被晨光唤醒,晨光之色宛如新近敲开的鸡蛋黄。奥维迪乌睡得昏沉。一层黄绿色的眼屎挂在他的眼皮边沿,散在他的睫毛之间,封住了他的眼睛,碎钻一般镶在他拉梅面料[1]的眼睛上。

小狗似乎预见到了我自梦中归来,开始抓挠起充当我床榻的木箱子。它抓挠的动作是那么谨慎,发出的声响甚而与草席的沙沙声混同在一起。我把头垂向床边,看到它四脚朝天地躺着。我担心是镇静剂让它头脑发了昏,但那小动物清醒着,正等待着我的目光,正如我等待它的目光。它似乎理解了一切:它身为地下动物的现状、我的镇静剂的效果、他人的鄙视和我隐秘的关心。它身子一扭,四脚着地,低伏着身体,肚子紧贴地面。它充满精神地摇着尾巴,它的尾巴是皮与骨的掸子,扫出一朵毛发与灰尘

---

[1] 一种含有金属纤维的面料。

的云。

　　我从床上起身时,小狗从它的藏身处跑了出来。我做了个保持安静的手势,它懂了。我把它抱在怀里,在庭院里放下。没有赶它走的必要,我才把它放下,它便跑向畜栏尽头,想必是要吃些什么,排空肠道和膀胱,四处奔跑,与狗群中的其他狗会合,过后再在它的干草藏身所里等我。

❂

真好，太阳出来了，这样一切看起来就不那么悲伤，即将要到来的事够让我们悲伤的了。太阳让人振作，也让我们慢慢暖和起来一点，昨晚我们很冷。太阳带来的暖意不多，但总比没有好。拉卢卡自认是咖啡专家，已经洗好杯子，做起我母亲从意大利寄来的咖啡，她当然没有意大利咖啡壶，是直接用水煮的，但我们也别太挑剔了。说到挑剔，我看她和狗玩得很开心，她在畜栏里很快乐，她早早起来，和我的侄儿们一起玩，他们今天没去上学，是，对，这不好，但是只一天两天不去也没什么大不了的，在他们这个年纪，学校里也教不了什么，他们上学就是唱歌、运动、涂画；那些东西在这儿也能做，能看出那两个小家伙不懒，他们看来是想在家里上学，他们知道了她是老师，便要她给他们展示各种东西，他们玩橡皮泥，涂涂画画，过得开心极了。那些虱卵让我担心。除了拉卢卡，我们都注意到了虱卵。昨天我对弟弟道出了些真相，让他顺便注意到，他的孩子们身上满是虱子，他生了气，那小肚鸡肠的当然会生气，我是故意的，我可不把他当掌上明珠护着，跟他就得把直接把事情挑明了。我感到有些丢人，得当着老师的面揪住小东西们的头发，好给他们清理，不过到头来，她也帮着我一起给他们除虱子了。操，真丢脸。不知道在她的国家里，老师们是不是也会这样除虱子。我不觉得会。不知道她会不会到处说罗马尼亚人都生着虱子，可她说了又能怎么办呢，要是我们这两个刚来的干净人从这儿离开的时候也长满虱子，那我就更羞了。操。我都能想象带着虱子回挪威的场面了。身上带着害虫，我们的形象该多糟啊，况且，我们外国人的形象现在已经够操蛋的了，吉卜赛人、小偷、懒汉、脏鬼、毒虫、强奸犯、走私犯，按国籍来分，是吧，有的挑，要是我们还带着虱子，他们的偏见还会更深，卫生原因，驱逐出境，对吧，那肯定的。挪威人是能干出来的，他们能收留支持恐怖主义的难民，就能让你收拾东西滚蛋，理由是他们不喜欢你的脸，不接纳你，行，拜拜。不过到时候再看，毕竟挪威人总能让人惊讶，我说过，挪威人脏兮兮的，没错，他们就是脏，这可不是诋毁他们，也不是所有挪威人都脏，但有些确实是脏，而且不在少数，他们是肮脏大赛冠军，他们不洗澡，上厕所不冲水，在马桶里留着大便的痕迹，这可不是因为他们缺水，挪威最不缺的就是水，人人都有冷水和热水；在这儿呢，要是谁不洗澡，那是因为没水，不是脏，而是穷，可挪威人是为脏而脏，从马桶脏到厨房，我开公交车，所以我知道，到了高峰期，关着车窗，车里就成了地狱，干热、空调风、还有各种难闻的气味，脏极了，他们反倒说我们外国人闻起来像洋葱，像咖喱，像我不知道的种种其他东西，可他们自己闻起来像老奶酪，像湿皮革，像大便，像腋窝，像屁股。如果孩子们干净了，我或许也可以把他们带去教堂，让他们向神父问好，顺便也让神父祝福他们，他们正在成长，很快便要纯真不再了。

★

    我的皮肤附着上一层薄薄的油脂与赭色污渍,在那层脏污之上,我套上一件干净的、适合穿去教堂的衣服。奥维迪乌带上一只装着红酒、水果、面包圈的篮子,又在后备箱放上几袋新衣。

    路上,他对我说起罗马尼亚的某处有一方快乐墓园。我从他的话语中脱开神去,想象着在地下腐烂的千万具尸体。蠕虫在尸体内外筑巢,形成阴影与皱纹,由此决定尸体的面部表情。它们吞噬着肉与膜,为所有死者勾勒出一抹皮干骨黄的永恒微笑。

    格斯马尼教堂矗立在一座花园的尽头,花园仿似一处被厚铁栅栏围住的公园。我们一直待在车里,直到一个很高很胖的男人到来,那男人穿一条宽松的运动裤和一件巴塞罗那足球俱乐部的球衣。那家伙只用一只手,一把将铁栅栏门拉开,轻松如拉开浴室的油布帘。我们把车停到一片光面水泥地上。可以看到墙上写着:"圣彼得与圣保罗教区教堂停车场[1]"。

奥维迪乌打开后备箱。他把红酒与新衣放到一边,把装着水果与面包圈的篮子给我,我抱着篮子,好像抱着一个碎片拼凑成的婴儿,李子的内脏、葡萄的眼睛和香蕉的肋骨。我们跟着胖子,沿一条漆成钢色的水泥路穿行过座座花园。尽头处,粉笔块一样,矗立着一座教堂,午后阳光揳入墙上的孔洞与缝隙,为教堂赋上一圈灵光。

春意显现在草间,显现在破土而出的绿与黄的明快色调中,显现在沸腾的锌皮屋顶散发出的气味里。奥维迪乌用白毛巾把酒与新衣包住,抱在怀里。

我们到达教堂门口,胖子消失在花园间。我们怀里抱着供品,站立在教堂闭锁的门前。我感到,在那等待之中,我们中的某一人得到了净化。信仰在空气中萌发,我甚而开始相信上帝真的存在,相信上帝正在闭路电视的监控台后观察我们。

花园与教堂之后的更远处,能看见一片水泥十字架的森林,那些十字架极大,在灌木丛与金属栅栏间若隐若现。自杀的人都埋在外面,埋在栅栏后面,没人会去看他们,奥维迪乌提醒我说。

过了一会儿,胖子重新出现。他是教堂的辅祭。他身着靛蓝色上衣与深色的裤子,走在教区主教的身后,主教身材高挑,五官周正,优雅地身披一件黑色法衣。头上的

---

[1] 罗马尼亚语。

黑色四角帽让花白的眉毛更显匀称、深沉，眉下的双眼金黄闪亮，一如胸口正中的十字架。

奥维迪乌向他行吻手礼；我做不到。我退后几步，蹩脚地鞠了一躬。辅祭接过供品，走向近处一座类似教区礼堂的建筑。

我们走向墓地。穿过座座坟冢，我们来到地上挖出的一处深坑前。坑洞的边缘放着些水果、花束、几块面包和几瓶红酒。供品也充作重物，压实一方白色幕布，幕布半掩住新近掘出的坑洞。

辅祭带着一瓶酒回来，神父把酒打开，往新鲜的泥土上洒了一道。随后，他直接对着瓶口饮下一口，又把瓶子递给我们。一个接着一个的口水，我们都喝了酒。喝完酒，神父吟唱了数首歌曲，辅祭以更为低沉的嗓音应和。歌唱的仪式临近末了，彼得鲁斯才出现，他并没有走到坑洞旁与我们会合，也许是对深渊心怀恐惧，也许是不想张扬自己不合时宜的出现。他的体态轻盈，容貌金黄，因此更是无法融入我们晦暗的外表、黑暗肃穆的仪式与那掘至深处的土地。

神父唱完不久，出现了两个男人。二人的容貌与仪态近似，身高与年纪却并不相仿。他们是同一个人于不同时代的不同版本。高个的男人头发灰黄，皮肤粗糙暗沉，皮肤下方尖锐突出的骨架支撑起他的重量。矮个子的男人身材壮实，因而显得更矮，他的轮廓圆滑平顺，头发与体毛上附着同样的油光。他们的目光相似，两双凸出的眼睛都是熟橄榄般的堇紫色，含着好奇与惊奇的闪光。

奥维迪乌示意我从辅祭那里接过衣物，交给刚到的两人。他们的目光中闪烁着感激，眼睛因而凸出得更为明显。我的朋友给他们酒，我们与新来的两人重复饮酒的仪式，口水接着口水。神父祝福了我们。我们一一吻过他的手，以示道别。我半张的嘴贴向他手背骨节更靠上的位置，没有像其他人那样吻在他的指节上。我亲吻他的血管，他的血液轻抚我的嘴唇。我的鼻子闻到袍袖的气味，蜡油与圣油浸泡过的亚麻的气味。彼得鲁斯离开了。奥维迪乌和我在地上坑洞的边缘站了一会儿。供品上慢慢聚满了虫子。

我们在坟冢间穿行，奥维迪乌对我说起他故去的亲人们。他的讲述让我清亮悠长地哭了一场，我并不因此更为虚弱，恰恰相反，我的身体变得坚若磐石，我的眼泪如胸中生出的河流，汹涌澎湃。

☼

神父挺喜欢她,她没有吻他的手,也用不着说话。神父问她,亚马逊河是否就发源自她的国家。我只是翻译给她听,她便露出微笑。我一直都跟她说,多微笑微笑,说些暖人心的话,生活就能过得更好。神父开始同我说起地理;他对我说,亚马孙河起源自她的故乡,她听懂了,但没有说什么,我也没说太多话,主要听神父讲,和神父相处时,你得听他们说,听就完事了,况且,我对这个话题也不太了解,不过我感兴趣地理的话题,感兴趣各种地方,这可不是一时兴起,我一直都是这样,出了国,开始旅行后,就更感兴趣了,我必须习惯地图,熟识我乘坐冷藏车穿越的一道道国境线。我们交给他红酒、水果、科拉其[1]和装着钱的信封。辅祭收下所有东西,神父把我们引向我父亲的墓穴。彼得鲁斯和往常一样迟到了。他没有

---

[1] 一种东欧传统面包圈。

带供品，但前来参加墓前的祷告。祷告结束，掘墓人来了，收下了新衣。我让她把衣物给他们，让她在仪式中也有些参与感。上帝保佑！[1]这话得我来说。神父问我她是否是我的女朋友，我对他说了实话，他是神父嘛，我对他说她不是，但谁知道呢，我这么说，是因为我预想到了他的下一个问题：你什么时候结婚？大家都这么问过我，神父也对我说，我到了成家的年纪，和年纪稍长些的女人在一起挺好，她们更善解人意，更安静，需要的保护也少些。我要是把她当老师看，或者把她当在这儿帮衬我的女人来看，神父说得不错，可想起她嗑药上头的、不近人情的、醉醺醺的模样，想起她的臭脾气，想起她把我的钱扔到窗外，我便想起我当时的想法，我想着干脆让她跳车得了，她把我给彻底惹毛了。我试着去想，是她的病让她表现得跟个刺头一样，不是她的错，是会好起来的，但我不知道要怎么好起来，要是旅行、食物、豪华酒店都没法让她好起来，她该怎么好起来，我不知道她还想要什么。我想她得找些事情来忙活，可医生不让她工作，傻逼建议，这让她觉着自己更没有用，要从这状态里走出来，要克服疾病，她得找事来忙活，把自己整个投进去，担起责任，比方说，我觉得，要是她有个孩子，她的抑郁就会一扫而空的，那时候她就会只顾着照管孩子，不再想当妈以外的事情，这是人性本能。我知道她就是想得太多才得的

---

[1] 罗马尼亚语。

病，她一直在想事；她停在过去，又或者是担心未来，不知道未来会发生什么，她当然是不知道了，没人知道，我对她说过的，没有谁的生活是安稳的，未来不是抑郁的理由。病假让她想事情的时间更多了，她是因为想事情才得的病。我要是医生，就不给她开病假，我会把她送到乡下去，或者让她和比她过得更差的人一起工作，或者让她成家，我知道这解决不了问题，但我想，她会成为好母亲的。她的臭脾气是新近才有的，我觉得，她其实是因为吃了那么些药，性子才变了。我不知道她是不是也在吃避孕药，肯定在吃，她的药成堆成堆的，各种颜色都有，或许是抗荷尔蒙药让她发了疯，或许是她吃的所有药一齐叫她发疯。我们跟在神父后面，穿过坟冢，我把她领到我妹妹的坟上，跟她讲了完整的故事，也讲了我父亲的事，讲了人们说我父亲是自杀之类的流言蜚语，并说，因为此事，他差点被埋在墓园外头。她哭了出来，好像死去的是她的亲人，操。是，我知道，做个感性的人，理解别人的痛苦是不坏，可也没必要这么夸张吧，所以我觉得她是在服用抗荷尔蒙药，她哭得很凶，即便是父亲的亲儿子，彼得鲁斯，那大浑蛋，也没为他淌一滴眼泪，所以说，是，她为我父亲哭，我是挺感动，可是，问题是，操，她好像没个分寸，承受了些份外的痛苦，把自己给伤着了。死的是我的父亲，不是她的，现在想想，她从没跟我讲起过她的父亲，因此我料想她的父亲已经死了；或许正是因为这个，我的故事才触动了她吧，因为她有一样的经历，我哪里知道，但她什么也不说，我也不想问，怕她状态更差。她有次确实跟我说过她在公园里看见父亲的事，那对她触动很大。他会是个流浪汉吗，流浪汉的子女都挺聪明，看看我的侄儿们，就知道我说的不假。我不知道她为什么哭，但是，没错，她肯定有什么熟人去世了，我们都会有些死去的熟人，人生就是如此。照我看，要是她告诉我，她的父亲自杀了，或者被折磨致死，或者病死在公园的长椅上，我肯定会伤心，但也不至于像她这样哭得没个人形，行，我不知道她有没有失去过兄弟姐妹，我对她的家庭了解得不多，可我确实知道，在死后，我们都会和珍爱的人重聚，死去的人在彼岸接引着我们，正因如此，我们才办祭礼。我对她说了这些话，好让她平静下来，我说这些话，也是以防她有什么熟人死了，她看上去缓和点了，任我拥抱。我也对她解释说，她会与维奥丽卡再见面的，她们不是亲人，也不是密友，但如果有人在祭礼前夕赠送你新衣服，那是为了你在彼岸不要忘了她。

★

  我们从墓地回来的时候，庭院是空的。天色渐晚。群狗远远地吠叫。我想起我的狗。正如我现已能够分辨出数个罗马尼亚语词语，我也正学着分辨狗的叫声。

  狗的词语是开放的元音，獠牙与唾液包裹着的辅音如幕附着其上。自庭院的深处，可以听见歌队吟诗般的犬吠。众多吠声之中，我分辨出我的小狗的声音。我的黑狗有青春的嗓音，这声音出自它那瘦弱却活力充盈的肺部。它的叫声高亢、尖锐而持久，它的叫声热情而天真，如未见爱情消亡的爱人的欢笑，如置身苦难之中的乐观主义者的大笑。

  家中的餐厅里，我们见到坐在桌旁的彼得鲁斯和一个女人，那不是拉卢卡。孩子们不在。无须别人向我们介绍了：那是杰奥尔杰塔。在她开口之前，她的面容便已让我回想起她在电话里的声音，我因而认出了她。

  杰奥尔杰塔的长发又黑又直；她把头发扎成一根马尾，

辫子由头顶垂下,如发丝的瀑布,如煤精色角蛋白纤维织出的塞维利亚黑头巾。杰奥尔杰塔的外貌提醒了我即将到来的是怎样的一场典礼。她的皮肤苍白灰暗,如十分新鲜的尸体。她的五官精致,她的骨架以灰度各异的炭色线条绘出暗影。她那色彩单一的黑色紧身衣有如一件严苛的丧服,把她青春躯体的曲线浇熄。

杰奥尔杰塔色调灰暗,待人却和善。她的举止明快而不乏节制,如哥特风的格蕾丝·凯利[1]。她握着我的手腕,向我问好,轻轻抬起我的胳膊,仿佛邀我跳一支上世纪的舞蹈。

---

[1] 美国演员。曾获奥斯卡最佳女主角奖。

❉

我让拉卢卡不要倒酒，喝死人的酒是不吉利的，不知会不会有人死掉，我对她说。我想，要死的也许是我的老师，我不知道，我一会儿看她不错，过会儿又觉得她状态糟糕，当然了，拉卢卡还是倒了酒，就是为了同我作对，已经有了啤酒和饮料，干吗还要倒上红酒呢，她就不，那吉卜赛女人不理我，你别倒酒，我对她说了好几次，直到她恼了，说不会有事的，神父收去了供品，而且这死人酒已经散了出去，也被祝福过，不会有谁死掉的，那吉卜赛女人这么跟我说，说个不停，说一定要有人死的话，让杰奥尔杰塔死好了，说为什么要请她来呢，那吉卜赛女人好嫉妒，觉得杰奥尔杰塔要把她的彼得鲁斯带走，我不想闹出大动静，便没有在她面前笑出来，任她倒上了酒，我不知她知不知道我要和杰奥尔杰塔结婚的事，这事我同母亲讲过，我不知她是否对彼得鲁斯说了，要是彼得鲁斯知道了，那拉卢卡就知道，要是拉卢卡知道了，村里人全会知道，不过她知不知道这事都无所谓，杰奥尔杰塔马上要结婚是一方面，另一方面，她得明白，杰奥尔杰塔也好，别人也好，没人会抢她的彼得鲁斯，那吉卜赛女人钻进个牛角尖，就没人能变得了她的想法，她一根筋，总觉着杰奥尔杰塔要抢她的老公，可彼得鲁斯是个没用的东西，谁会招惹他呢，而且他还丑，真鸡巴丑，我和她说了，叫她放宽心，安心把聚会度过去，我邀请她来，是因为她能帮着我们做科里瓦[1]或是照顾祖母，我邀她来，也是为了让她和老师相互认识，她会把浴室借给我们，出于对杰奥尔杰塔的尊重，得让她先和老师认识，让她知道淋浴间会出借给谁，我不知道杰奥尔杰塔人怎么样，但有一点是真的，可以肯定，她是个有教养的、知道怎么处事的人。

---

[1] 东正教中常用于祭奠死者的食品，主要由煮熟的小麦制成。

★

仅是目光对视一下，杰奥尔杰塔便明白了我是请她一道往庭院里去。天是黑布，缀了蓝色的洞。那靛蓝而破旧的光线足以为我们照明通向我宠物的藏身所的道路。走到干草垛附近时，我已然能够听见它欢欣鼓舞的尾巴的动静。我们到了畜栏，我的小狗在它的藏身处上方雀跃着，宛如干草水箱中的一尾小鱼。

我摘下围巾，把我的小狗包在里面。杰奥尔杰塔双眼不离我们，朝我们露出了牙齿，然而光线太暗，我分不清那是温柔的浅笑还是厌恶的表情。我把小狗从地上托起，把围巾的两头绑在身上。它蜷缩起来，躺在与我肚子齐高的地方。杰奥尔杰塔帮我系紧围巾的绳结，把它变作马鞍状的篮子，变作一只供我抚育女儿的育幼袋。

我们从后门进去，以便直接抵达房间。我想把狗藏在床下，但不知该如何在杰奥尔杰塔在场时安抚它。我拿出装有各种东西的洗漱包，杰奥尔杰塔看见了我的药。她看着药片的包装。神经药物？你病得不轻[1]，杰奥尔杰塔看过所有药片上的说明后说道，又握住我的手，仿佛在试探我的脉搏。

我们走[2]，她说。我带着我的小狗，跟在她后边。

我们走进客厅，众人或惊叫，或欢笑。奥维迪乌不快地咕哝，彼得鲁斯笑弯了腰。杰奥尔杰塔与我在餐厅的门口立住。奥维迪乌从桌边起身。他的眼神如同一只即将发起攻势的怒狗。杰奥尔杰塔把我拉到一边，止住了奥维迪乌。又一只动物[3]……

---

[1] 罗马尼亚语。
[2] 罗马尼亚语。
[3] 罗马尼亚语。

我是看出来了，她和罗马尼亚女人们都处得不错。拉卢卡给她倒咖啡，带她去看井，现如今杰奥尔杰塔又在狗的事上护着她，但我知道杰奥尔杰塔这是在挑衅我，跟我作对，杰奥尔杰塔只想引人关注，而老师给了她关注，我不知道，女人都想要人关注，可能吧，现在想想，她带着狗就是为着这个，引人关注，她没意识到，她不需要再多的关注了，她是个外国人，引来的关注够多了，不过确实，看不太出她不是罗马尼亚人，她现在这么沉默，就更不明显，可能她带狗就是因为这个，她在这个陌生的地方和狗作伴，我不想算这个账了，我不想与她置气，她带着狗进进出出，而我还得操心，确保一切都守着秩序，确保掘墓人来的时候，孩子们不在家里，掘墓人会把墓地里的恶灵召来，那些幽灵首先就奔着孩子和动物去，所以我才生气，因此我也不想让狗进来，它会习惯呆在家里，不愿出去，那就更糟，她不知道的是，掘墓人来的时候，可能会有阴魂钻进狗的身体，接着就轮到她，因为阴魂会钻进狗和狗主人的身体，接着钻进所有人的身体，可她带着狗在这儿，杰奥尔杰塔知道这事，可也没向她解释，她都任她怀抱着狗进来了，还能向她解释什么呢。她用围巾裹着狗，像喂孩子一样给它吃的。彼得鲁斯和拉卢卡要把肚子笑裂，狗也开心，杰奥尔杰塔跟我说些有的没的，先是问了我些问题，问老师是否有孩子和家庭，我说没有，她没有孩子也没有家庭，结果她说，为什么不让她带一只罗马尼亚狗走呢，她说她读到过关于几个游客从罗马尼亚带狗走的新闻，她觉得此事不赖，可要把狗带走，得给狗办护照，得办收养手续，得打疫苗，这她也在新闻里读到了，妈的，这是条狗，又不是小孩，这一切倒也正常，但我还是一点都不乐意让她把狗带上，这时，杰奥尔杰塔不仅是兽医，还是人医了，又对我说，当然啦，老师从我这里得了那么些东西之后，还要狗来帮忙治病，因为她病得很重，怎么病了，我问她，你和我说说她怎么病了，我看她健康得很，一声不吭坐了那么久的飞机，坐了那么久的车，可她有那么多药，杰奥尔杰塔说，她的药当然多了，这我清楚得很，但不是因为生病，而是她喜欢嗑药，我对她说，她又对我说，狗能让她安静下来，对她有好处，能起个热水袋的功用，又说什么动物能量，我不听她的，我说她要是冷，就多穿点，怎么会比挪威还冷呢，我对她说，杰奥尔杰塔，你动动脑子，操，可那杰奥尔杰塔是个万事通，她说，你好好留神，你看，你的朋友出了问题，可有问题的人明明是她，妈的，才认识她，就觉得自己能给我建议了，又是谈她的健康，又是谈她有狗之后的新生活，我知道杰奥尔杰塔是想留个好印象，可要留个好印象也不用这么事儿逼吧，可大伙儿都是这样，一个个醉醺醺的，或者，我不知道了，我不想再生气了，总之，就让她在狗的事上依着老师吧，她们最好从现在开始相互了解，这样杰奥尔杰塔在挪威能有个朋友，我感觉她是想在我之外再认识些别的人，这样保险些，她不傻，我喜欢她这一点，所以她才焦虑，想留个好印象，可我不喜欢她自作聪明的样子，那叫傲慢，但好吧，没事，她们最好是在这儿因狗的事相互认识，少说些话，这样的友谊才是真友谊，要是两人聊起来，要是两人掌握了同一门语言，操，她们肯定要跟我耍小聪明，跟我对着干，女人们要是相处得不错，就会串通一气。我不知道她们是怎么做到的，但是她们能互相理解，现在，老师不会说罗马尼亚语，也基本上是个哑巴，因此能在拉卢卡和杰奥尔杰塔间调停调停，那两人眼里是真容不下对方，互相也不说话，好吧，老师也不说话，只是摆弄手机，事实上，她已经不再说话了，对我也不说话，她还在为路上的事情发脾气吗，或者是害羞了吗，她确实是有一点害羞，但也不至于这样，我是这么觉得的，要是她还生气的话，那好吧，她自己看着办吧，我跟她都解释过了，祭礼的事，钱的事，结婚的事，所有事，在我看来，全都讲给她听，就等同于请她原谅了，她还要什么呢，顺便，希望她记得，我可不是度假来的。

★

杰奥尔杰塔把杯子一一斟满，在我们之间传递着食物。她并非狗群的首领，她似乎并不属于我们的族类；杰奥尔杰塔是全部犬只的主人。

我们开始进食，闲聊继续进行。语声并不锐利。嚼烂的食糜有隔音的功用，在下巴、牙龈与脸颊内壁之间铺展开来。我的小狗从围巾边缘探出头来，盯着食客们，时不时纵出一声吠叫。起初他们想让它闭嘴，可随着夜晚的行进，人的话语也退行成了狗叫、低吼与大笑。

我与小狗分享我的食物。我咬下一口，剩下的全塞给它。它的牙齿咯咯作响，下巴使劲地咀嚼。我帮它对付橡胶样的香肠。我反复咀嚼着几节香肠，直至它们化作口水与肉的膏泥。我把那团东西吐到掌心，塞进它的嘴里。我亲自上阵，生产出它的食品。从我口中出来的食物，在外形与气味上与狗用肉酱无异。

夜晚继续行进。酒精与食物的重压让我们略去了他人。我从桌边起来,到院子里去,佯装要把狗留在畜栏里,事实上却返回房间。我在口袋里备了一块奶酪,用以藏匿喂给狗的镇静剂。我把药片埋在奶酪里,塞进它的嘴巴。我的小狗愉悦地收下了。我抚摸它的脊背,等它酝酿出睡意。它的黑色嘴唇放松下来,构成一道微笑,它的眼睛眨动着,犹如即将熄灭的灯泡。等它睡去,我把它从身上解下,安放在床底。我起身时,发现杰奥尔杰塔一直在院子里看着我们。她的双眼刻蚀着窗户的玻璃。

拉卢卡又是叫，又是笑，把我吵醒。奥维迪乌！奥维迪乌！我走到院子里，那吉卜赛女人把我拽去畜栏，拉卢卡起这么个大早，够叫我惊奇的了，可畜栏的尽头处才有真叫人惊奇的事：我的老师像给新生儿洗澡一般给狗洗澡。操。我不知她是几点从床上爬起来的，没听见动静，我睡得跟块石头一样。她从井里打了水，学会了用院里的炉灶把水煮沸，然后放温，倒不是我觉得她傻，用不了炉灶，但是要点起那破烂玩意儿是要些技巧的，没法一试就灵，她正用温水和她那喷香的洗发水给它洗澡。操。对那狗来说太奢侈了，我在首都饭店时的感觉就跟那狗一样，其他狗都看着它们的伙伴被打上肥皂，要是村里人在那布加勒斯特的酒店里见到我，也是要这样看我的。我不知道她是否在暗示什么，但我确已觉出了我们的肮脏难闻，一个人会慢慢适应自己的味道，适应难闻的味道，也适应别人的味道，是，我知道和臭鼬味的人一起睡觉可不是美事，但她闻着并不坏，至少我没觉得她难闻，可能我挺难闻的吧，但她同那只狗待过，是得好好洗个澡了，可每当我看到浴室里那崭新的淋浴间，崭新却没有用的，跟个摆设似的堆满破烂的淋浴间，我都得生气。为了仪式，我们得把自己拾掇干净，最好是头天晚上洗漱一番，要做的事情还很多，我们得花去不少汗水。我已经吩咐她去帮拉卢卡做科里瓦，还得要准备好给客人的蜡烛和毛巾，在院子里布置好桌子，问邻居借椅子，但她要做这些事，先得把湿狗的味道去了。我烧起水，递给她一块干净的大毛巾，还有几块要在仪式上分发的新毛巾，因为我看她把拉卢卡之前给她的毛巾用来洗狗擦狗了。拉卢卡有些不快，不过，当然，她什么都没和她说，单是对着我抱怨，她可算是找错人了，我也会用那毛巾擦鞋，擦东西，就是不可能擦刚洗完的身子，我对她说，什么东西到了拉卢卡手里都干净不了，既然她的孩子都生了虱子，还能对拉卢卡有什么期盼呢。那些孩子们身上满是虫子。他们怎么能没注意到那些小家伙头上的虱卵呢，这我真的不理解。我不知道狗喜不喜欢洗澡，但它的确干净了，比所有狗都干净，看着好笑，像只典雅的狗，它也没像别的狗那样，刚洗完澡就去泥里打滚，它就安静地待着。待水沸了，我打上半桶，又混进半桶凉水，足够她洗的了。她带着桶和肥皂去畜栏的尽头，狗们跟随着她，过了一会儿，她披着毛巾回来，已经洗完了澡，水顺着她的腿和背流下。她打着寒战，但好在是看着更利索了。她的宠物同她一样；那狗子刚洗浴完，静静地等她，发着抖。她把狗从地上抱起来，把毛巾掀开一角，把狗贴在胸前。拉卢卡笑个没完。我想起杰奥尔杰塔跟我说的话，说她拿狗做热水袋，可不知道她是哪里疼，或许是痛经吧，或者，我不知道，因为她会突然露出痛苦的表情，手捂住肚子，或者插在腿间，在餐厅里，她把狗放到肚子上。可是，就算疼得像被人踹了蛋，怎么能让狗像这样贴着身子呢，几乎一丝不挂的，操，不过，他们就这么打着冷战，看向我时，就好像长着一样的眼睛，狗长着她的眼睛，她长着狗的眼睛。我让她带狗进了家，看他们这样，湿着身子打冷战，怪可怜的，不过那动物现在好歹是干净了。她刚走，拉卢卡便不笑了，抱怨起来。她抱怨我让她带着狗进屋，可她昨晚不也允许了吗，她只是不想和杰奥尔杰塔打照面。吉卜赛人就是这样。那狗比你的孩子都干净，我说道，吉卜赛女人几乎吼起来，我知道她并不在意狗进不进门，或者干不干净，跟这没关系，拉卢卡只是想一如既往地找我碴儿。好在有人来搬十字架的时候，拉卢卡已经抽着烟安静下来了，老师和她的宠物也都待在屋子里，我是说，操，那么些个人物都够在院子里办马戏团的了，吉卜赛人、拉车的老马、裹着毛巾的外国人、湿狗、石头十字架，还有我。

★

　　那四个来把水泥十字架运去墓地的男人是坐着辆灰马拉的马车来的。那匹马看起来年纪尚浅。它的牙齿闪亮，然而在它的皮毛与姿态中却不难看出疲惫与折磨的痕迹。这样的印记亦能在那些个乘车来搬十字架的男人身上找到。他们衣衫的纤维是酥脆的骨架，衣服的面料清瘦，上边的羊毛或棉花都陈旧破败；他们的皮肤好似水泥袋子，眉上刻画着牛皮纸的鲁莽与粗涩，眼圈粗糙，嘴角沉重地运动，发出干燥的声响。他们的头发茂密，但已然发灰，正如那匹马灰色的鬃毛，只有他们的眼睛还闪着光；他们的眼神中透着一股反叛精神，发绿发棕的虹膜对抗苦难，对抗疾病，对抗某种恶意的、磅礴的、忧郁的重担。

　　我的小狗和我从房间的窗户观望着一切。我们的身体依然潮湿，洗澡水没能洗去镇静剂带来的睡意。在我们眼中，庭院中的事物以电影慢镜的帧率掠过我们的双眼。

　　十字架一直摆放在院子里，上边盖着军绿色的编织防雨布。奥维迪乌向我展示房子的头个早上，我就注意到了那个鼓包。当时我想，那防雨布应是护着机器：一台旧冰箱或一台着坏掉的热水器。

为什么拿防水材料盖着注定要经受风雨的东西？十字架暴露在庭院中，场景也许显得淫荡，也令人对死亡心生畏惧。塑化性爱，封锁死亡，保留无菌的传统。

把十字架装上车子后，只有一个男人上车策马。那动物艰难地行走，臀部因发力而凹陷，四肢颤动，仿佛轻绊一下就可能断裂。其余男人都随彼得鲁斯和奥维迪乌上了汽车。去墓地前，每个搬运工都从两兄弟那儿得了一块丧礼面包、一瓶家酿红酒和塑料桶装的整套新衣。

家中沉默的时刻并不多。我的无言并非沉默。我未说出口的话语在我体内移动、增殖时会发出声响，它们如一团不再彼此沟通的细胞，堆积起来，自核心衰败，发酵般地蜂鸣。

但那个早上是沉默的。拉卢卡望着天抽烟，刚从学校回来的孩子们躺在沙发上，我和我的小狗也在沙发上休憩。要做的事情还很多，但我们选择静静待着，沉默着。沉默是生命体的一项独立的功能。同属一个物种的我们皆有这样的能力。沉默的能力对一个物种而言有何效用？沉默让我们免遭灭绝，向内消声，如野兔以其静谧觉察出毒蛇的响尾，它用皮肤的沉默封缄住内脏的蜂鸣。

那天下午的沉默是一层膜，是博物馆画作上的清漆，是在透明树脂中永久凝滞的虫群，是守护着满是亡者的相片的塑料相册书页。

奇普里安拿着我老师的手机出现了，若是达娜的话，我肯定要偷摸着把手机拿走，但既然是奇普里安，我只担心他有没有征得上网的许可，于是我便问他，那小子说，当然了，说老师给他解锁了手机，允许他上网，手机没网用不了，奥维迪乌叔叔。用得了，我对他说，可以打电话、拍照片、玩离线游戏，可他对我说，那些事他一概不想做，他只想获取信息，所以需要联网，他这个年纪，就用起"获取信息"和"联网"这种词了，这孩子比谁都更会说话，我期盼他的父亲留意到他儿子是多聪明，多成熟，再想想他自己是多不成熟，但我也晓得，这是在难为他了。我们在瓦西里——一个邻居小伙子的家里，他岁数比我小，却让我想起父亲，这倒不是说我跟他情同手足，只是瓦西里的妻子在瑞典工作，他负责照看两个女儿。这倒不坏，坏的是他依赖上了妻子，但既然是妻子操持着一家子的生计，也正常，没别的法子。瓦西里害羞得很，要是人到了瑞典，被迫着说瑞典语，他恐怕得去死，他那性子，指定不敢说，他跟罗马尼亚人说罗马尼亚语，都费老大劲，他要是看到那些从舞厅出来的，醉着酒，散着头发，胸衣歪歪扭扭的金发女人，又会想什么呢，他得再死一次，是吧，但不是出于害臊，而是后悔，他会发觉除了他老婆，世上还有别的女人，他老婆，虽说确实不太漂亮，可的确是个好老婆，这很正常，生活里总不能什么都要，我是说瑞典的一切都混乱又丰富，女人啊，钱啊，物质啊，富裕国家的这些会让他晕头转向的，我这么说，是因为我是个过来人，那时眼前有什么，我就想要什么，我以为世界就要完蛋了，或者自己快死了，有阵子，我把钱尽砸在聚会和奢侈品上，但我后来发觉，女人、聚会、物质一直都在那儿，获取起来并不难，只要账上有点钱就行，于是那绝望感就没了，没错，我甚至觉得自己能像瓦西里那样生活，不过，的确，我照看不来两个孩子，孩子们应该跟着母亲长大，不然，事情就要变得复杂，我这么说是因为我知道，我经历过的。说回奇普里安，他虽是有拉卢卡这样的母亲，彼得鲁斯这样的父亲，也出落成了一个有教养的小子。我趁他觉察不到，暗中监视他，我想知道他拿手机做什么，他眼下就要步入青春期，青春期的孩子们跟小驹子似的，操，他可别迷上色情电影，就算没迷上，还有更糟的事，那些网站上恋童癖可不少，我想起这事，是因为方才听他说："爸爸，我也跟你一样，喜欢带文身的女孩儿。"彼得鲁斯没接他的茬，而是怒气冲冲地问他，是不是乱翻过他的东西。彼得鲁斯，妈的，放轻松点，喜欢带文身的女人又没什么不好，喜欢带小胡子的文身男人可比这更糟，要是你喜欢文身男人，也别着急，我这边认识几个卡车司机，我对他说；我当然是在说笑了，瓦西里笑个不停，那小子虽然害羞，但也一直在笑，没笑的只有彼得鲁斯，他火气更大了，说自己只是想做个文身师，他收集来女人的文身，只是因为那些文身简单，适合上手，他都有一套文身器械了，操。你有文身的器械，家里却没水，我对他说。我和妈妈给你寄钱就是为了这个，为了给你买玩具，妈的。我更生气了，可怜的瓦西里试着让事态缓和，可奥维迪乌，做文身应该花不了许多钱，好歹也是份工作，他说。我去他妈的。我先不发作了，纷争都是到处游荡的斯特里戈伊[1]挑起来的，它知道我父亲灵魂出来的日子快到了，那恶鬼见孔就钻，它生性如此。彼得鲁斯生了气，丢下儿子不管，可怜的小东西，他为自己说的话难过。我叫他别太在意自己的父亲，有时他得抽点烟才能镇静下来。挺好的，可是空气中又有恶鬼了，操，瓦西里的孩子们来抢奇普里安的手机；不是我的，我不能给你们，他对她们解释说，可孩子们哭了，准备大打出手，于是我夺过奇普里安的手机，打发他回家。瓦西里开了瓶啤酒，为我倒上一杯，我们喝了一会儿，他问我瑞典和挪威是不是差不多，住在那儿感觉怎么样，又问起语言

---

[1] 罗马尼亚神话中，从坟墓中复活的亡魂。

问题，某个东西用挪威语怎么说之类的，于是我掏出老师的手机，准备用翻译软件，再给他看几张相片，她在挪威真的是拍了各种东西，连雪都拍了，瓦西里喜欢那边的风景，但也不是什么都美，你别那么以为，冬天是真他妈冷，而且还黑，我对他说。我想我老婆了，那家伙开始说话，操，肯定是啤酒劲上来了，我开始搜北欧国家的负面新闻，但是，操，他们是世界上最幸福的几个国家之一，你看，我跟你实话实说，不仅是环境冷，那里的人也冷，他们可能待你不好，就因为你是移民，我夸张地说道，其实我接触到的真正的挪威人都好得不得了，从来没待我不好过，要是说有挪威人待人不好，那是因为傻逼和蠢货到处都是，不分国籍，但可怜的瓦西里焦虑了起来，妈的，他开始想他老婆会不会过得不好，为打断他的思绪，我问他有没有腌辣椒，为了让气氛缓和些，我继续翻看手机，操，老师一直和博格丹发消息，还一直守口如瓶，行，他们也没相约去做爱，但他们互相发小猫照片，表情符号用得比文字还多，活像两个刚认识的，正在恋爱中的孩子，而我得花上几个星期，才能等到她回我个表情符号。瓦西里拿来辣椒，但我没怎么理辣椒，因为我开始翻看起她的照片，操，足有五千张，看得累人，至于瓦西里呢，那家伙和我说个不停，我也应和着他，可他还不满意，满口胡吣起来，比女人还糟，说我要是不想说话，也没问题，可是不该晾着辣椒不管，他拿辣椒来是给我吃的，我该趁上边没爬满苍蝇，把辣椒都吃了，又说了好些浑话，直到冒出这句：我要是你，就不会查我老婆的手机。操！她不是我老婆，她是我的朋友和老师，妈的；你不想查你老婆的手机，是因为你不想知道她在瑞典做什么，没别的原因，我跟他把话挑明了，瓦西里把辣椒从我手边拿走，大口吃掉，简直要噎住，他看着我，再不给我辣椒了；我又要他再拿一杯啤酒，倒不是还想喝，只是看看他到底有多生气，我以为他会拒绝，可那家伙又开了一瓶，还拿来了腌洋葱。你看啊，是这样，我对他说，你也知道，墓已经开了，斯特里戈伊到处乱窜，见孔就钻；是的，奥维迪乌，没关系的，但我认真跟你说，我觉得你查别人的手机不好。那家伙他妈的不肯罢休，我往嘴里塞进几颗小洋葱，不搭他的腔。我把手机放在一旁，因为那小子说得也有些道理。我们继续聊着，直到彼得鲁斯带着个金属盒子来了，那盒子像是女人化妆用的那种，他打开盒子，给我们看他的文身器械。这玩意儿花了你多少钱？我问；我用自己的钱买的，还不到八十欧，他说，彼得鲁斯说起欧元，好像罗马尼亚人挣的是欧元似的，不过，当然了，他挣的确实是欧元，他的工作就是去西联汇款[1]把欧元取出来，所以，这玩具算我给他买的。你应该知道得用干净的针头吧，文身会传染各种病，甚至是艾滋病，我对他说，不说这话，我的良心不安，那家伙跟我说：是啊，当然了，每用一次就得消杀一次。他开始和奇普里安说话。该被消

---

[1] 美国金融服务公司，业务包括国际汇款。

杀的应该是他的精子，妈的，别再生了。谁来做你的客户呢？吉卜赛人吗？我问；我不知道这儿的人知不知道什么是文身，我对他说，就算他们知道，也不会为了一小点图案付你多少钱的，彼得鲁斯，从前他们都拿钉子自己给自己弄，我说。要文得专业，我得多加练习，彼得鲁斯说，瓦西里总想着帮腔，但总把事情搅得更糟，他这回说，该给猪文身，猪皮和人皮差不多，彼得鲁斯说对，他已经干了好几回了，效果还不错。妈的。我的弟弟给猪文身，等我把这事跟挪威人说说，或者放到我的 Facebook 个人简介上，看看会怎么样。那你是吃文过身的排骨还是怎么着，还是说你把食物也给浪费了？我问他。吃不了，不是可食用的颜料，况且，完善图画得花时间，在人手的温度下，肉很快就会腐败，那家伙说，卖弄着他的科学词汇，自以为聪明。好，行，可猪不会为了文身付你钱，我说，瓦西里又想着来帮腔了，你要想的话，可以给我文，他说。我不想再发火了，为了让我弟弟别说我不拿他当回事，我问那小伙子想在身上文什么，瓦西里说：我老婆的名字，再没比这更傻逼的了，既然他老婆待在瑞典，那截带着她名字的皮肤对她能有什么用呢；可彼得鲁斯说，当然了，可以，从花体字开始上手是再好不过了，他已经给一个女孩文了一行字，我是一点都不信，可瓦西里信了，说不知该文在脖子上，背上还是胸上，彼得鲁斯叫他把 T 恤脱下，操，那家伙真脱了。要文他老婆的名字，那就文他鸡巴上吧。我受不了了，还有些事要做，再说，我在工作的时候遇到的蠢货够多了，干吗在这儿和这俩搅和呢。我走到街上，看看孩子们在不在附近，免得他们突然跑来，看到他们的父亲撩着上衣，互相抚摸对方，跟两个基佬似的。

★

回到家中的女人带我们走出沉默。我的小狗与孩子们率先感知到了木鞋跟的脚步声带来的颤动，脚步声拖拽着购物车。一切重又焕出活力。

奇普里安向我指了指通往庭院的门，表明我该在客人看到我的小狗之前，把它带出去。我用围巾兜着它，穿过院子，在干草中找了一处能给它作窝的地方。

厨房里，拉卢卡和其他女人们清理起麦子。奥维迪乌的祖母手下支两根粗木拐杖，在我看来更像一对高跷。她从桌边起来，向我问好。她把头沉在我的胸前，用额头和脸颊磨蹭着我的左半边身子，好似一只向我心脏问好的猫。我把她环抱住，闻到她那如同整个罗马尼亚的味道：像泥土，像酵母，像麦秸，像水泥，像地毯，像鸡犬，像肥皂，像酒精也像尘烟。她头上盖着块彩巾，剩下的衣物则是墨绿色的，一如她双眼的色彩。

老人邀我坐在桌边，往自己手掌上撒了一把麦子。

谷物宛如自她的肉身中生长而出的繁多珍珠。

我们开始清理麦子。拉卢卡对她们说起我,指着我,露出微笑。我小心地分拨开麦粒,那是我第一次为亡灵供奉饮食。劳作间,女人们低低地唱出奥维迪乌父亲的名字,丹·米哈伊,每次吟诵结尾都是"上帝保佑!"。

清理罢几公斤的麦子,拉卢卡示意我跟她走。我们来到院子里,拿起取水用的几只塑料桶,往井边走。带着盛满水的桶回到家中时,女人们已为我们备好一块白纱布,上边摊放着麦子。拉卢卡和另外两个女人各抓住纱布的一角,我抓住余下的一角。祖母在水壶里倒上刚从井里汲来的水。我们把纱布举高,老人把水浇在麦粒上,女人们一齐用罗马尼亚语念主祷文。

> "我们在天上的父,
> 愿人都尊你的名为圣。
> 愿你的国降临,
> 愿你的旨意行在地上,如同行在天上。
> 我们日用的饮食,
> 今日赐给我们。
> 免我们的债,
> 如同我们免了人的债。
> 不叫我们遇见试探,
> 救我们脱离凶恶。
> 因为国度、权柄、荣耀、全是你的,

直到永远。

阿门。"[1]

麦子洗过九遍,主祷文颂过九遍,为丹·米哈伊的灵魂祈祷过了九遍。

麦子鼓胀起来,像躺在亚麻布上的尸体。我们排着队把那团小麦运送到厨房,放在水里煮。小麦团落入浅口锅中沸水的那一刻,我想起了在全班同学面前跳进游泳池的那一次。

麦子要煮上四个多小时。其间我们在厨房中为祭礼准备着供品。最重要的是为每位宾客准备一条手巾、一根蜡烛、水果、面包以及科里瓦;其余的供品我们都可以直接从宴席的餐桌上取用。毛巾是酬劳,是来自死者的谢礼,而蜡烛则要照明死者去往彼岸的路。

我趁女人们忙碌着,出去找狗群。下午阳光的金色纤维在畜栏里堆放的草垛间回旋。我登上团团透着光亮的麦秸组成的台阶,自高处看其余的房屋,看黄铜色与青铜色的原野,看干枯的大地,看从车辕中脱身休憩的马匹。我在上面待了一会儿,听闻见格斯马尼居民的一切对话,词语从他们喉咙里吐出,又为风所裹挟,像朵朵淡黄色的云。

---

[1] 罗马尼亚语。此处译文引用自和合本《圣经》。

狗群在空气中闻到了我的出现，饥饿地奔驰而来。我从草垛城堡上下来，把狗粮撒在从畜栏的废品里找到的几张硬纸板上。可悲的动物们，我心想着，我在喂给它们一些它们再也品尝不到的食物，由此，我感到自己甚至更为可悲。我看着它们进食，心中撞进一股巨大的悲伤。我的内里有某种东西撕裂了。我正在失去某种东西，或者说，我正失去自己，我再没有那抛下我，逃避我而去的东西了，我成为一座空屋。

我走近狗群，它们在中间为我腾出一块空地。它们邀请我加入它们的宴席，我接受邀请。我吃下几口干狗粮。我的小狗出现了。我用手喂给它吃，它太过兴奋，把一颗牙齿扎进我的掌心。伤口不深，但流出的血不少。我用一张报纸擦净手，继续我们那场特别的晚宴。我专门给它留了一盒肉酱，它贪婪地吃下，每吃一口都舔舔嘴唇。

我把我的小狗裹在衣服里，回了屋子，我从后门进，以便直达卧室，把它藏在床下。虽说在我宴请它一番之后，我的小动物松弛下来不少，但我还是喂给它不小的一剂镇静剂，确保它在余下的夜晚都没有病痛，保持安静。

厨房里，女人们快要把科里瓦做好。她们邀我把余下的麦子倒入模具，我不得不向她们展示手上的伤口。除了拉卢卡，所有人都画了三遍十字。拉卢卡放声大笑，在厨房里走动，最终找到一只埋没在废品间的瓶子。她拿起一块厨房抹布，把它浸在瓶中混合着醋味与氯水味的透明液体中。女士们交头接耳，又画了十字。清理过伤口后，祖母拿出一头大蒜，剥好一瓣。她一只手抓住我的下巴，另一只手的手指——仍抓着蒜瓣——撑开我的嘴巴。她的动作坚定，却并不粗鲁。她令我吞下大蒜，正如我把镇静剂塞给我的狗那样。

祖母用木拐敲击地面，命我坐在厨房的一角。拉卢卡为我端上一整盘从锅上和模具上刮下的科里瓦边角料。吃[1]，她说。

我从小角落里看她们如何装饰科里瓦。她们在麦团的边缘撒上磨碎的核桃和糖豆，之后又用镂空的蜡纸筛过可可粉和肉桂粉，在麦团中间装饰出十字的形状。

---

[1] 罗马尼亚语。

◦

差不多万事俱备了，我该放轻松才对，可我很是不安，甚至想尝一片她的药片。我看她剩下的药片不多，但顶好还是不要尝试，明天要是睡过了，那麻烦就大了，明天一早就得去墓地，我也想过出发之前顺走点拉卢卡的烟草，但我也没这么干，希望洗个澡能让我放松下来，毕竟洗澡也能让我头脑清醒。是，我知道不安是正常的。明天我的父亲要从土里回来，要和我们在一起。他肯定希望能看到我带着老婆，成了家，他在我这个年纪已经有了孩子，但我这边，事情有点不同，就是这样。不算坏，也不算好，我父亲能理解的，不过我想，他见我还是单身，会吃惊的，我没有找老婆，是因为我不想过上累得要死的生活。我没和母亲在一起，倒不会让他惊讶，他应该已经知道了，她几乎成了个意大利人，他也该知道，母亲计划在最近结婚。我和我的母亲都要结婚了，我是为了办文件，母亲也一样，区别在于，那个即将成为她新郎的男人，马里奥，和她确实有感情基础，而我和杰奥尔杰塔毫无感情，也不知道我能否和她建立起感情，这样是最简单的了，维系婚姻，开始真正的生活，定居下来，只想着身边事：我的工作、我的房子、我的老婆和孩子。我没有厌倦独身的感觉，但我也期望能有个人做伴，让我不用再睡在冰冷的床上，可我每次试着和别人培养些感情，结果都很糟糕，想到这个，我倒情愿独身，多盖条毯子得了。我的姨妈维奥丽卡说我是个棒小伙儿，和她的索林一样，勤劳又善良，但愿他和我都能找见爱我们的好心肠女人，可索林远在海上，在一条乘满男人的船上，我呢，也差不多，只不过我驾驶的是一辆公交车。说到底，彼得鲁斯是最成功的一个，他的生活稳定，当然了，这得归功于我母亲和我寄去的钱，但也不是人人都知道这事，人们把彼得鲁斯当正常人，把我当个怪胎，没错，那些吉卜赛人跟我说，我说话怪怪的，还说我跟那些前脚走出家乡，后脚就忘了本的罗马尼亚人一样，可那些吉卜赛人知道什么，我脑子里头各种语言掺杂成一团糨糊，说话怎么可能不怪，我年复一年地用西班牙语思考，用挪威语工作，只用罗马尼亚语做梦。无所谓，随便他们怎么想，我是个地道的罗马尼亚人，我也不想死在挪威，我不想永远孤零零地埋葬在他乡的墓园里，只有乌鸦和大雪来祭扫我。几年前我很想回去，那是在我买下康斯坦察的房产之前，我想回村里，在康斯坦察买房的钱足让我在村里买一座独栋的房子了，甚至还能再买下块田，可在这儿我没法一个人，活不下去。

独自住在大房子里的男人要么像个德古拉，要么就是精神或者性取向有问题。所以我去找了一个老同学，她是班里最安静，最聪明的，可也是最丑的，操，她脸上生毛，长着连心眉，牙齿歪斜。只有她的蓝眼和黑发让她稍微能看一些，我是说头顶上的黑发，她的头发顺直滑亮，好吧，她的身材也不赖，她有些瘦，是的，但也有奶子，瘦的问题，多吃点面包就能解决。我去找她，她答应同我约会，可当我和她说起返回罗马尼亚的计划，她并不表示高兴，也不说什么。我不会第一次和她约会就提结婚的事，我不是个疯子，可我确实在试探水温。我们第二次出去约会，再给了她次机会，我想，她接受了邀请，应该就是服软的意思，可第二回和第一回一样，妈的，那家伙真没劲。我知道自己不像她那般聪明，可我也不是个蠢蛋或者傻瓜，她向我传达的信号叫我抓狂。我把她送到家，她邀我进屋，告诉我她母亲不在，那要是还不算做爱的邀请，什么算呢，谁现在能给我解释一下，是吧，可那偏偏不是邀请，我们从没做成爱，但我确实尝试了，当然了。我们坐在客厅的沙发上，她坐在我身边，明明有那么多能坐的位置，这对我来说又是一个信号，因此我对事态非常确信，直接上手，可她却不许我摸，我当然是生了气，生那个浑蛋的气，我唯独恨那种让人鸡巴硬起来，又不让干的女人。她道了歉，说什么自己还是处女，说实话，这倒不难相信，因此我问她，她是否是想等到结婚后再做，我这么讲是因为，讲句难听话，我感觉很难有谁对她产生欲求，或者说，可能有人是可以，嗯，我就可以，我甚至可以和她在一起，问题就是她之前那种性情，那学校里没人看上眼的家伙，其他的都好解决，窍门在于盯着她的眼睛，别看她的牙齿，也别看她脸上的毛，总之，我其实是想问她，她这辈子还想不想做哪怕一次爱，还是她想怎么着，可她对我说不，她不会结婚的，她不乐意。你别抱幻想了，她说。她长那么丑，还有脸对我说这话，操，往后抱着做爱幻想的该是她，不是我，妈的，别操蛋了。我僵硬住了。不是说鸡巴硬，我是说，我把这事思来想去，气生得更狠。我没从沙发上起身，她把上衣解开了些，操，我鸡巴又要硬起来了，那家伙把手伸到乳房中间，瞧她做那事时的姿态，勾引着我，她慢慢移动着手，仿佛要从乳房间掏出条鱼，她也确实是拿了什么出来，她那坠着十字架和圣西奥多拉[1]像徽章的项链。我想和我的圣人一样，献身给上帝，她对我说。操，这我倒出乎我的意料，没料到她是个装腔作势的教徒，没想到。我还是生气，她要进修道院去，以免成个摩罗伊[2]，事情就快成了，她对我说，我呢，为了让事情缓和些，问她是否愿意同我约会，试验她的意志力，以及抵抗罪恶和诱惑的能力，我是在说笑，说这话时的语气轻松，可那浑球和我说，我同情你的灵魂，你的灵魂迷失又绝望。妈的。绝望地想要做爱，我在当时

---

[1] 罗马尼亚东正教圣徒。
[2] 罗马尼亚民俗中的一种吸血鬼。

肯定如此，一直如此，谁要不是这样，请举手，可我的灵魂好着呢，况且她又知道什么。她又把徽章塞进胸口，拿来几张圣徒卡片。我至今都没想明白，我当时为什么要留下来听她说话，她给我讲圣西奥多拉的故事，好吧，说实话还挺有意思的，我之前不知道她的故事，可她对我讲："圣西奥多拉有过丈夫，结过婚，结过两次"，"结过婚"，她是这么说的；于是，我对她说，你别这样看我，别抱幻想了；我把原话奉还，直接甩她脸上，把她刺穿，说完之后，忽然有种睡意袭来，好像刚经历了高潮，也不知道为什么，那时亚历山德拉·斯坦[1]的歌曲突然涌入我的脑海：嘿，性感男孩，给我自由，不要害羞，陪我玩乐[2]。

---

[1] 罗马尼亚歌手。
[2] 英语歌词，出自乌克兰音乐人 Junona Boys 的"Saxobeat"。

★

奇普里安在厨房中现身。他抓住我受伤的手，帮我拎起装有干净衣服的袋子，领我到街上。"达契亚"正在街上等着我们。他从口袋里掏出车钥匙，开了前门，邀请我坐上副驾驶座。我上车。我调整好安全带，他则坐上了后座。我从后视镜里看他：这孩子漂亮极了。奥维迪乌叔叔拿着你的手机[1]，他对我说。他还有你的密码[2]，你的密码[3]，他补充道。

彼得鲁斯出现了。他的儿子把钥匙给他。

那条路我和奥维迪乌走过，可由彼得鲁斯掌舵，一切景物就变得全然不同且新鲜。倘若说我们是骑马行进，我便能更轻易而精准地指出两兄弟出行方式、驭兽之术的不同之处。我不仅能注意到他们两人之间的差异，也能注意

---

[1] 罗马尼亚语。
[2] 罗马尼亚语。
[3] 英语。

到同一匹马身上发生的变化，看它的皮毛随奔跑而改变色彩，感受它的血流在我腿间沸腾，听它在骑手的牵引下发出的种种嘶鸣。由彼得鲁斯负责驾驶的那段行程与以往有所不同，可我解释不清那种新鲜感。

最终，我们到达杰奥尔杰塔的家中，她的家很大，或者说，很高。她家是这里少有的双层式住宅。家中没有院落，不过临近大门处，有一方路缘石围出的花园，花园打理得很好。丛丛茶香月季与老鹳草闪闪发亮，光泽如陈年老酒的绿玻璃酒瓶，汁液鼓胀起它们的茎叶，甚而半催开数朵花苞，细小的花瓣绽出，宛如刚刚降临世界的、尚未尝过泪水与空气的新生命们吐出的小小舌头。花朵的色彩穿透细胞膜，相互沾染，如被晨露模糊了的水彩笔触。花园望向我，每片花萼都是一片半开的眼睑，磨锐花冠的视线，花冠渐渐脱离冬日黑暗的盲区，开放自己，迎接光线。

花间出现一位酷似杰奥尔杰塔的女人，只是年纪更大，衣着更为多彩。她邀请我们进门，但彼得鲁斯只勉强打了个招呼，便返回到还没有熄火的车上。

从里边看，杰奥尔杰塔的房子并不像罗马尼亚人的房子。可是，我又见过多少罗马尼亚房子呢？杰奥尔杰塔的房子和维奥丽卡的房子还有拉卢卡的房子都不像，也不像想象中的安德烈的房子，也不像索林自商船上远程营造着的尚不存在的房子，不过，她母亲给我看过他在康斯坦察所置土地的照片，从那片尖刺铁丝网围着的草地看来，大致可以推断出房屋的制式与细节。杰奥尔杰塔的房子出人意料地整洁。没有镜子,也没有强烈的色彩,白色墙壁的空间分布匀称,纯木家具与植物精致柔美,这些特质一齐让这座房屋成为罗马尼亚宇宙之外的一颗行星。

我从没闻过吉卜赛人的气味,但杰奥尔杰塔的房子带有那种气味,吉卜赛人的气味:像陈旧的木头,像开阔的原野,像吹奏完毕的小号上沾着唾液的黄铜,像熏香,像炭与尘,像煤精色的长发,也像她母亲端给我们的刚刚泡好的金盏花茶。

饮茶后,杰奥尔杰塔带我去浴室。浴缸腾出水汽,仿若一碗覆着泡沫的汤。她递给我两条干净的毛巾和一块蜡纸包裹的薰衣草皂,走出去,把门在身后关上。我快速脱光衣服,泡入温热的水中,仿佛与构成自己的元素重逢。我拆开薰衣草皂的包装,让它漂浮在泡沫之间。水赋予我形态,肿胀起我手上的伤口,仿佛提醒着我,亿万年前,我曾是一条生鳃的鱼。

⁎

　　杰奥尔杰塔什么忙也不帮，但至少让我们用了她的浴室，倒也算是帮忙了，我急需洗澡，连那小狗都比我干净，我说什么也得在穿上新衣服前洗一遍身子，那为仪式准备的新衣我已经准备妥当。我看她们关系很亲。我到的时候，杰奥尔杰塔正为老师做头发，她做这些事很在行，她把老师的头发编得像只竹篮。看上去不错，更严肃，像个老师样子，适合去教堂。她还借给她一方头巾，但叫我向她说明应该如何佩戴，因为她不喜欢带头巾，也不愿意给别人带头巾。我感觉她并不会去参加仪式，但我也不打算抱怨些什么，我想，这是出于她母亲的原因。她母亲在家，但一看到我便走开了。杰奥尔杰塔为老师梳头，母亲端来茶水，一切都好，她们都笑着，聊着，可我一到场，她们便都沉默下来，她母亲，操，基本没和我打招呼，什么都没拿来招待我便走了，连一点茶水都没有，这也不需要她费什么工夫，毕竟茶都泡好了。杰奥尔杰塔至少还拿来了一只杯子,为我倒了点茶,还给了我甜面包。走到了回家路上,我对老师说,慢慢教杰奥尔杰塔挪威语,至少教她怎么用挪威人的语言对他们说早上好,他们就吃这套,能让事情更简单些。我也把手机还给她,故意问她知不知道我表哥博格丹的什么事,他是不是可以给她的手机卡充值,可她也不是傻子,立马看穿了我的心思。她查看一番信息,不知是删除了,还是隐藏了,但总之是对和我表哥的对话框做了些什么,那对话框原本是列表中最顶上的一个。我看了他们的聊天,当然没有看完,我没空听两个互发小人儿脸的孩子说废话,我读到的这些就够让我明白了,他们的关系好极了,我的表哥像是报了个西班牙语聊天速成班,真是个大浑球;可她也什么都没说,确实,我也没具体问,我也不想当个包打听,总之,她假装没听见我的问题,既然她在博格丹的事情上一言不发,我又转向狗的话题,我对她讲清楚了,明天家里有客人,狗不能在家。我不打算跟她说,祭奠死者的时候,动物容易招上跑出来的恶鬼,我不想吓着她,也希望彼得鲁斯已经把母鸡们抓出去了,它们最容易被夺舍,小孩、猫、狗也一样,小动物们,那些会往家里跑的动物们,因为斯特里戈伊喜欢和人亲近的动物,不过奶牛也可能被夺舍,奶牛的身子骨大,所以可以容下不止一个恶鬼,我想彼得鲁斯已经在奶牛那儿放了大蒜,希望他也已经用木头盖子罩上了牛棚。我不打算去检查他做没做了,我打算相信他,让自己放松一下,我不想失了这热水澡带给我的睡意,我得为明早做好准备，我已经疲于安排人手，发号施令了，要是我不发话，什么活都干不成。对她，我倒是详细说明过了要怎么做了，蜡烛啊，钱啊，科里瓦啊，还有照看祖母的事。这不是单纯为了给她指派任务，也是为了让她了解传统，我不知道，至少我是想要了解她的国家的传统的，我看她和博格丹说了各种蠢话，可完全没问过关于罗马尼亚的问题，完全没有，我记得刚开始时，她看上去还很好奇，什么都想了解，现在却什么也不问，所以我全都解释给她听，这样她明天才能把事情做好，要是她不明白蜡烛、钱和毛巾是做什么用的，她可能要觉得这是吉卜赛人的荒唐事了。但这些是传统，我们做科里瓦，可不是因为麦子便宜，而是因为麦子是神圣的食物，是上帝给我们的，麦穗是逝者灵魂的庇护所，灵魂缠绕在上边，所以，神父以各种方式为麦子祝福，只许好灵魂进入，麦子要清洗干净，好让圣水进入，模子里的麦团是土地与水的记忆，生命的记忆，造物泥土的记忆和盖在逝者身上泥土的记忆，死亡的记忆，所以科里瓦是棺材的形状，上面的可可粉十字架是墓碑。科拉其，死者的面包，也是用小麦面粉做的，做成圆圈或者十字的形状，条状的面团要编织成发辫的模样，这很重要，辫状面团是连接逝者与他们逝去的家人的绳索，绳索也连接着生者，也就是带着面包去他们坟上的人。水果是伊甸园的记忆，因此，所有墓地中都种有苹果树，这些树是在第一场葬礼上种下的，结出的果实又被用在为逝者举办的其他仪式上，所以要接受水果，记得我们是上帝的子民，记得我们是在天堂里被创造的，那里可以吃到大地上的一切水果，我们从土地中来，又要以土地为终点，在仪式上，要收下所有别人递来的东西，也要递给别人东西，桌上的所有东西都可以互相传递，水果、面包，或者科拉其，关于递什么的问题，没必要想太多，别人递来什么，我们收下就好了，她最重要的任务是分发东西，蜡烛、毛巾和施舍用的钱，我对她说，把钱散给看着很老或者很穷的人，一般都是些又老又穷的人，但要她散钱时留神，想想再给，别把钱给了那些个不老也不穷的，我也叫她试着找条比杰奥尔杰塔给的抹布更不惹眼的东西，把手上的伤口盖住。我跟她说，要是有人向她伸手，做出讨钱的模样，那好，给钱，但首先要给蜡烛，蜡烛是用来照亮我父亲的灵魂的，这最重要，为着这个我们才来了这里。

★

　　早上干冷的空气是一道天蓝色粉笔的帷幕。太阳已出，照明万物，可那是一颗孤悬的、奇异的太阳，仿佛已然脱离整个宇宙；它安静、冷漠地从天空垂下，闪耀如博物馆走廊中的灯泡。

　　奥维迪乌随晨曦一道醒来。我看到他的影子匆匆离开房间。我看向床底，我的小狗就在那里，蜷缩在我的羊毛衫里，两只铅珠般闪亮的眼睛望向我。我穿好衣服后，为它带来几节香肠，放在它的身边。它草草闻了闻，又蜷缩回去，继续睡觉。

　　祖母在客厅里等我。她靠着临街的房门站着，从窗户里看出去，木拐杖在地上笃笃地敲。我靠近她身旁，搀住她的胳膊。即将出门去参加仪式时，我感觉自己快要晕倒。我的腹部剧痛，身上冷汗直流。我把杰奥尔杰塔给我的头巾给她。祖母帮我理好头发，用头巾盖上。头巾是黑色的，边缘挂着流苏，又饰以丝线绣出的闪亮图案。祖母放在我头上的手，和我挽着祖母胳膊根部的手，让我想起一种女人的循环，一个套着一个，像俄罗斯套娃。老人的躯体散出的热气让我感觉好受一些。

奥维迪乌来接我们。他拿走祖母的拐杖，我把前臂伸给她，让她撑着我的手臂上车。我进家门拿毛巾和蜡烛时，奥维迪乌正拿着一瓣大蒜等我。我看到你把狗留在床底下了，但我们之后再谈这个；张嘴，他说，我照做。他也吞下一牙蒜，然后拿起余下的供品。

大蒜的热辣从我的肚子泛起，直冲眼鼻。不知是否是因为大蒜的硫味，我淌下几滴眼泪。祖母也哭了，奥维迪乌依然看着路。记得，给所有人都发一支蜡烛，毛巾给走到近前的人；至于钱，看准了再给。

我们到教堂时，由奥维迪乌负责带领祖母，他一手扶着老人，一手端着一盘科里瓦。把所有东西都拿出来，面包和水果放在进了教堂门就能看见的桌子上，毛巾、蜡烛和钱的事你都知道的，他说。你可以把毛巾放在桌上，不过分发的时候要用手拿起来。别把毛巾都发完了，留一点给仪式之后用，他往前走了几步，喊道，过来，在科里瓦上边插对蜡烛，还有，拿上我这边口袋里的车钥匙。

我的手在他裤子的布料与缝线间滑行。他的口袋狭窄、幽深而温热，似是一条长蛇吞没我的手。我先是触碰到他结实的大腿，而后摸到蜷在底下的钥匙，一如蛇喉深处的一只金属蜘蛛。车子的手套箱里有只打火机。把它拿出来，你分供品的时候，手上得拿点着的蜡烛，还有，把钥匙插到车上。

我严谨地遵循他的指令。纷至沓来的人们向我打招呼，我轻轻点头，作为回礼。我点了太多次头，不禁想起畜栏里啄食着干土的母鸡。

教堂里，我见一名辅祭接过科里瓦，奥维迪乌安排祖母坐在一张长椅上，不过，老人放下拐杖，与在场的许多年长妇女一样，在仪式中的大部分时间里都跪在教堂的红地毯上。我准备好了。我的一只手上拿着一捆蜡烛、一沓一列伊和五列伊的纸币和一束毛巾，毛巾的一端系在一起，宛若一把巨大的香蕉形毛绒玩具，我的另一只手上拿着一支点燃的蜡烛。到来的客人们前来借我的火，随后把他们点燃的蜡烛插入装着沙的浅口盘。安置好祖母后，奥维迪乌回来了。他拿着蜡烛和纸钞站在我身边，我们便是这样迎接来到教堂的客人们的。

我们只剩一支蜡烛、一张钞票时，奥维迪乌对我说：你看着，我做什么，你就要照做，我们去祭坛上，但你别站在我旁边，你要跟在我后面，我们把蜡烛插到别的蜡烛都插着的那口沙盆里，钱放进一旁的罐子里，然后亲神父的手和圣母像，看看大伙儿都怎么做的，看我是怎么做的，你就照着做。

我们走过地毯，脚步扬起潮湿与朽木的气味，一时间让人不快，可一会儿过后，又宛如人们对红酒的形容：核桃风味、雪松林、陈年奶酪、熏肉桂与发酵中的青葱小麦香气。我模仿奥维迪乌的礼节，亲吻神父的手，在唇上感触到教区信众和奥维迪乌的口水形成的湿环，我的口水覆在他的口水上，也覆在所有其他人的口水上，口水如一道道地下含水层，自金属涌出，流动在神父手部真皮组织的缝隙间。

我走上前去亲吻圣母像时，回忆起自己曾在青春时曾经吻过镜子。我看向圣像，同样的形象曾在维奥丽卡的家中燃烧，我想起她，想起布加勒斯特的女人们，想起昨天制作科里瓦的女人们，想起奥维迪乌死去的妹妹，想起他在意大利的母亲，想起哭泣的祖母，想起递给我香烟的拉卢卡，想起为我编织头发的杰奥尔杰塔和她为我倒茶的母亲。我的双手抓住圣像的两侧，半张的嘴贴在圣母像上。我的举止粗秽，但也谨慎而短暂。我闭上眼，舔舐灵光上的金箔，我的舌头阅读浮雕出的圣像，与此同时，我想象自己亲吻所有女人，亲吻罗马尼亚女人，也亲吻所有其他女人，亲吻我的记忆于此一生中记录下的女人，那些有名字、有样貌的女人。我从未亲吻过女人，然而，当我的嘴唇贴上圣像，我便亲吻着所有女人：夏娃、莎乐美、米利暗、亚比该、马大、底波拉、抹大拉的马利亚[1]，我亲吻所有在我未曾为她们存在之前就已吻我的女人，我亲吻所有尚未为我存在的女人。

仪式是在神父、辅祭与信众间循环反复的歌声。

---

[1] 以上均为《圣经》中的女性人物。

永恒缅怀

永恒缅怀

永恒缅怀[1]

神父向祭坛走近几步，摇动起身体，呈现出不安的圆环舞步；先是背向信众，后又转动身子，看向众多圣像。舞步螺旋着反复。环形的舞蹈中，神父不断拿起供品，举向空中。他从上往下地扇动，摇动经书，摇动科里瓦，摇动面包，摇动水果。他口中低语，向我们低声说话，也予我们祝福。

我不知仪式持续了多久，但当我们上路去墓园时，阳光已经洒满大教堂的屋顶，如一盏巨大的电暖器悬在庭院正中，散发出热量。土地吐出温热的湿气，我们吸入的空气重又结实起来。我想到了尸体，想到它们散落的物质，想到肌肉分解作丝丝肉质毛发，结在骨头上的孔洞里。我想象尸体碎解成面包屑，想到死者流下亮珍珠与鲜牛奶的汗水，想到塑料袋装的切片面包散出的酸味。

在教堂里行完仪式后，去掘开的墓穴之前，我们这些仪式的参与者先去了教区礼堂。那边摆放着人们拿来的其余供品。我们又点燃蜡烛，并把剩下的毛巾分发出去。数十份科里瓦、面包、水果和甜食躺在长桌上，周围是一瓶瓶红酒和一根根燃着的蜡烛，都用水或香祝福过。众多苍

---

[1] 罗马尼亚语。

蝇上下翻飞,亮片般缠绕在一绺甜蜜的烟纱上,烟纱包裹住我们,似裹住誓要化蝶的幼虫。神父与辅祭又颂起在教堂中颂过的同样的歌,永恒缅怀——永恒缅怀——永恒缅怀——[1]

---

[1] 罗马尼亚语。

∴

　　还好没让杰奥尔杰塔负责照顾祖母，她压根儿没来。我知道她不会来的，不过我想，这跟她母亲有很大关系，我感觉那老太是在跟我对着干。杰奥尔杰塔是她的独生女，小姑娘家要跑去别的国家，她是不大乐意。祖母顶好是由我老师陪，这样她可以随心所欲地为她儿子哭，没人会对她说冷静啊，节哀啊什么的话。她担下了最重要的活，领着祖母走道，一直扶着她，不让她摔跤，因为祖母视力不好，走路得拄着那对老掉牙的木头拐杖。老师也做了我吩咐她做的事，做得很好，很有条理：毛巾、蜡烛、钱、科里瓦还有祖母。她吻过神父的手，也吻过圣母像。杰奥尔杰塔不在反倒更好，这样神父就不会向我问些什么了。他已经看到我和老师在一起，我觉得，他已经想过我们之间或许有些什么，我任由他这样想，眼下对我有利。对她，他们什么也问不了。身边有个不说话的女人大体总是好的。亏得拉卢卡留在了家里，她说话说个没完，会把别的死人给吵醒。一切都好，但一大早的时候，我挺生气，我们都准备好出发去教堂的时候，我发现狗还藏在床下面，操，我差点把它踹出去，可没时间，也没必要，至少它挺干净，而且正睡着。我之前跟她说明白了，狗不能待在家里，可她总把我的话当耳旁风，不过她今天都按我说的做了，我没法指摘她什么，这是实话。希望她别想着把狗当自己孩子一样，在客人们面前抱着，不过我觉得她不会，应该不会，但她确实古怪，有自己的一套，我渐渐地更了解她了，可谁又说得准呢。她穿着在布加勒斯特时穿过的连衣裙，里面是一件深色的T恤，看不见乳沟，看着挺优雅，头上那方黑巾也与她般配。她没有怠慢过祖母，一直搀扶着她，为她擦眼泪，两人一起哭。我哭不出来，可的确有疙瘩一直卡在嗓子里，不知这是不是意味着我想哭，可我一滴眼泪都没落，我的感觉是，整张脸的皮肤都在疼，牙齿下边，牙龈的地方，每一处含着唾液的孔洞，都在疼。

★

在香烛的烟雾中诵念了数小时后,我们出发前往墓园。

我用前臂搀着祖母。她的拐杖躺在墓坑的边沿,犹如老人在她那条苦痛之路上走裂、走残的胫骨。亲爱的妈妈在这里,亲爱的妈妈[1],她看着儿子遗骸上闪亮的布料呼喊道。

墓上盖着块白布。光线穿过布料的纤维,光线的点彩画中,隐约能看见一副突出地面的骨架。我看着骨骸的轮廓,试图重构出身体。我看着奥维迪乌和彼得鲁斯,用他们的特征拼凑成一副肉身,紧贴在布匹下那些裸露的骨头上。

神父往坟墓周围倾倒下几束甜酒。几滴酒液飞溅上掩盖墓穴的面纱。金红色的酒露裹挟泥粒,在聚酯纤维上铺展开来,形成橙色的行星系,悬浮在纤维的白色宇宙中。

---

[1] 罗马尼亚语。

奥维迪乌紧盯那个宇宙。他的目光穿透织物，缠入父亲遗骨上的孔洞。我的朋友眼前是一套痛苦的进程，痛苦被埋葬，又被掘出，只为再次被埋葬。丧葬的礼节是一串荒谬而单调的音符，是为丧亲者所备的一则庄严的绕口令。

我在教堂的祭坛上见过奥维迪乌父亲的照片，照片摆放在供品旁边。那是一张黑白照片，清晰地勾勒出面部轮廓。有时我感觉那面容就藏匿在生者的肩颈间，氦气球一样地飘浮着，自墓地的某一处看着我们。我记得他前额上深刻的皱纹。其余全部的面部线条均自那道皱纹生出，一齐勾勒出他的五官。奥维迪乌与他的父亲生得相仿。我把目光投向我的朋友，他的脸是湿的，脸上并非泪水，而是汗水。他尸体一般地出汗，汗水汇集在额上那道遗传而来的，初现雏形的皱纹中。黏稠的光线灌入他皮肉上的坑洼，照亮青春痘留下的疤痕，我头一次察觉到他脸上那些发紫的肉坑。

神父把剩下的酒都倒在墓地上，而我闭上双眼。眼皮之下，光幻视[1]到来，以黑白色描绘出逝者的脸。他的骨头会是什么颜色？我问自己。我企图追随酒流，流向泥土；我想象着我朋友父亲遗体的骨组织日渐稀疏，成为一块浸着酒的软骨海绵蛋糕。骸骨是一座珊瑚礁，其间栖息着另一世界无穷无尽的鱼群。我问自己，骨组织的每一空隙中，是否都嵌着骨质贝壳与珍珠色的蠕虫幼虫。

---

[1] 眼睛在无光条件下产生的看见光的错觉。

我闭着眼流泪。泥土落在布上,发出微弱、沉闷的声响,似有盲鸟自巢中坠地。我睁开眼睛,回到那个布匹上的酒滴宇宙,酒滴绘出的容颜在尘埃中渐渐模糊。

✦

父亲知道我快要结婚，会高兴的，即便是假结婚，即便新娘是杰奥尔杰塔。我多希望他能活着站在这里，那样我便可以和他干杯，不过我也同他的灵魂和名字一起喝过了，都一样。我把事情都告诉了教父。我说我要结婚了，他还以为我是要和挪威语老师结婚。你找了个老师，真是太好了，老师是最好的，他说着就想到了我的小学老师，说她眼下住在蒂米什瓦拉[1]，膝下有两个孩子。他是怎么知道的？因为她有 Facebook 账号，两人略有联系。她还记得我，我的教父冲我眨眨眼说道。我和他说我要和杰奥尔杰塔结婚，他并不高兴。可她一点都不喜欢你，她来参加仪式，甚至不是出于礼貌，只是为了来吃点东西，扯扯闲话，他说。于是我向他说明情况，我以为他已经知道了呢，毕竟他和安德烈是很要好的朋

---

[1] 罗马尼亚西部城市。

友，但不，他完全不知情，于是我反复叮嘱他，一定要为我守好秘密。我不记得我还说什么了，我太累了，也有点醉，可他倒是向我提了一连串问题：你会和她睡一起吗？你能和别的女人约会吗？你会让杰奥尔杰塔和别的男人约会吗？她要是跟挪威男人跑了呢？你有备用的老婆吗？你的财产划分清了吗？你和你老师真没什么？你想要孩子吗？

★

已有数名食客到了场。有些人继续站着,另有些人在庭院中布置好的桌椅上坐着等候。阳光把桌布上的织线裹得更粗,把那化纤粗布化作繁复的锦绣。主座是留给神父的,奥维迪乌和我坐在他旁边的位子上。

我帮祖母在孙辈间落座,而后回到桌子另一头的我的座位。杰奥尔杰塔比神父到得早些,坐在了我的身边。她向我问好,摩挲并轻轻拍打着我的背,仿佛为刚喂过奶的婴儿拍嗝儿。

昨晚,我在她的浴缸里睡着了。杰奥尔杰塔走进浴室时,发现我死鱼一般地漂浮在被肥皂和我身上鳞甲一般的泥垢染浑的水中。她唤醒我,递给我一条毛巾,随后走出浴室。

我穿上衣服,下楼去餐厅,杰奥尔杰塔正拿着吹风机等我。她用毛巾擦去我头发上的湿气,再用吹风机吹干。随后,她为我梳头,拢出两条发辫,它们在我后颈处会合，似丝质的粗绳织成肩章。

杰奥尔杰塔塑造事物，又令它们长存。她的在场为晚饭增添维度，也为我的表相赋予定义。我的沉默在她的言语中彰显，她的言语以长短不一的话语标记出时间。没有时间的概念了，只有不断流淌的罗马尼亚语对话，如滴答，如秒针，如单摆，如钟声。我的时间将尽，我想道，而声音在空间中流动，一如漏中之沙。

神父到来后，我们又唱了一遍永久缅怀[1]，然后坐到桌边。

记忆中的宴会仿佛一场目光游戏。游戏中，我认出奥维迪乌教父的眼睛。他的眼睛比其他陌生人的眼睛更为健谈。我知道，有那么一副目光，要骗过秘密警察，勾引小学老师，完全不成问题。他那甜酒般的黄色眼睛，猫的眼睛，也勾引着我。祖母眼上的白内障将她目力所及之物都卷入一团云雾。她把我们误认作过去的人，误认作圣人，因为我们头顶着不透明的光圈；我们是她最亲爱的死者，我也已经死去。

我的目光因酒精涣散，我的身体正在沸腾。我想起床下的小狗，给我充当毛毯的我的小狗。

食客看来都已餍足。几只餐盘依然满着。我伸手，要去拿些食物，杰奥尔杰塔先我一步，为我把盘子装满。我吃下一点食物，把余下的推开。给狗[2]，杰奥尔杰塔悄悄对

---

[1] 罗马尼亚语。
[2] 罗马尼亚语。

我说。拉卢卡和别的女人开始收拾盘子时，杰奥尔杰塔作势要帮忙，拿走了我和她的盘子。

奥维迪乌同神父以及别的宾客聊着。在我耳中，他们的话语是宜人的嗡鸣，轻抚着我的颅顶，爬下我的脊背，有如蚁群沿着我的背神经成列而行。酒水和食物令我困倦。这困倦感沉重而黏稠，虽不至令我生厌，但我还是想念镇静剂带来的困倦：化学的，干净的，深沉却轻盈的困倦；抑制住我细胞呼吸的完美倦怠，线粒体层面上的优雅眩晕，而非任何人在宴席之后都可能体验到的惯常睡意。

手机的响声把我从倦怠中拽出。杰奥尔杰塔从房间里给我发来照片，我的小狗在房间里，在床边吃着我为它留下的剩饭。我从桌边起身，去找杰奥尔杰塔。

✦

我不知该怎么回答他，但杰奥尔杰塔注意到了我们在谈论她，明白了是怎么个情况。她不想同我们干杯，以为自己多重要似的，她说她不喝家酿的酒，胃里会反酸，这娇气鬼，她一直竖着天线，监听着我们的谈话呢。我的教父装傻充愣，换了个话题。他问起她的母亲和安德烈。我母亲，好着呢，跟平常一样，她说，但你为什么问起我父亲？我知道你经常去布加勒斯特，见他的次数比我还多，你跟他像一对儿似的。杰奥尔杰塔傲气地说道，面不改色。我给他把酒满上，缓缓气氛，可还是看到他的脸涨红成了番茄。杰奥尔杰塔真是个蠢货。不知道教父是被气红了脸，还是因为被杰奥尔杰塔点破了真相而羞红了脸。于是我就在琢磨了：教父经常聊女人，却还没有结婚。他会是基佬吗？我不觉得。我不知父亲会不会找个基佬来做我的教父，但也许他也不知道吧，但有一点是肯定的，我母亲肯定不会允许自己的孩子有个基佬教父，她那边肯定不行。是因为这个，母亲才没有选择教父，而是和父亲结婚的吗？她怀疑教父是基佬吗？教父是不是基佬，对我来说都一样，他要是的话，藏得可真够好的，会藏是最重要的。上帝原谅罪孽，但不原谅丑闻。至于安德烈，怎么可能，他要是基佬，我立马把自己割去一个蛋，不过我不情愿再继续想这个了，要是继续想下去，我要以为所有在教父身边待过的男人都是基佬了，包括我父亲，请他原谅我这些念头，希望他别在墓里头气得打滚。你看啊，爸爸，你也别恼，要不是我得和杰奥尔杰塔假结婚，或许我就和教父那家伙一样成个老光棍了，或许人们也要以为我是个基佬了。我不知道，这只是我脑袋里闪过的念头，我现在想起了我对维奥丽卡说我不和老师睡的时候，她冲我露出的那副表情。表情里不是对情侣吵架的担忧，而是些什么别的，是惊讶。她是以为我不喜欢女人吗？我不知道，我不想和女人睡觉可能惊讶到她了，可这并不意味着她想到了最坏的可能，她也可能觉得我是生病了，或者是累了。好在博格丹没露出什么表情，假如姨妈以为我是基佬，也有我的表哥跟她把事情解释清，可我也不知道他会不会解释清，因为博格丹确实是喜欢我老师的，他一直在试图接近她，这就表明他认为我对她没兴趣，要不然，他这就是在挖我墙角，干浑事了，不可能，我们和亲兄弟一样，但希望他别觉得我是基佬。好吧，是，我是对老师有兴趣，有一点，是，但性质不一样，和之前不同，但我也不知道是个什么性质了，我眼下在父亲的祭礼上，和老叔喝着酒，看着杰奥尔杰塔和老师心灵相通，像是认识了好些年，我就更糊涂了。杰奥尔杰塔为她倒满酒，老师笑了，她大可说"干杯！"，这是她在康斯坦察就学到了的，可她却什么也没说；她一声不吭就同意在客人到来前赶紧把狗带走，她把狗带去畜栏的尽头，至少我是这么觉得的，现在我不知道了，刚才我看她和杰奥尔杰塔去了院子里，没去畜栏。我知道她们是为了狗去的，因为我的老师给她在手机上展示了几张狗的照片，又配上身体语言，跟狗一样吐舌头，轻轻低吼几声，她正对她谈她的狗呢。我以为她要吠叫起来了，妈的，不过我觉得没人注意到她发出的那些声响，或者没人在乎，人们也许以为她是想说些什么，却又不会罗马尼亚语。我的老师像狗一样吐出舌头，杰奥尔杰塔笑了。说实话，我也觉得有点好笑。她们去了院子里，但我不知道，我不知道事情要怎么发展，因为我喝酒喝乏了，我不知道自己已经喝了多少，但我确实看到她们从餐厅的另一头一起进来，她们从院子里回来，不过她们之前也可能是在房间里，那，为什么要去房间呢？难道是狗在房间里？或者说杰奥尔杰塔是个女同？我看她挺神秘，对老师也很上心，她在打着小算盘。不知她为什么穿着裤子和夹克，她这样看上去像个男人，她的身材不错，穿裙子很合适。她为什么对教父说他和她父亲像是一对？也许她就是女同，所以说这话，这样她就能找到同类。或许教父和安德烈的事也是真的，村里爱嚼舌根的人也传过这种说法，说是村里那些搬去布加勒斯特定居，又不带家人的人，那些在村子和首都间来来回回的人，去首都只为着一件事，就是去无法无天，到那边做在这儿不方便做的事，去和看对眼的人做爱，去吸毒，还有就是，的确有可能，安德烈是基佬，这遗传给了她，这说得通。那我的老师是女同性恋吗？她要是的话，我就把自己另一个蛋也割了，但她也有可能是吧？不过拉卢卡要是女同，我倒不会惊讶，她之所以不出柜，是因为她是个吉卜赛人，她的部族会杀了她的。这可不是眼下的情景或者酒精让我生出的奇想，自打那布胡希来的吉卜赛人跟我说要提防着拉卢卡，我脑海里就时不时会闪过这念头。别叫她给你弟戴了绿帽！那时彼得鲁斯和拉卢卡刚认识，而我正要出国。那吉卜赛人对我说这话的时候，我以为他是指别的男人，以为他是嫉妒。或许他爱上拉卢卡了吧，但我从没见我弟媳对别的男人动心；她总是和很多女友处在一起，这倒是，但吉卜赛女人都是这样啊。她是有点男人婆，这没错；所以她和软性子的彼得鲁斯处到一块儿了，这样两个人能互补。要是拉卢卡和吉卜赛人在一起的话，那吉卜赛丈夫会发觉的，吉卜赛人在各种事上都更机敏，不过想这些有什么用呢，我要是这样想下去，我们都可能是基佬或者女同了，先从神父和他的辅祭算起，然后是索林，以及和他一起在海上工作的那些男人，接着是离开罗马尼亚去别的国家工作的女人们，还有留下来做家务活的男人们。就算在这里，我们虽然聚在一块儿，也是男人跟男人，女人跟女人，界限分明，各自扎堆。只有孩子们还有救，他们确实还没分开，全都聚在一处玩，他们还没认识到邪恶的人性。

★

杰奥尔杰塔坐在床上等我，后背靠着墙。我注意到她的双腿十分颀长，几近与草席的宽度相齐。

我看向床底。我的小黑狗依然躺在那里，但它醒着。它没有起身，只是摇摇尾巴，我见它皱起额头，半合上亮晶晶的眼。我们都在彼此的眼光中看出了宴饮后的困倦。

我坐到床上，没靠上墙，而是靠在床头上。你要把狗带走吗？她手机上的翻译软件用机器人声问道。我点点头。奥维迪乌知道吗？同样的声音提问。我摇摇头。狗病了，电子音说。我不知那是一个问题还是一条论断。食物和酒让我眩晕。我记得在欧洲的某个国家，点头和摇头的意义和世界上其他地方是相反的。不可能的，机器人声说，我又摇摇头，但不确定这样的动作究竟是表达否定还是肯定。杰奥尔杰塔大笑起来。

她把后背从墙上移开，骑坐到我的膝盖上。她那件紧身夹克的下面是一件衬衣，她把衬衣最底下几颗纽扣解开，向我展示她在肚子上文着的一句话。那句话自肚脐开始，箭头般竖直地指向阴部。对于努力尝试的人，没有什么不可能。[1]

杰奥尔杰塔理好衣服，从床上一跃而下，离开了房间。我那时便已知道，我再也不会见到她了。

床上的动静吵醒了我的小狗。小狗从藏身处出来，慢慢地走了几步，在房间的一个角落停下。它闪亮的眼睛遇上了我的眼睛。它弯曲后腿，做出排便的姿态，可是没能成功。它转了几圈，仿佛正思索自己肠道的状态。它停下了，这次是在房间的正中，又看向我。它重新尝试打通肠胃；它把全身的重量都压在臀部，用力伸长尾巴，可最终放弃。它的后爪已经适应了畜栏里碎石地、干草与干土的摩擦力，在房间光洁闪亮的地板上不住地打滑。

我用胳膊把它抱起，安放在床上。闻了闻床单后，它带着被食物填得鼓胀的肚子趴倒下去，仿佛正向狗的上帝祷告。我趴在它身旁，我们看了好一会儿彼此的眼睛。它的眼神变了，和之前弯曲着腿时不同。它看上去妥协了。我不时抚摸它的额头，它舔我那只先前为它所伤的手。它从鼻子里喷吐出一股温热的蒸汽，当日所有的气味都凝结其中。有土的气息，丧宴的气息，死者的气息。

---

[1] 罗马尼亚语。

☼

　　昨晚所有那些想法都叫我气恼。是，对，我喝了个半醉，可那也没差，醉了也不代表换了个人，我生我自己的气，因为我发觉自己和村里的人想法一样，甚至还更糟，我感觉自己也是个乡巴佬了，操，我一直操心别人过着怎么样的生活，谁和谁上床了，谁挣的钱多，谁发迹了，谁更好，谁更差，最终我想着，我是最好的，大家都谢我，夸我，因为我招待他们，因为我孝顺，我勤劳，我有责任心，我出人头地，可是，嗯，说白了，我没做什么特别的事，这都是我的本分，我也不是什么英雄，人人都能组织起祭礼，有了从挪威带回来的钱，再加上意大利汇来的欧元，就更是容易了，彼得鲁斯和他老婆本来也能办的，妈的，在一片赞扬声里，我听见自己批评一切的声音。人们来向我道别致谢时，我心想，对，是的，不客气，也谢谢你们来，可你连写字儿都没学会，还是个醉鬼，而你是个傻逼，你老婆都出轨好几次了，你还跟着她，而你是个婊子，和隔壁村里所有人都睡过，怀上了孕，还说你爱你老公，而你是个软蛋，就因为怕冷，没有留在丹麦工作，而你还在嗑药，而你是个胖子，你的孩子们却营养不良，真不要脸，而你还没有还我去年借给你的钱，你还敢来我父亲的祭礼。我惊呆了，我听到了自己的声音，但声音中没有词语，好像在雾中，好像知道有什么在后面，却又什么都看不到，就是这样的，像公路上起雾时，对向来车发出的声音，我这样想着，我对各种事物的各种看法令自己迷惑，没人让我发表评论，可我就在那里评论着，同时不让别人看见我，或者说，我像换了个人，当然我还是我，可我同时也是别人，我是那个返回罗马尼亚并觉得这里的一切都像狗屎的人，那个现今说着三门语言却发现自己当初离开的罗马尼亚毫无变化的人，可他也没有变化，而他就是我，但我仿佛从未离开过罗马尼亚。我上了床，想着我的父亲不会再回来了，他敞开的墓穴上覆着布料，我已经在布料下看到了他的遗骨，他的骨骼干净，掘墓人干活干得漂亮，当我看见泥土再次掉落到他的骨头上时，我知道，那是最后的告别了。如果我父亲回来，我也不会知道，他想要回来时就会回来，不会有庆典，也不会有仪式，如果他甘心那样的话，可是，操，如果他听见我这么想，他还会认我做他的儿子吗？这一揽子事都很奇怪。我把事情都想了个遍，觉得自己是最好的，我当真信了，我感觉良好，感觉自己是个英雄，可这又让我感觉糟糕，让我气恼。我想我可能是从墓地里招上了什么恶鬼。我去厨房找大蒜，发现拉卢卡还醒着，我想找个缘由向她表达感谢，可我不知道，我做不到，我向她要烟草，她不给我，因为她是个浑球，她就是这个样子，于是我问她要大蒜，她给了我大蒜，也给了我烟草，我出去抽烟，她和我一起。我们什么都没说，但我看着我们嘴里吐出的烟雾，我们正在烟雾里交流，我通过烟草向她表达谢意，她用她的烟雾对我说，没什么好谢的，我像是嗑了药，我曾经嗑过一次药，体验完全一样，一切都变得缓慢，我有时间留意到更多的东西，可如今我只是喝了些酒，酒精从不会让我这样。我留在院子里，去找我的老师，一直走到畜栏的尽头，因为夜已经深了，她还没有上床睡觉，可她不在那里，那里只有那些散养的狗，它们感知到我，便开始吠叫，我在那里还经历了一件怪事，我开始同狗交流了，但不是通过说话，嗯，我经常对狗说话，这很正常，对狗说，小狗，来，坐下，握爪，或者放下，或者吃，或者出去之类的，可我是说，我开始像和酒吧里的哥们儿交流一样，和那些狗交流了，知道吧，我们聊的是生活，聊它们的生活，也聊我的生活，它们也有自己的生活，也就是说，狗的社交生活，狗的杂七杂八，于是我回家去，再拿了点酒来，又拎了袋狗粮，全倒出来给狗吃，不知从哪里来了更多的狗，所有的狗都来吃饭了，就像来参加祭礼的人群，现在是属于狗的宴席了，它们愉快地吃，它们互相说话，它们对我说话，它们也对我表示感谢，我在干草上躺了一小会儿，打开了手电筒，好把它们看得更清，小黑狗，她最爱的那只狗，并不在，他们大概正一起待在别处吧，但我没去找他们，我喝下一支瓶子里所剩无几的红酒，每只狗都长得不同，其中一只大狗向我走来，我喂给它剩下的最后一口红酒，好像和同事干杯，狗满意地舔舔嘴唇，我想起我的同事们，算起我有多少朋友，或者思索他们是不是真能算朋友，我想着我和谁能像和狗一样交谈，人数不多，其中有我的老师，还有帮我找到货运司机工作的智利同事，我与狗之间发生的这些，也同样作用于我和他之间，我能靠猜测听懂他所说的一切，要知道，他用智利方言说出的那些词语我听都没听过，哪本字典上都找不着，但我都能听懂，那智利人是我出了罗马尼亚后交上的第一个朋友，智利人不仅帮我找了活干，还救过我的命，有次我们从波兰开去德国，路上休息时被人袭击了，那时他正睡午觉，而我去撒尿，回来时，我看见三个拿着武器的家伙围着卡车，不知他们在想什么，是觉得我们在运珠宝吧，可我们打开货箱，他们看见里面是水果，于是便恼了，我仿佛看见货车被抢走，而我死在腐烂水果之间的画面了，这都是命运使然，我们是因为接了额外的活儿才跑了那条路，小零工，用他的智利话是这么说，那都是出于偶然，因为我们平日里只运化学品；他们用枪指着智利人，把他从午觉中拽出来，那家伙还问强盗们，他们是从哪儿来的，这让他们更生气了,我不知道他是怎么能说出话的,要是有枪管抵着我的太阳穴,我根本没法思考,会吓得拉裤子,可他呢,他是个他妈的人才,像和同事聊天一样,和贼们聊起来了,跟他们说起自己在克罗地亚有个亲戚,说有个强盗长得像他表哥卢卡,我记得那名字,卢卡,因为他也把钱叫"卢卡斯",他赚的花的都不是欧元,是卢卡斯,智利人用克罗地亚语说了句话,强盗们都把枪放下,我们是兄弟[1],他对我说,最后还给他们分起了水果,操,他们甚至还向我们道别,谢谢[2],一个狗娘养的强盗用罗马尼亚语说。罗马尼亚老兄,险得很吧?狗把所有狗粮都吃完了,我回到家里,但她依然不在,我想她是和杰奥尔杰塔一起走了,我看她们关系很亲,而且杰奥尔杰塔那里有浴室,有水,杰奥尔杰塔还喜欢帮她做头发,所以我也并不惊讶,可要是她去了,怎么不邀请我?两个浑蛋。我躺在床上等她,不知是只等了一会儿,还是等了好些时候,不过我感觉自己已经等上了几年,我想起了我的母亲,我过去就是这样,我还是个小孩的时候,就这样等我母亲,在黑暗中等,我母亲离开了那么多次,直到最后去了意大利,我脑子里乱糟糟的想法到处乱跑,眼泪流了出来,我想要像摇篮里刚生下的婴儿一样号啕大哭;我关了灯,因为我很累了,眼泪停

---

[1] 英语。
[2] 罗马尼亚语。

不下来，好像拧开了水龙头，操。我裹在毯子里，想要睡觉，让脑袋休息，可脑子里泛起思想的雾，我又记起了我以为已经忘掉的事情，想到我的智利同事拿着手帕跳舞，想到我在挪威第一次看雪，想到彼得鲁斯童年时的金发，想到我的第一个女朋友，我想到把一无所有的我收留进窝棚的吉卜赛人，我想到我的第一堂挪威语课，她走进来，而我当时想象的是一个金头发的女老师，于是我想，她不是挪威人，那他妈的能教我们什么，我想到的事情越来越多，好像在坐火车，我以为自己要死了，操，我在观看自己人生的影片，而我的胸口开始痛，我的心脏全速跳动，血液跟不上了，我的鸡巴变硬，可我并没有性欲，我害怕了，好吧，是非常，非常害怕，我开始耳鸣，像下雨一样，像收不到频道的老电视，我呼吸困难，眼前开始发黑，我的灯塔要灭了，妈的，我的电影要放完了，操，我非常肯定我要死了，我连动都动不了，直到我听见她进了房间，她没有开灯，没注意到我正难受，她以为我睡着了。她翻找着自己的东西，掏出手机，我看到屏幕的亮光，她发出的响动和她从包里掏出的那道微光让我得以喘息，我设法从床上坐起来，把被子掀开，可她并没有注意到我。她倚靠在带着窗户的那面墙上，在手机上写着什么，望着院子。我靠近她，从后面抱住她，我的泪水止不住，操，而她静静站着。我把脸埋在她的后背上，听到十分微弱的音乐，好像那音乐锁在她的背部和胸部之间，我抬起头，见她戴着耳机。我抱得更为用力，发出几声呜咽，因为我知道她听不到，可我的眼泪和鼻涕已经沾湿了她的衣服。我生气，我低落，我害怕，我也硬了，她一动不动，这让我更生气，更悲伤，更有欲望，可也更害怕了，操，我掀起她的裙子，她依然不动，我脱下她的连裤袜，她还是没有动弹，于是我把整根鸡巴插进去，她显然是在等着我的鸡巴呢，她湿到了大腿，她任由我处置，没错，但她继续看着窗外，没有回头看我，有时她弓下身子，我便感觉在上一个无头的女人，我想抓住她的头发，不让她低下头，可她把头发绾好了，我不想破坏她的发髻，于是我伸出左手，抓住她的一边肩膀，另一只手，右手，抓住她的腰，或摸她的奶子，或让手臂垂着，好像死了一样。这就像驶过一条没有终点的隧道，我的左臂伸展，支在她的后背上，仿佛操控着方向盘，档位和变速器就在她体内，隧道的光从我眼前经过，然后熄灭，我没有夸张，和在隧道里开车一样，我记起莱达尔[1]的那条隧道，我想到许多事情，我觉得我不想死了，之后我什么都不想了，直到我听见了公路的声音，因为我们二人都自喉咙深处呼吸着，听起来好像对向来车的声响，我有点头晕，我看到了挪威冬天的景色，雪白的公路，为了减缓晕眩感，我闭上眼睛，这时我发现我一直都在哭，因为眼泪不停地撑开我的眼皮，好像鱼在水下用小嘴吐

---

[1]　挪威城镇。

出泡泡，我想象着这些事情，想鱼，或者思考眼泪形成在脑袋的哪个部位里，形成在大海里，我的脑袋里，还是形成在鸡巴里，之后沿着胸爬上来，眼泪从哪来，眼泪止不住，直到我看到一列蚂蚁，蚂蚁们黑极了，在一块幕布上投影，好像电影，白白的，幕布悬挂在我空白似康斯坦察天文馆的脑袋里，蚂蚁没有动，动的是屏幕，是我在摇晃脑袋，蚂蚁在我脑内的屏幕上游移，我睁开眼睛，因为我手上传来刺痛，是她转过了身，咬了我搭在她肩膀上的手。现在我看到印子了，操，她咬得很用力，但我不疼，没有之前我用针扎自己时疼，一切都很怪，我感到她的唾液在沸腾，她的舌头烧灼着我的皮肤，好像我父亲曾经用过的薄荷醇贴片，她咬着我的手，为的是忍住不叫出声，她像藏在车底的狗一样呻吟着，她的屄箍紧我的鸡巴，比咬我更疼，挤得越来越紧，浑身的力量越来越强，她继续咬我，并开始高潮，我能感觉到她的牙齿，所有的牙齿，每一颗牙齿，直到她松开了下巴，我的手垂落到她平静下来的，仍然张着的嘴上，我用双手抓住她的腰，这时，在隧道里开车的念头消失了，她把身子往上抬了一些，我往她身上靠去，把脸沉在她的背上，我吻她，咬她的衣服，闭上眼睛时，可以听到她那笼中动物似的呻吟，我正在干我的老师，而她正享受着。我睁开眼睛，看到手上满是她的唾液；我更用劲地按压，看见我的手指嵌入她的皮肉，操，我的手指就像一条条树枝的影子掐住她的腰，我透过窗户向外看，看见家里的院子、入口处的围栏、树木和山丘、入了夜的家乡，没什么新奇的，这辈子都是这样的，我的房间，我的家，我的村庄，我不知道发生了什么，但我看见自己全部的悲惨人生从眼前经过，刺激我的性欲，刺激如此之大，以致我高潮时大睁双眼，观看着属于我的事物，我从前看了千次万次的事物，我看见她回头来看我，一如既往的眼睛，前所未有的眼神，她像一只新生的动物看向我，而她还活着。

第四章　狗宰子们

(我记不起陷入沉默之前说出的最后一个词语)。

★

首先，我想说，那晚的黑暗十分黑暗。这听起来显而易见，或像句赘语，不过，须得留意到这黑暗之黑；重复这个词组，作为进入那个吞没我的夜晚的咒语。

我走到房间的窗边，把胳膊支在窗台上。星星出来了。天空是一块黑色的明胶，半凝滞的群星在云的悬絮间吐出气泡。庭院似是一大片干裂的木炭，邀我以想象力的粉笔为那块暗沉如黑板的大地绘上白海鸥。地面起伏，质地粗糙，犹如泛着黑色海潮的沙滩。我见过大海，因此想象出海鸥，若是那座房屋的住客们将目光投向院子的地面，他们兴许将想象出绵羊、马匹、坟墓和小狗。

我的目光迷失在地平线，迷失在金属围栏的锋利边缘，围栏包围着那院子的炭海，也将其与天空的黑色血痂分隔开。我想，比院子更远，比篱笆更远，比干草堆更远，比公路更远，比村子更远，比田野更远，比山与河更远，比一切更远的地方，就是大海了。大海在我心中摇曳，跟随我反复游走的眼球，伴着我在院墙银边上波动的目光。我想着大海，想着我的家，想着属于我的熟悉事物是那么遥远。我怀念回归的感觉。我想起探戈，想起群星嘲弄一般的目光。我想要回归，却不知去往何处。或许回归熟悉的事物。我想回归大海。

那天早上，我将那回归的欲望——那时我尚不知那是一种回归的欲望——感知作混沌热切的死欲。

我把剩下的最后一片镇静剂喂给小狗，不知那剂量足以让它长睡不起。化学的困意侵入狗的全身，它的肠道因祭礼上的食物而鼓胀，它慢慢停止了呼吸，心跳逐渐消失，它的血流泻入一片永恒的沼泽。

空气中渐渐缺失了它的气息。我感到房间中气压降低，如大雨将至。刺痛从腹部传来，遍及全身，一直穿透到太阳穴。

花费这么多天的时间，为死亡准备出一场庆典后，一切都要结束了。

生命结束，死亡来临，可当死亡结束，又有什么剩下？

我曾读到过，死亡时分，最后丢失的感官是听觉。倾听至关重要。

我的手指划过窗户玻璃。词语需要附着上、印刻上具有生命的表面。潮湿是词语之必需。倘若中脑水管干涸，突触中便不会有火花，那火花是词语的起源。倘若发声系统没有唾液的润泽，它便将是一片沉默的荒原。人们都说，某人言语铿锵，可那铿锵言语最初却是液体，之后又在发声的吐息中变作气体。

我在天鹅绒般的薄雾上破开沟渠，这一行为把我带回了童年。

小时候，我的房间有扇临街的大窗，在我记忆中，窗外的街道宛如一道沥青的Ｔ台，时间不同，走台的人也不同：急着去赶集的妇女，在坑洼与沙石里玩耍的孩童，生疮瘸腿的流浪狗，打完架又呕吐的酒鬼。晨光到来前，我在那块玻璃的大画布上创作，那时街道空空，人们的身体在睡梦中散出热气，在窗上结下薄雾。我在窗户上画上一朵云，写下自己的名字，又画下几道线条，水滴在道道线条间滑落。我想起奥维迪乌送给我的笔记本。

我的身体因酒精和食物更显沉重，适应了那种四肢受力的休息姿势。手臂的支撑和向窗户前倾的姿态减轻了头部的负担。我的内脏悬浮在液体中，闭锁在膜与骨的空腔里，知觉到把它们吸引向我身体中心的重力，而我的身体正折叠成为一个疼痛的质点。皮肤之下，紧绷且痉挛的韧带间，颤抖的肌群间，一种不安感编织着我的血肉，打上绳结。那肌肉为布，神经作线的织机纺织着一种痛苦。疼痛的织线划定我的边界，将某种东西缝合在我的体内。

那天下午，我没法在干草里撒尿。院子里有客人，我只能和他们一样，去上土厕。我走进隔间，那黑色屎洞正等着我，如此漆黑，泛着气泡，宛如当天入夜之后我将看到的天空。土厕深处，光消失了。苍蝇的嗡鸣被浓厚的瘴气掩没。

锁在隔间内，我一阵眩晕，好在没有晕厥在那柔软又不失致密的木地板上，地板似是巨大的动物皮革，以尿液鞣制，以屎层防水。我举起手，触到屋顶。我安心了些。知晓上方有东西可以触碰，会让我感到安心。我害怕在开阔的海水中游泳，这恐惧并不反映在我触不到沙底的双脚，而是作用于我在空中舞动的双臂。我的恐惧在指肚上形成，爬上我裸露的头顶，从头顶开始包裹我的全身。我害怕高耸的事物，害怕无法触及的陌生事物，害怕暴露在堂皇的天空下。

我一直认为，比起海洋，我们更害怕天空；我们害怕那满是星体与星系的无尽空间落在在我们身上的重量。我们并不害怕深处，因为我们必须要下沉，我们命中注定要下沉，我们不知有别的方向。重力让我们熟识洞穴与地下。百科全书中配有地心的插图，维度与层级分明。我们知道，万物的核心是一团炽热的铁。反之，天空则是谜团。无人了解高处之上的高处。我们知晓我们的银河系的中心是一个黑洞，又并不全然确定。宇宙的心脏并不存在。

在土厕中，我尿出一道疼痛的橙色线条。

窗前，我的小狗和我曾在床上躺了很久，彼此对视。它的眼睛是两面黑色的球形镜子，我从中看见自己。我们都经受着某种痛苦，我们都麻木、虚弱而颓丧。

我以为那股热气是因酒精而起，然而那实际上是一场高烧的开端，我在夜晚的冷空气里行走，试图把高烧退去。

我走过刚来的时候奥维迪乌带我参观的地方。我记起那迎接我们的黑暗，我拍下的黑暗。我现在能够辨识出物体的轮廓，它们形体的体积；我能分辨出土地与墓地的黑暗色调，包围着我们的围栏的金属光泽，干草间休憩的鸡犬的钢制目光。我觉察到一切活物与巨物散发出的热量，远至烧灼的群星，近至奶牛的身体，它在我经过牛棚时转了转头。我闻到它驯顺的气息，像锁链，像牛粪温热的蒸汽。它扭转过视线，看向墙壁，于是我明白，我们正互相道别。

我驻足在厨房的窗前。玫瑰念珠[1]般凝结的水汽之下，我辨认出拉卢卡、彼得鲁斯、达娜和奇普里安的身体。他们不再是迎接我时那些光鲜多彩的人，而成为泛着金属光泽的、灰度各异的团块。所有人都挤在一张床上，像是被夜晚的海之唾液舔舐过的块块岩石，准备好在梦境中迎接海浪与发光泡沫的劲流。

回到房间后，我辨认出我的朋友米哈伊，也辨识出罗马尼亚人奥维迪乌，他躺在床上，裹在一条毯子里。我知道他没有睡，他的警觉心在房间中蔓延。

我通过空气感知他的存在，动物们正是这样认出彼此的，即便它们身处在最浓密的森林中，也是如此。他一定在观察我，这一确定性也飘浮在空气中。我的存在沸腾着，我的痛苦与高烧穿透房间，他湿润的睫毛尖宛如蜗牛的触角，感知到这一切。他察觉到我的脆弱，察觉到夜晚

---

[1] 天主教徒念《玫瑰经》时使用的念珠。

施在我头顶的重量，察觉到我皮肤上尿与血的痕迹，察觉到我烧灼的鲜血肿胀起我身体的开口与伤口时的声音。

我拿起手机，回到窗前，再看那明胶似的夜。手上伤口发痒。伤口已渐从边缘干涸出一层薄痂，而中心依然沸腾着，柔软着。我记起学校早餐里一盘盘滚烫的燕麦粥。我烫到上腭，张大嘴巴，有人对我喊道：从边上开始喝，孩子！

我给博格丹发去一条信息。问他，除了镇静剂之外，是否还能帮我搞到些止疼片。他回复给我一粒胶囊、一根舌头、一个外星人和一颗红心的表情符号。我则给他一颗黑心、一只吸血鬼、一张睡脸和一条狗。

博格丹提议说，等我回到布加勒斯特后，他陪我去机场。他的表弟会留在村里，为祭礼扫尾，也为我们举办葬礼。他将埋葬曾经构成过我们的词语与身躯；他将默默为学生的死、老师的死与她的狗的死而哭泣。

我在耳边放起音乐。"我去了伊甸园之门／眼见那里一切宜人。"这是等待者的音乐。我在那扇如同深渊边缘的窗前等待着。仿若跳入泳池之前，站在最高的跳板之上。我等待米哈伊，我等待奥维迪乌。我等了如此之久。

我湿润的毛孔感知到他的存在。我想到狗在吠叫时的吐息，我想起牛与墓园外尸体的蒸汽。我呼出的空气中有含苞欲放的语言，我们将说未说的词语膨胀起我们机体中的间隙与空腔。

"我从未要求这样出生／这是我自己的事情。"

在只属于空无的空间里,我保有一种言语。那些词语镶嵌在内脏之间。

米哈伊和奥维迪乌在我体内。那空气的结在我口中解开,在呻吟声中爆炸,软腭上众多的软骨沙丘发出咝咝震动,将其扩展。词语在呻吟中诞生。

"我爱这样的你 / 你爱活着的我。"

我让音乐脱离身体。他的大腿紧贴我的臀部,他的胳膊刚好夹在我的胳膊之下,包裹着我的身体。我们是合二为一的肉身动物,我们是一只双头四足的昆虫。

爆炸之后,闪光与嗡鸣仍刻录于空中。夜晚搏动,如巨蛛之心。

我离开他,他也离开我。我们都把目光投向窗户,找寻我们的倒影,就像当初在电梯的镜子里,在布加勒斯特街道上的橱窗中,可我们没能找到彼此。我们面前只有那雾夜的朦胧湿气。

我们脱去衣服,爬上床,一言不发。我们的身体发出震动与声音:激动的呼吸、汹涌的泪流、肌肉的牵扯之下骨头的脆响。

我握住他的手,他也抓紧我的手。我们数日以来躺在那张床上,已经在草席上印下了我们的身形。我们躺在对方的位置上,交换我们曾心照不宣地割据过的空间。我的后背落入一片深而广的凹陷,而我的屁股则从他身体留下的狭长缝隙中溢出。

我的脑海中放映出一部黑白电影。

一对夫妇去意大利，参观一处火山。铅色的岩浆在屏幕上沸腾。他们四周都是烟雾。有人点起一支烟，抽了起来。火山口的烟雾愈发浓密。烟引来了更多的烟。考古学家说，熔岩掩埋了整个村庄。他解释道，可以向焦尸留下的孔隙中注入石膏，借此重现出村庄中居民的样貌，那孔隙是为他们的死亡即时制造的模具。更远处，几位考古学家用刷子清理出方才用石膏浇铸出的人体：一对牵着手死去的夫妇。一对并非是鼓块，反而是凹槽的夫妇。两片相连的空无。

我从他手掌予我的压力读出，他的哭声并未停止。我没有松开他，而是转过身去面对他，侧卧着。他松开了我，用双手捂住脸。

我把头贴向他的胸口，听他的心跳声。我的某一部分认为，他兴许会因哭泣而猝死。他的心脏愤怒地跳动着。我把身体倒在他身上。我笨拙地抱住他，大腿紧贴他的胯部。

他的动作与心跳一样猛烈，他从我的腋下抓住我，把我抱到他身上。他用我的身体遮蔽自己，盖上我这层皮肤与毛发的毯子，仿佛把我穿在身上。他仰卧着哭泣，淹溺在自己的眼泪里。他颤抖的下巴在我锁骨的凹陷处寻求支撑。我的大腿承接他沸腾的勃起，在湿如海藻团的阴毛丛中滑行。我把他抱得更紧。我将他的头抱住，抵在我的太阳穴上。我让自己的耳朵与他的耳朵齐平，仿佛想从螺壳中听见海的声音。死之前听到的最后声响会是什么？我想。我听见结成团块的气息，他的声带像天鹅绒幕布一样在喉咙中闭合。

他喘不上气,盐水自他体内涌出。

他的哭声中带有一种稳定的绝望感,这绝望是如此明晰,令我感到不安。我躺到一边,让他得以呼吸,我用手拭去他的眼泪。他的脸庞犹如发酵的面团。他的眼睛水汪汪的,脸上的皱纹闪亮,藤壶似的痘印密布在他的双颧上。每抽泣一声,他的嘴便微微张开,如离了水的鱼。我突发奇想,对着他的眼睛和额头吹气,想让他平复下来,可他的哭声仍呈线性,悠久绵长。

不安之感开始侵袭我。

我思索着那些常被拿来和哭泣的人说的荒唐话。别哭了。会过去的。冷静些。我甚至想到专供宝宝的"嘘嘘嘘"的轻语,毕竟我都对着他的头顶吹气了,但最后,我什么也没说。除了显而易见的话,还能对他说什么呢?"你要来点镇静剂吗?"他挺平静的,他在平静地哭。给他药片恐怕是一种冒犯。但无论如何,我这里是一片药也不剩了。

我拿另一只手抚过他的脸庞,注意到他皮肤上的坑洼、他胡子的质感和他五官的轮廓。我感觉自己仿佛正握住一团铁丝,铁丝中困着一只绝望、黏稠、湿润的动物。

我尝试从他的身边脱开,可他搂住我的后颈,用他的嘴含住我的嘴,有如寻找氧气的潜水员。他翻身侧躺,把我按向他的身体。我的大腿滑动,他插入进来。我们都保持侧卧的姿势,面对面,四腿交缠,相互摩擦,相互摇晃。他在我体内沸腾，我用我的热量将他包裹。两副相触的躯体达到了热平衡。我再次想到火山的电影，想到大地上的空腔与我们的身体。

我们大汗淋漓，在喘息中说出词语。

不要停，我说。

我吸入着他在罗马尼亚语单词间呼出的空气。

呻吟声变为编码，获得了语调与意义。

空气自我们体内流出，在我们的皮肤与软骨间震颤，这是普世而强盛的空气。这空气来自岩石与潮汐交织的道道深崖，这空气在林中暗处震动枝叶，这空气让鱼儿们张开鱼鳃，让鸟儿们鼓起胸膛，这空气来自原初的黑暗，这空气化作词语和光。

高潮之后，我们久久地躺着，看着天花板。草席变了形状。他抓住我的手。喜欢吗？他问。嗯，我说。他用手指抓住我的手腕，仿佛为花朵的汁液测量脉搏，之后他又摸索上我手掌的纹路和手指的关节，触碰到我的伤口。你怎么了？他问。被狗咬了，我说。他支起身子，俯身看我的眼睛。真的假的！他叫喊道。没关系的，我说。哪条狗？！他坚持问。我的那条，那条黑狗，我说。

他又躺回我身边，沉默了良久。

那么，你喜欢这趟旅行吗？他问。嗯，我说。你最喜欢什么？他继续问。我脑海中浮现出一根线条。白色的空间，黑色的线条。最初的线条：公路。公路？他问，几乎要笑出声来。可你一路上都在受罪！他说。是的，但我还是喜欢,我说。行,可要是别人问你罗马尼亚怎么样,你看了些什么,你要怎么说?你总不能说你喜欢罗马尼亚的公路吧。你去的要是荷兰,那还好说,总之,你要怎么跟挪威人说你喜欢罗马尼亚的公路呢,你没见他们有靠着大西洋的海滨公路吗?对公路,我是了解的,这你知道吧?所以,假如你说你喜欢的是公路,人家就不会信你来过这儿,要不然就是觉得你脑袋缺根筋,毕竟,你怎么能说喜欢公路呢,如果你是想说点听上去不一样的,我不知道啊,你可以说太阳、大海、语言,甚至是水,我知道这儿的水质不好,水源也少,我不是让你说水,只不过别人问我最喜欢挪威的哪一点的时候,我有时候会说水,显得与众不同,人家也会吃惊,倒不是说不信我,他们惊讶的是我没说峡湾、极光、金发女人那些,甚至我也可以说,我最喜欢的是挪威的公路,因为我是跑货运的嘛,可你怎么能说你喜欢公路,你连车子和驾照都没有吧?还是说,你有?

他说话的同时,我把这趟旅程构想成几何图形。

无垠空间中的点。漆黑的道路。一条直线。房屋、城市、国家。线段。你,我,我的狗。更多的点。两个平行的平面。生者与死者。三角形与圆圈。线性或环形的时间。吉卜赛人。现时呈辐射状。过去与未来拥有同一核心。床与棺材两个交错的长方形。五个正方形。图拉真的马赛克。一个十字架。飞机与墓园。马匹。

他不再说话了,向着天花板伸出双臂,而我在空中抓住他的手。我一边用另一只手画着几何图形,一边对他说起这次旅行的事。我松开他的手，他把胳膊放下，双手交错，放在胸口。我对他详述起这次旅行，仿佛他并未参与。我讲述出我看到、闻到、触到、尝到、听到的一切。我的双手在空中挥舞，仿若在一块想象出的黑板上涂画。他听我讲述，直至睡着。

我从床上起身，回到窗前。窗户上的雾气已消，我再次看见坚守着黑暗的似水明夜。我的身体燃烧着，我感觉自己轻飘飘的。我一跃坐上窗台。画图用的粉笔与水泥一起封缄我的毛孔，令我血肉之中湿润的缝隙干涸下去。空气闻起来像生殖器，像残羹剩饭，像狗毛，像说话者的气息，像被几代人的汗水鞣制的草席，像焚香，像土厕，像面包的酵母与红酒的血痂，像睡着的孩子，像新鲜的死亡，像余烬，像炉灰。

没有了我，我的房屋会渗出些什么？

我有些头晕，那感觉让我想到螺旋。

一段时间来，我一直在黑暗的涡流中下沉。然而，在那昏黑的眩晕之中，也浮现出光亮：圆环与惯性。

那长久把我困在一片空无中的离心力是什么？又是何种湍流把我引向沉默？

但我没有忘记，沉默之前，曾有声音。

飞机涡轮的咆哮声中交融进罗马尼亚公路上行驶的"达契亚"的电机转动声，离心作用就此开始。一切分离开来，成为包含着液态图景的悬浊液。词语的碎片漂浮，而后沉淀为有机而普遍的沉默渣滓。

夜晚颤动。

我听见远处狗群的吠叫。

沉默只存在于我的小狗的心中。

旅途在光明中等待着我。

图书在版编目（CIP）数据

奇遇 /（秘）克劳迪娅·乌略亚·多诺索著；赵莫
聪译. —北京：北京联合出版公司，2024.9. — ISBN
978 - 7 - 5596 - 7885 - 0

Ⅰ. I778.45

中国国家版本馆 CIP 数据核字第 2024FE1215 号

Yo maté a un perro en Rumanía by Claudia Ulloa Donoso
Copyright © 2022 by Claudia Ulloa Donoso
Published by arrangement with Victor Hurtado Rodriguez, through
The Grayhawk Agency Ltd.
Simplified Chinese edition copyright:
2024 Neo-Cogito Culture Exchange Beijing Ltd
All rights reserved.

北京市版权局著作权合同登记　图字：01-2024-4493

奇遇

作　　者：［秘］克劳迪娅·乌略亚·多诺索
译　　者：赵莫聪
出 品 人：赵红仕
出版统筹：杨全强　杨芳州
责任编辑：牛炜征
特约编辑：廖　雪
封面设计：周伟伟

北京联合出版公司出版
(北京市西城区德外大街 83 号楼 9 层 100088)
北京联合天畅文化传播公司发行
北京启航东方印刷有限公司印刷　新华书店经销
字数 146 千字　889 毫米 ×1194 毫米　1/32　12.125 印张
2024 年 9 月第 1 版　2024 年 9 月第 1 次印刷
ISBN 978 - 7 - 5596 - 7885 - 0
定价：62.00 元

版权所有，侵权必究

未经书面许可，不得以任何方式转载、复制、翻印本书部分或全部内容。
本书若有质量问题，请与本公司图书销售中心联系调换。
电话：010-64258472-800